CB072885

O cão de Pavlov

José Carlos Mello

O cão de Pavlov

José Carlos Mello

OCT8AVO

São Paulo 2014

O cão de Pavlov
© José Carlos Mello, 2014
© Editora Octavo, 2014

Imagem da capa
Edward Hopper, 1882-1967, Nighthawks, 1942, Oil on canvas, 84.1 x 152.4 cm, Friends of American Art Collection, 1942.51, The Art Institute of Chicago
Photography © The Art Institute of Chicago

Capa
Casa de Ideias

Revisão
Stefano Bacchini

Projeto gráfico e editoração eletrônica
Casa de Ideias

Grafia atualizada conforme o Novo Acordo Ortográfico da Língua Portuguesa

Esta é uma obra de ficção, qualquer semelhança como nomes, datas, pessoas, fatos e situações reais terá sido mera coincidência.

Dados Internacionais de Catalogação na Publicação (CIP)
(Câmara Brasileira do Livro, SP, Brasil)

Mello, José Carlos
   O cão de Pavlov / José Carlos Mello. – São Paulo : Octavo, 2014.

ISBN 978-85-63739-48-3

1. Ficção brasileira I. Título.

14-02088   CDD-869.93

Índices para catálogo sistemático:
1. Ficção : Literatura brasileira 869.93

[2014]
Todos os direitos desta edição reservados à:
EDITORA OCTAVO LTDA.
Rua dos Franceses, 117
01329-010 São Paulo SP
Telefone (11) 3262 3996
www.octavo.com.br

"A mortalidade flutua no ar. Todos nós aprendemos que o tempo triunfa. Vivemos em um intervalo, e, então, nosso lugar não mais nos reconhece."

Harold Bloom

"Parece que a segunda metade da vida de um homem é feita de nada, mas apenas de hábitos que ele acumulou na primeira metade."

Fiódor Dostoiévski

O enterro foi diferente daquele que imaginara nos dias mais sombrios dos últimos anos de sua vida.

Muita gente exaltando seus méritos; lágrimas, abraços, cumprimentos de praxe, coroas de flores com fitas brancas e letras reluzentes expressando toda a dor sentida pela sua passagem à vida eterna. O conjunto compunha cena digna de seus méritos.

O corpo foi encomendado por um padre vestindo os paramentos apropriados; enquanto ele dizia palavras que apresentariam sua alma ao Senhor, um coroinha espargia incenso, espalhando um perfume agradável pela capela mortuária.

O caixão foi fechado e levado ao mausoléu da família sem que restassem alças vazias, muitos queriam segurá-las.

O dia claro, o céu sem nuvens, a leve brisa balançando a copa das árvores completavam o cenário apropriado à realização do rito de encerramento de uma existência.

Uma bela cerimônia de passagem da vida efêmera para a eterna.

Quando chega o aguardado momento da aposentadoria os retirados percebem que não estão preparados para ela. Descobrem que os dias são mais longos do que imaginavam. Em pouco tempo constatam que se tornam incômodos aos outros e a si mesmos. O convívio com seus iguais é problemático, com os que trabalham é difícil.

No início do processo a sensação de liberdade é incomparável, inebriante. Com o passar do tempo os alforriados se dão conta que não é bem assim. Percebem que como as almas no limbo e os príncipes herdeiros eles apenas aguardam o desfecho de seus destinos.

O aposentado começa a compreender que entrou no inferno sem se ater ao enorme aviso escuro dependurado no portão: "Deixai toda esperança, vós que aqui entrais."

Dante ao vê-lo ficou perturbado, pensou em não prosseguir sua caminhada pelas sombras do reino de Satã. Considerou loucura a jornada empreendida na companhia do poeta Virgílio, mesmo tendo invocado a proteção das Musas.

Como na aventura de Dante, o cotidiano dos seres comuns envolve mais mistérios e desdobramentos extraordinários do que podem imaginar. Passamos a vida cercados por enigmas indecifráveis; pelo que há de mais nobre e de mais desprezível na natureza humana; não damos conta disso. Simplesmente vivemos, observamos a paisagem sem penetrar nos seus segredos. Circundamos a floresta sem vontade ou coragem para penetrá-la. O profundo interesse que temos em nós mesmos faz com que sejamos assim.

Nas ruas as multidões não passam de aglomerados de pessoas sem alma, rosto, sonhos, alegrias, tristezas ou frustrações; são unidades que simplesmente se deslocam sem serem individualizadas. Apenas o conjunto é visível. Na manada é difícil distinguir um do outro. A virtuosa noção de "próximo" inexiste nessa situação. Nem os esbarrões em ruas movimentadas transformam os participantes do incômodo ato em indivíduos. Pedidos de desculpas são respondidos com mau humor ou indiferença; não interessa saber quem esbarrou nem por que isso aconteceu.

Nas moradias coletivas, ainda que com poucos moradores acima abaixo ou aos lados o anonimato continua. Cada vez mais interessa menos saber quem são os vizinhos.

O estreitamento de relações pode estimular algum deles a perturbar o outro durante uma leitura, uma novela na televisão, uma refeição, um momento de intimidade matrimonial, com infartos, convulsões ou derrames em hora inoportuna, ou simplesmente com a comunicação de um evento dramático que precisa ser compartilhado. Um mero cumprimento pode se transformar em um grande incômodo.

Nos bairros com casas o egoísmo é completo, cada residência é uma fortaleza inexpugnável aos vizinhos, pedintes e vendedores.

A vida de cada um é preenchida por ele mesmo e por seus afazeres. A vida social se resume ao que se passa no lugar de trabalho por mais desagradável, monótono ou humilhante que ele seja; apesar disso, a aposentadoria é a grande meta, mesmo que ela implique no rompimento com convívios e hábitos que participaram de suas existências.

Prosaicos pareceres em desimportantes processos, intermináveis reuniões, trocas de inúteis presentes nas festas de fim de ano, disputas nas promoções, maledicências ditas sobre chefes e colegas, paixões proibidas pelos regulamentos, são durante anos a razão de ser de milhões e milhões de seres humanos.

Sem se dar conta eles estão enredados em um paradoxo: a sociabilidade se desenrola no local de trabalho e dele pretendem se desvencilhar o mais rápido possível. Incapazes de avaliar o completo significado disso vão lentamente caminhando para situações indesejáveis.

Condicionamentos de toda a existência não podem ser desfeitos de modo brusco sem deixar graves sequelas. Desde o nascimento as pessoas são ensinadas a obedecer, a se ater a horários e prazos, a executar tarefas e a se enquadrar em hierarquias. De repente, mais velhos, são libertados das obrigações impostas por outros; não têm mais nada a fazer e ninguém a atender. A liberdade torna-se um castigo, uma punição pelo ócio que passam a viver. Ocorre o contrário do esperado ao longo da vida útil. O próprio qualitativo dessa primeira etapa indica que a partir de seu término a vida será inútil.

O ócio é tão nocivo aos seres humanos que ele é proibido no Brasil. A pena para "quem entregar-se habitualmente à ociosidade" pode chegar a três meses de prisão. Os legisladores devem ter pensado nos benefícios que a proibição traria à saúde mental das pessoas.

Esse fenômeno social levou um observador atento, com mente especulativa a estudá-lo. Percebeu que ele era semelhante ao processo de condicionar reflexos em cães, pesquisado pelo cientista Ivan Petrovitch Pavlov, ainda que mais longo e complexo.

O cão de Pavlov depois de algum período de exercícios ouvia uma sineta tocada pelo mestre, associava o som a algum alimento e salivava. Não é difícil imaginar ser possível percorrer o caminho inverso e o badalar da sineta não trazer lembranças saborosas. De modo semelhante pessoas são condicionadas a obedecer. A partir do nascimento são impostos regulamentos, horários, comportamentos, crenças, superstições, temores, castigos e recompensas. Os condicionamentos se tornarão orgânicos, se alojarão em algum canto do cérebro, uma importante porção não visível da mente, nem as máquinas mais modernas a detectam.

Romper essas dependências leva a dúvidas e culpas, só a permanência dentro dos limites impostos pelos superiores, dos pais aos chefes, permite uma existência serena. As rupturas são para os loucos não para as pessoas chamadas equilibradas, a sociedade os pune com a rejeição, duro castigo para uma espécie sociável por natureza.

É interessante observar que grande parte dos avanços da humanidade foi produzida pelos loucos, pelos incompreendidos e pelos rejeitados por seus contemporâneos.

Aldous Huxley nos conta o que faziam no Centro de Incubação e de Condicionamento de Londres. Lá as pessoas eram produzidas e preparadas para uma vida equilibrada e plena de felicidade dentro de seu extrato social. Viviam sem invejas, rancores, paixões, questionamentos existenciais, espirituais ou políticos. Todo processo seguia com rigor a teoria do cientista russo.

A obra é profética. A cada dia a vida se aproxima mais do imaginário mundo do amanhã, embora não tão organizado e disciplinado como ele, e ainda continuamente incomodado por informações prejudiciais ao equilíbrio mental.

Mais adiante as boas notícias serão transmitidas por meio de mensagens instantâneas, as más serão excluídas dos noticiários. Não haverá espaço para reflexões perturbadoras. O ato de raciocinar provocará dores físicas, enjoos e desmaios, de tão incômodo passará a ser evitado. Nesta hora as revistas terão apenas fotografias de pessoas felizes envolvidas por paisagens deslumbrantes.

Os humanos recebem uma educação no lar, onde aprendem a ter bons modos, obedecer aos mais velhos e seguir inúmeras regras, outra nas escolas, que lhes incutem conceitos religiosos e morais, e uma terceira nos cursos superiores, que ensinam não haver salvação fora da ciência.

Por fim, o emprego impõe o respeito à hierarquia. Os assalariados, no máximo, podem dar sugestões, não se aborrecendo se não forem aceitas.

Antes de Pavlov seu conterrâneo Fiódor Dostoiévski, sem os conhecimentos necessários de medicina, baseando-se em sua passagem por prisão na Sibéria por conspirar contra o Czar, observou que os homens se adaptam às piores situações: "Estou no presídio. Essa será a minha vida durante muitos anos; o lugar em que hei de ter inverossímeis e mórbidas impressões. E quem sabe? Talvez quando passados uns anos possa finalmente deixá-lo, chegue a sentir saudades disso." O prisioneiro "pressentia até onde o homem tem capacidade de habituar-se."

O escritor verificou que é possível condicionar os seres humanos a aceitar a menos acolhedora das situações. A constatação, sem base científica, apoiada apenas em sua observação foi divulgada em 1862. A de Ivan Petrovitch Pavlov baseada em experimentos científicos é de 1920.

Aos sessenta anos, para o trabalhador moderno, chega a hora do rompimento com os condicionamentos de toda a vida. O encarregado dos recursos humanos, em nome da alta hierarquia empresarial, comunica ao aposentado: "Vá para casa, você está alforriado. Pegue suas coisas. Não esqueça nada: leve também seus reflexos condicionados."

O observador atento, admirador das ideias do fisiologista russo, percorreu o caminho inverso ao trilhado por Pavlov, observou as consequências do descondicionamento em pessoas.

Reconhecia a ousadia de sua pretensão. Sem estudos nos campos da fisiologia e da mente desejava continuar e ir além dos trabalhos de merecedor do prêmio Nobel.

Pretendia superar o psicólogo americano John Watson que, inspirado nos estudos de Pavlov, constatou que em muitas vezes o comportamento humano se assemelha ao dos animais, considerou a influência dos condicionamentos mais importante que a hereditariedade.

Ele acompanhou três casos: o de dois altos executivos aposentados e o de um jovem dirigente em plena atividade.

Os inativos recusavam se adaptar ao ócio. O longo e eficiente processo de condicionamento a que foram submetidos impedia que tirassem bom proveito do que lhes restava de existência. Sofriam e não conseguiam achar uma saída para o seu padecer.

Algumas pessoas mais afortunadas conseguem encontrar um novo espaço na sociedade, são felizes exercendo atividades simples, pouco estimulantes a outros, como os dois aposentados em questão. O leitor poderá pensar que eles se acomodaram à nova situação para a qual não estavam preparados e não procuraram saídas para suas angústias, não foi o caso, buscaram alternativas só que fora de suas novas realidades — não foram bem-sucedidos.

O jovem executivo é um caso ainda não abordado pela ciência. Ele foi condicionado por si próprio a passar a existência no ócio, dando a impressão oposta a seus chefes.

Quem chamou a atenção do atento observador para os riscos dos descondicionamentos foi um dos aposentados, contando o que se passava consigo. Falando rápido, saltando palavras, olhando para todos os lados, com aparência distinta da que se espera de uma pessoa normal, parecia um tresloucado convicto de suas verdades, ao fim da narrativa, concluiu: "Pavlov está certo!".

O observador e narrador dessa história, abismado com o que descobriu decidiu contar a surpreendente constatação que fez. Mesmo sabendo que soaria bizarro à maioria das pessoas, considerou egoísmo guardar para si o que viu. A posteridade deveria conhecer as vidas trágicas, patéticas, desses três seres infelizes.

Biografias incríveis de pessoas que fechada uma porta não buscaram outras, se enclausuram em seu drama.

O intuito do autor dessa história é alertar para os perigos que correm os que rompem os seus condicionamentos.

Dois personagens se sentem punidos pela ociosidade de suas vidas, por eles associada à desprezível vagabundagem que sempre condenaram. O terceiro é negligente com seus deveres, busca permanentemente se aperfeiçoar na arte do nada fazer, trabalhar o mínimo possível para não ser demitido de seu emprego; de repente, chamado às obrigações fica desnorteado.

Em um primeiro momento pensou que estava morto. Havia morrido enquanto dormia. Poderia não estar no quarto, em um caixão ou mesmo na cama, mas morto. O pensamento o deixou inquieto. Os últimos acontecimentos permitiam que se sentisse deste modo.

Passados alguns instantes percebeu que o corpo o incomodava com as dores habituais, comuns aos mais velhos. Costas, juntas, pescoço, pernas, doíam como de hábito; se não as sentisse, não haveria dúvida: morrera durante o sono; como doíam estava vivo.

A sensação de morte durante a noite só poderia ser eliminada com alguma manifestação física. Nem ele, nem quaisquer outros sabem como se comporta a mente de um morto, quais são seus pensamentos, dúvidas e desejos.

Saber que estava vivo não trouxe nem alegria nem tristeza, o que já era um ganho. Durante o dia não conseguia ficar indiferente à sua rotina: pendia para os sentimentos negativos, raramente para algo próximo à felicidade, por isso, a neutralidade das emoções era bem-vinda.

Por uma fresta no canto da janela do quarto a luz do sol penetrava antes da hora desejada. O espaço entre a cortina e a parede, por onde entrava a incômoda intrusa, era tão pequeno que o esquecia durante o dia. Em algum momento teria que eliminá-lo. Era simples, bastava comprar outra cortina um palmo maior. Mas ia deixando, como deixava tanta coisa para mais adiante desde que passou a não fazer nada, a dispor de muito tempo.

A indesejável invasão da luz incomodava, mas o chamava à realidade, afastando pensamentos soturnos, restos de pesadelos. Acordava muito cedo. Prolongava a monotonia do dia, que só seria interrompida à noite, quando o mudar de canais da televisão o entediasse dando a impressão de estar com sono. Não era bem sono, era um enorme desejo de encerrar o dia. Nessa hora lembrava a falta que fariam alguns centímetros de cortina no final da madrugada. Adotada a singela providência o seu dia teria uma hora a menos e o esconderijo noturno uma hora a mais; estenderia a noite maldormida, povoada por temores, e reduziria o dia, onde só havia tédio e solidão. Escolha difícil, mas que em algum momento teria que ser feita.

À noite o quarto era escuro e o silêncio relativo. O barulho da cidade diminuía, mas não cessava, era como se ela estivesse empacotada junto a uma fonte de ruídos; eles eram de natureza variada, iam além daqueles produzidos pelos motores dos veículos, vinham de buzinas, freadas bruscas, sirenes da polícia, das ambulâncias, dos carros dos bombeiros; vez por outra chegavam das proximidades, eram brigas em famílias vizinhas, que por vezes ultrapassavam as ofensas e causavam gritos de dor ou de desespero.

Não dava mais importância ao zunzum permanente. Vivia ali há mais de trinta anos; habituara-se aos incômodos que acompanhavam a paisagem maravilhosa que via da janela. A noite desconfortável era apenas um dentre tantos tributos pagos por morar naquela cidade.

No Rio de Janeiro, como em todas as cidades tropicais, há uma única estação: o verão, com pequenas diferenças a cada três meses, mais quente, menos quente, mais chuva, menos chuva. As folhas das árvores sequer amarelam completamente, poucas caem sobre as calçadas; as amendoeiras parecem identificar melhor a chegada do inverno.

Estudara no nordeste dos Estados Unidos e gostava de ver a natureza acompanhar a variação das estações do ano. Observava os plátanos, que aos primeiros sinais da chegada de uma nova estação tratavam de mudar as cores de suas folhas: de verdes passavam por várias tonalidades de vermelho, amarelo escuro, amarelo claro, por fim despencavam de onde passaram nove meses, se separavam para sempre da árvore que lhes dera vida e não conseguira evitar sua morte.

Os galhos nus ficavam aguardando a primavera quando novas folhas retomavam o ciclo natural — brotar, crescer, viver e morrer — anunciando com suas cores a mudança das estações.

O renascer da natureza na primavera dava a agradável impressão de que as pessoas também podiam voltar à vida, não apenas as árvores e os relvados. Nessa estação sua depressão diminuía; nos dias curtos do inverno ela atingia momentos insuportáveis. De qualquer modo, era melhor que a monotonia dos dias aprisionados às estações imutáveis dos trópicos.

O barulho se tornava cada vez mais intenso. Quando viera para cá era menor, agora não, se prolongava pela madrugada. Quando havia menos ruído, o que ele e seus vizinhos chamavam de silêncio, não passava de umas quatro horas. Em breve seriam três, e por fim acabariam. A surdez, que acompanha o envelhecimento, ainda não se manifestara de todo, quando ela chegar terá mais conforto, as noites parecerão mais silenciosas.

No elevador, onde mantinha alguma sociabilidade com os demais moradores, os sons da noite eram temas recorrentes nas curtas conversas. Nas subidas e descidas o que fora ouvido era comentado: "Deve ter ocorrido um incêndio nas proximidades." "O senhor escutou os gritos da senhora do quinto andar? Apanhou de novo." "Acho que não sobrou nada na batida de carros no aterro. O que o senhor acha?" Balançava a cabeça concordando, jamais discordava do que ouvia, não gostava de polemizar.

Observava as olheiras dos companheiros de jornada; quando descia só olhava-se no espelho procurando-as em si mesmo. Dava alguma satisfação sentir que envelhecia melhor do que os outros.

Este prazer foi lhe roubado quando o condomínio instalou uma câmera de vigilância no elevador. Tinha vergonha de ser observado pelo porteiro, que, com a inovação, recebeu a incumbência de ser o fiscal das imagens. A atenção com a segurança passou a ter prioridade; falavam que assaltos a prédios próximos tornaram-se rotineiros.

O equipamento instalado permitia ver a ação dos meliantes e, com algum esforço, reconhecê-los. As fitas eram levadas à delegacia de polícia mais próxima. Recebidas, protocoladas e empilhadas junto com as dos últimos meses; as primeiras que chegaram estavam bastante empoeiradas. Em algum momento seriam vistas, o difícil seria identificar os malfeitores.

O processo era inútil, mas dava aos moradores alguma sensação de proteção. Em todo o país era praticada a pena de morte informal; o mais provável é que se os assaltantes fossem reconhecidos não houvesse mais como prendê-los.

Não lhe ocorreu que após os primeiros dias o fiscal perderia o interesse em ficar olhando o que se passava nos elevadores, na entrada, na saída, na garagem e nos fundos. Gostou da tecnologia, mas não da localização das câmeras, se estivessem dentro dos apartamentos veria cenas mais interessantes. No elevador observava apenas algumas brigas de casais e tentativas de namoros entre vizinhos.

Ele poderia novamente se olhar no espelho pouco vigiado, mas não voltou a fazê-lo. Não se deu conta que o porteiro retornara à sua rotina de abrir e fechar a porta de entrada, dizer as palavras habituais aos entrantes e aos saintes, e cometer algumas ousadias com as empregadas dos apartamentos.

Todos os elevadores da cidade tinham as indiscretas câmeras. Assim, deixou de acompanhar o dia a dia de seu envelhecimento e o ampliar de suas olheiras. Até certo ponto isso era bom, sentia-se mais jovem do que de fato era.

Dentre seus peculiares hábitos estava a preferência pelos espelhos dos elevadores, no do banheiro fazia apenas uma rápida observação, não tão acurada como a do subir e descer e do descer e subir. Era uma maneira de ocupar o tempo. Tinha horror ao ócio, mesmo que por uns poucos minutos.

Quando saia de casa ia identificando a variação dos odores ao longo de seu percurso, não sabia bem por que, mas gostava disso. Na garagem do prédio predominava o cheiro de creolina; próximo ao banheiro, o de cloro; no elevador percebia um suave perfume de lavanda, o mesmo do *hall*, só que mais diluído; na rua a fumaça dos canos de descarga misturava-se com a maresia.

Tudo correu bem no primeiro mês depois da festa de despedida em sua homenagem, preparada para marcar a inatividade que teria pela frente. O evento era organizado sempre que um funcionário de elevada hierarquia se aposentava. Aos dos escalões intermediários dedicavam um rápido e sentimental discurso na sala do chefe direto. Os dos níveis mais baixos, os que de fato produziam alguma coisa, recebia apenas um voto de "boa sorte", dado por um chefe de escalão inferior, tão desimportante quanto o recém-aposentado.

Na grande corporação multinacional onde trabalhou nos últimos anos havia um procedimento pré-definido para cada ocasião, um rígido cerimonial. Nada era improvisado. O ritual ficava a cargo da secretária do presidente que seguia o manual cuidadosamente elaborado por um diplomata aposentado contratado pela matriz em Paris.

Fora tão dedicado ao trabalho que negligenciara suas obrigações pessoais. O tempo livre permitiu ir ao dentista, ao médico da próstata, ao alfaiate para apertar umas calças (havia emagrecido nos últimos meses), comprar uma destas televisões modernas, sabia que ela seria a sua principal companhia nos anos vindouros, e levar os sapatos para trocar saltos e solas.

Sem notar, os primeiros trinta dias passaram voando; parecia que continuava trabalhando. Eram tantos os compromissos que teve que organizar uma agenda, nela anotava cuidadosamente as obrigações do dia seguinte. Quando em atividade essa era a principal obrigação de sua secretária: "O que temos hoje?" Reuniões, despachos, telefonemas, almoço com secretário do prefeito, viagens, toda uma estimulante série de atividades que caracteriza a vida e a importância de um executivo.

Nunca se dera conta que o seu dia a dia era pautado pelos outros, não por ele; era um escravo dos demais, muitos dos quais desconhecidos, alguns até incômodos. A impressão que tinha era contrária à realidade, achava que comandava o seu cotidiano e o das outras pessoas com quem tratava dos assuntos da empresa.

A azáfama não permitia entregar-se a reflexões. Todas as conversas giravam em torno do trabalho, não bem do trabalho, mas do que ocorria no local onde deveriam apenas produzir resultados a quem os pagava. Os momentos de lazer eram passados com colegas e os assuntos eram sempre os mesmos com algumas variações. Tudo girava em torno da empresa, a maior parte das amenidades era dedicada às maledicências. Quando ausente, nem o presidente escapava dos comentários maldosos.

O mais interessante é que se sentiam sócios da firma, não lhes ocorria que turbulências na matriz ou em uma subsidiária em algum canto remoto do mundo poderia lhes surrupiar o emprego. A providência seria tomada com presteza, o mais rápido possível, para não perturbar a partida de golfe, o longo almoço ou a agradável tarde com a amante dos seres invisíveis que eram os verdadeiros proprietários.

Qualquer atraso nas demissões macularia o balanço, aí o próprio presidente seria defenestrado; o empregado maior, o mais fiel aos bons resultados financeiros e o menos leal à empresa e aos seus subordinados; dotado de realismo suficiente para saber que não deveria perder tempo com sentimentalismos e lealdades, por isso chegara ao topo.

O orgulho em ser colaborador — o termo "empregado" estava em desuso — da grande multinacional, fazia com que cada um cedesse um pouco de sua identidade, maior no começo da carreira e menor na alta hierarquia, para dar espaço a um pedaço da firma. Junto com seu nome informavam ao interlocutor onde trabalhavam. Parte da grandiosidade da empresa transmitia-se ao vaidoso colaborador. Era uma troca: ela lhe dava *status* e ele retribuía com sua dedicação e trabalho.

Fora uma boa iniciativa eliminar o termo "empregado"; "colaborador" acabava com as barreiras entre os diversos níveis hierárquicos, estabelecia a ideia de que participavam de uma solidária confraria. Donos e colaboradores eram todos iguais, unidos pelo mesmo ideal: "A grandeza da firma."

Bastante semelhante ao que havia nos antigos regimes comunistas, todos eram "camaradas", eram iguais. Do camarada soldado ao camarada general estavam ligados pelos mesmos objetivos altruísticos e não tinham mais grilhões que os prendessem a estruturas arcaicas e desumanas.

A lealdade na empresa era unilateral, mas eles, "os colaboradores", só saberiam disso mais tarde. A culpa das demissões daqueles com mais de quarenta anos era atribuída aos próprios demitidos que não atualizaram seus conhecimentos, se acomodaram. Jamais a responsabilidade era da política ditada pelo Conselho de Administração e recomendada por caros e sábios consultores.

Os mais espertos sabiam que chegaria o seu dia de participar da renovação dos quadros e tratavam de abreviar sua permanência pulando de galho em galho, indo de empresa a empresa buscando promoções a cada novo emprego. Diziam buscar novos desafios, mas na realidade pretendiam apenas prolongar suas carreiras.

No passado este comportamento era considerado desabonador, denotava um espírito aventureiro e pouco leal a quem pagava o seu salário, e que lhe daria um relógio folheado a ouro quando se aposentasse depois de quarenta anos de labuta sem nenhuma falta, sem nenhum atraso.

A carteira de trabalho em suas páginas introdutórias alertava para os inconvenientes desse tipo de comportamento: "A carteira, pelos lançamentos que recebe, configura a história de uma vida.

Quem a examinar, logo verá se o portador é um temperamento aquietado ou versátil; se ama a profissão escolhida ou ainda não encontrou a própria vocação; se andou de fábrica em fábrica, como abelha, ou permaneceu no mesmo estabelecimento, subindo a escala profissional. Pode ser um padrão de honra. Pode ser uma advertência."

Difícil compreender a referência às trabalhadoras e disciplinadas abelhas.

Por mais aviltante que fosse a atividade, por menos perspectiva de progresso, o recomendado era cada um permanecer onde estava; aguardando o dia glorioso da aposentadoria. O sábio conselho transferia às atividades privadas a letargia do serviço público, sem as garantias que os governos dão aos seus empregados quando eles se aposentam.

Nas grandes corporações, em pouco tempo, o colaborador mais atento percebe que sua dedicação não será correspondida; qualquer tropeço poderá representar o término de seus dias naquele lugar que nos primeiros momentos lhe dera orgulho, perspectiva de sucesso e de estabilidade.

Nos empregos públicos o objetivo maior é a aposentadoria. Ele é explicitado sem subterfúgios; cada servidor sabe exatamente quantos anos, meses, dias, horas e minutos faltam para ser alforriado; ganhar a liberdade e aproveitar o restante de seus dias usufruindo sua generosa pensão.

O ócio bem remunerado é inatingível aos que não servem ao governo. Caso consigam alguma colocação continuarão temendo a cada segundo do resto de suas existências a demissão, a perda do emprego, a abertura dos grilhões que os prendem, mas garantem o seu pão.

Na grande multinacional havia exceções. Os felizardos que atingissem o final da carreira em função relevante recebiam uma compensadora aposentadoria. À medida que o número de dias por trabalhar fosse diminuindo, a felicidade do futuro beneficiado, dada pela contagem regressiva, ia aumentando.

Despertavam inveja nos mais distantes da grande meta. Não se davam conta que os números também iam indicando a aproximação de uma fase desconhecida da existência.

A maioria dos colaboradores deseja que a vida se desenrole sem sobressaltos. Os poucos que são inclinados às mudanças são os mais valorizados nas grandes corporações; o seu desejo de aventura supera as sábias e prudentes palavras da carteira de trabalho e os lança em um mundo cheio de riscos.

O recém-aposentado, seu nome é enorme, vamos, nessa narrativa, chamá-lo Ivan em homenagem ao sábio russo Pavlov, não aproveitava o ócio conquistado com a aposentadoria. Continuava a levantar muito cedo, antes mesmo da luz do sol penetrar no quarto pela incômoda fresta entre a cortina e a parede.

Ao fim do segundo mês não tinha mais nada a consertar, examinar ou verificar no apartamento. Caminhava de um lado para outro no imóvel, que agora parecia pequeno, pegava um livro e logo largava, ligava e desligava a televisão, parecia um tigre enjaulado; queria telefonar, mas para quem? Todos estavam trabalhando; além do mais, os aposentados não tinham assuntos do agrado dos que permaneciam em atividade.

Poderia ligar para o amigo de tantos anos, mas ouvi-lo faria relembrar as perdas financeiras que tivera recentemente, aplicando dinheiro em ações seguindo seus desastrosos conselhos. Era desagradável lembrar aqueles prejuízos.

As conversas faziam falta aos dois. Moravam em cidades distantes. O amigo, Antão era seu nome — homenageava o santo eremita — vivia recluso na capital do país.

Iam longe os dias em que caminhavam por horas fazendo planos. Tudo o que pensavam era emprenhado de otimismo; o futuro dos jovens não inclui incertezas nem tropeços.

A firma lhe tomava todo o tempo. Ivan sentia-se imprescindível. Jamais o aposentariam. Ninguém se dedicava mais do que ele, nenhum daqueles jovens engenheiros tinha metade dos seus conhecimentos. Sempre atualizado, inovador, disposto a terminar as tarefas antes do prazo. Com certeza o novo presidente, que estava vindo da matriz, observaria isso. O fato de o novo chefe ter vinte anos menos do que ele e um currículo medíocre ressaltava a necessidade que dele teria por muitos anos.

Imaginava-se chegando mais velho à empresa, mantendo a aparência mais jovem que os da sua idade; elegante, conservando seu porte alto e magro, com os cabelos levemente grisalhos, sendo cumprimentado com respeito pelos subordinados, ávidos por assimilar uma parte do que ele sabia.

Cada novo presidente que chegasse faria menção ao que ouvira a seu respeito e apelaria para que ele não abandonasse a empresa. Assim se passariam os anos até que algum dia a morte o levasse, ai receberia as honrarias devidas.

Não havia ninguém na firma com os seus graus acadêmicos, nenhum tinha a mesma fluência nas línguas estrangeiras ou possuía sua experiência. Era imprescindível. Aquela frase que ouvira toda a vida: "Ninguém é imprescindível" não se aplicava a ele.

Não teria sequer que buscar a juventude por meio de pequenos artifícios, como faziam muitos de sua idade, para evitar a demissão por velhice. Convenceu-se que assim deveria proceder em uma viagem à capital.

Certa feita recebeu delicada incumbência: acertar coisas com um facilitador de negócios em Brasília. O presidente deu as indicações e mandou procurá-lo. Antes de fechar a porta ouvi-o dizer com seu forte sotaque francês, com os erres arrastados: "Você vai conhecê-lo, é um craque. Boa sorte."

Não gostava de ir à Brasília, achava o ambiente tão artificial quanto seu desenho e sua arquitetura. Sentia uma estranha sensação: algo como se a cidade e a população se entrelaçassem para criar o novo homem. Ele seria diferente de tudo que se conhecia, certamente não seria alguém feito à imagem e semelhança de Deus.

Preocupava-se. Se a humanidade criada a partir daquele lugar fosse semelhante aos lobistas e aos políticos da capital, não haveria dúvidas: a raça humana estaria em risco.

O homem do futuro, o super-homem de Nietzsche, seria motivo de risos, e não seus ancestrais como imaginava o filósofo. Seria como se a evolução darwiniana atingisse um ponto máximo e a partir dele retrocedesse.

Viajou apreensivo, um pouco envergonhado, não estava preparado para a tarefa. A relação com o lobista local era mais amena, parecia quase um colega de trabalho. Ele recebia um prêmio por êxito, nada que não pudesse ser justificado por um pequeno sobrepreço, imperceptível à boa prática contábil e aos mais rigorosos auditores.

O lobista do Rio de Janeiro era útil para as tarefas locais, mas faltava embocadura para transitar na capital, daí a necessidade de ter alguém especializado nos obscuros labirintos do poder.

O da capital, com quem faria as tratativas, recebia em dólares ou em contas numeradas de empresas que seriam criadas em locais distantes quando concluíssem sua missão. Ele alertava que cobravam caro porque envolveria políticos e altos dirigentes em seus trabalhos; tudo muito dispendioso.

A empresa de Ivan estava unida a outras do mesmo ramo pelos laços de um poderoso cartel. O presidente proibiu mencionar a palavra, tratava-se apenas de uma associação de empresários cuidando de seus interesses. No entanto, achou prudente ter um lobista de peso na capital. Com saber e criatividade repetia: "É melhor prevenir que remediar". Ninguém discordava.

Logo no primeiro contato na capital o atencioso interlocutor perguntou se deveria separar "algum" para ele ou para seu chefe. Disse o "não" bastante encabulado. O experiente facilitador de negócios percebeu que se tratava de um ingênuo, pouco familiarizado com assuntos governamentais. Melhor assim, sobraria mais para os não ingênuos.

Trajava-se de modo impecável, tinha olhar malandro e sorriso ensaiado. Os cabelos artificialmente ruivos, descuidadamente embranquecidos junto à raiz, o rosto liso, indicando rugas eliminadas ou preenchidas por alguma substância, talvez a retirada das bolsas dos olhos, só o pescoço e as mãos davam indícios de sua idade.

A aparência do lobista chamava mais atenção de Ivan que o objeto da conversa. Disfarçar a verdadeira idade fazia parte dos cuidados do seu interlocutor, ninguém contrataria um lobista velho, falando de assuntos passados e de pessoas esquecidas.

Ivan tinha preocupação com sua a aparência, mas jamais buscaria disfarçar o trabalho do tempo com artificialismos. A imagem rejuvenescida do homo *brasiliensis* e o seu esforço para contrariar a natureza não mais saíram de sua memória, ela reforçou o que pensava, continuaria na empresa pelo seu talento e não por meio de artifícios cosméticos.

Necessitando ocupar seus dias Ivan passou a buscar satisfação realizando tarefas que antes delegava aos outros e que agora considerava intransferíveis.

Quando a empregada reclamava a falta de algum produto para cumprir suas obrigações, circunspecto, com certa rispidez, dizia: "Deixe, eu comprarei o detergente". Assim, ele passou a fazer as compras domésticas, corrigir pequenas negligências na limpeza da casa, ir à lavanderia e cuidar do carro como nunca fizera antes. Ocupava o seu tempo com qualquer coisa.

Quando acordava imediatamente lembrava se o dia seria atarefado ou permaneceria desocupado, sem ter nada a realizar. A lembrança da mais insignificante das tarefas o deixava feliz, o contrário ocorria quando nada lhe vinha à cabeça prenunciando um dia mais tedioso que o habitual.

Fora metódico durante toda a vida útil, não teria por que não sê-lo durante a vida inútil. Organizou suas atividades de maneira a ter sempre algo a fazer, desse modo o dia das compras no supermercado não poderia coincidir com o da feira, que por sua vez tinha que ser diferente do da loteria, da padaria ou o do barbeiro.

Com criatividade eliminou os dias vazios e reduziu a desagradável sensação que entre o acordar e o dormir não teria nada com que se ocupar.

Em uma dessas ocasiões com pouco a fazer teve uma ideia: telefonou à empresa que o havia colocado nos elevados cargos anteriores, buscaria um emprego. A consultora com voz receptiva marcou a entrevista para a tarde do dia seguinte.

"Por que não pensei nisso antes?" Conjeturou enquanto imaginava a volta à atividade e organizava o seu currículo. Acordou rejuvenescido, parecia não ter chegado aos sessenta.

Passou a manhã se preparando para a tarde: cortou o cabelo, engraxou os sapatos, com cuidado escolheu o terno, a camisa e a gravata (pensou que nunca mais usaria uma), escovou o paletó, estava um pouco empoeirado, ultrapassou questões difíceis: com ou sem abotoadura, camisa branca ou azul, qual o sapato entre duas dezenas; finalizado o processo, um pouco cansado, sentiu-se bem. Iria à reunião com o que de melhor havia no seu guarda roupa.

Almoçou cedo, comeu pouco, evitou comidas pesadas e as que produzem gases, não ingeriu líquidos para não interromper a entrevista indo ao banheiro. Descansou e partiu para o encontro que poderia lhe trazer novamente à vida.

No moderno prédio envidraçado entrou com o garbo que tinha antes da aposentadoria. No vigésimo andar foi recebido imediatamente. Não observou o indisfarçável desapontamento da consultora ao vê-lo; ao telefone não havia mencionado sua avançada idade.

A conversa começou como das vezes anteriores, havia um protocolo a ser seguido. Depois de meia hora a jovem disse: "Seu currículo é impressionante." Com polidez completou: "É uma pena a sua idade, ela o inabilita para qualquer função executiva. Sinto muito."

Saiu da sala, desceu, ganhou a rua. Perambulou mais de uma hora, sem destino, sem garbo, sem esperança, carregando o sonho desfeito. Sentia-se humilhado. Usando polida metáfora a consultora lhe disse: "Você está velho, desista!"

Se alguém prestasse atenção perceberia que algo grave se passava com aquele senhor cabisbaixo, andando a passos rápidos com os olhos fixados na calçada, balbuciando palavras audíveis só por ele mesmo, suando muito dentro de uma roupa imprópria à tarde quente. Parecia não ter um rumo. Caminhava apressado buscando chegar a algum lugar que afastasse o pesadelo que ocupava sua mente. Inútil procura, para onde ele fosse a assombração ia junto.

Ele não sabia que seu destino estava gravado em metal para não ser apagado desde o nascimento no palácio das Parcas.

Sem dúvida, a entrevistadora era Átropos. Ela tinha poderes para determinar o seu fim, nem o presidente da importante empresa de colocação de executivos, Zeus, poderia contestar sua decisão e permitir que ele trabalhasse um pouco mais.

A jovem avaliadora de currículos e aptidões contou aos colegas o que se passara, todos riram da pretensão do seu entrevistado. Em delírio chegava a ouvi-la gritando: "O velho não sabe qual é o seu lugar. Desconhece que seu fado está traçado." Cumprindo sua tarefa, a renascida deusa mitológica cortou o fio da vida do imprudente desafiador do que fora traçado desde sua gestação.

Uma realidade, a sua velhice, soara como ofensa, como injúria, ignomínia, algo repulsivo que não deve ser dito por pessoa educada. A sua vida era inútil e ele era velho.

Fora atingido em sua vaidade, ou no que dela restava. Recebeu o mais mortal golpe que alguém pode dar em um desafeto. Qualquer ser humano estará irremediavelmente destruído se aquilo que o torna orgulhoso e que atrai a admiração dos outros acabar.

No primeiro momento não se deu conta, mas com a vaidade se fora também o seu único objetivo. Não conseguia vislumbrar outro além daquele frustrado pela visita à empresa à qual entregaria o seu destino.

O desejo de Ivan era apenas não ser um mero aposentado, ele queria levar vida útil dentro de uma hierarquia, obedecendo e sendo obedecido, o que, no seu modo de ver as coisas, lhe traria de volta a respeitabilidade e o convívio social.

As alternativas disponíveis aos mais velhos não eram de seu agrado. Nunca frequentou um clube, não havia por que começar agora; não gostava de esporte, não se sentia atraído a jogar golfe, como haviam sugerido, nem torcer por algum time de futebol; ir a festas, jogar baralho, disputar partidas de dominó, frequentar programas de lazer para idosos nem pensar. Lembrar que essas eram suas opções lhe trazia mal-estar.

Os vizinhos de mesma idade desistiram de convidá-lo para atividades da terceira idade, ouvindo-o repetir com um desagradável humor difícil de esconder: "Não obrigado. Quem sabe de outra vez." Resposta em verdade era: "Me deixem em paz."

Estava se dando conta que o viver é uma sequência organizada de eventos como nos experimentos químicos e físicos, os desdobramentos intermediários preparam o final; no seu caso, a experiência acertara no meio e falhara na conclusão. Ao contrário do que ocorre nos laboratórios não tinha como repeti-la. Será que o erro ocorreu no começo?

Seus últimos dias não teriam sonhos, se é que isso é possível. A jovem entrevistadora matou a esperança de atingir sua derradeira meta; ele não tinha outra. Ela não tinha culpa, apenas cumpriu o protocolo. Com mais idade ela dirá: "Obrigado por ter nos escolhido. Aguarde, entraremos em contato."

Iria para casa, passaria os dias ao lado do telefone esperando a salvadora mensagem. A ilusão se desfaria lentamente, como devem ser desfeitas as ilusões. O passar do tempo lhe traria justificativas amenas ao ocorrido, então Ivan aceitaria o "não" escondido em polida resposta. Nem sempre a morte lenta é dolorosa. Nessa circunstância se acomodaria ao fracasso ou retomaria a busca de seu sonho.

Pagava um preço caro pela imprudência em tentar reviver um tempo terminado. Comportava-se como um ator que finda a peça, esvaziada a plateia, cerradas as cortinas, desocupada a coxia insiste em permanecer no palco, aguardando mais aplausos, ignorando o fim da apresentação.

Continuou caminhado afobado e sem destino. Ao entardecer tomou o rumo de casa. As pessoas saindo do trabalho, ansiosas para pegar a condução, não mais prestavam atenção àquele senhor cabisbaixo perambulando sem destino.

Passou dias, semanas, procurando esquecer o ocorrido. Mais uma tentativa inútil, seria impossível apagá-lo; no início o julgava trágico, depois passou considerá-lo grotesco, por fim patético. Sentia pena de si próprio.

O momento em que as portas se fecham só é comparável em emoções e aderência à memória àqueles momentos em que elas se abrem.

Ficou um bom tempo sem sair de casa e falar com alguém. A única testemunha de seu drama era a empregada; mesmo sem saber o que se passava, tentava reanimá-lo com conselhos inúteis: ir à sua igreja, ver na televisão que com fé é possível curar males piores que o dele, ler um livro de autoajuda, assistir à novela das seis e assim por diante. Anestesiado, não se aborrecia com as asneiras bem-intencionadas que ouvia sem prestar a atenção.

Um único pensamento tomara o lugar de todos os outros: estava velho e aposentado.

Na falta do que fazer decidiu rever sua cidade natal, pensou que o reencontro com o passado traria boas lembranças — dele voltaria reanimado.

A ansiedade o fez agir com rapidez. Contrariava seus hábitos: pensava muito antes de decidir. Visitaria os parentes e os cenários de sua infância. Não os via há alguns anos; o trabalho não permitia este luxo, não gozava férias há muito tempo. Seria uma agradável viagem de reminiscências, sua memória o levaria aos tempos de antigamente.

Foi à rodoviária, embarcou no ônibus. Não havia transporte aéreo para lá. Os veículos eram bem melhores que os dos anos passados, a estrada bem pior.

A janela aberta junto à poltrona permitia sentir um vento fresco, agradável. Por trás do vigoroso capinzal que envolvia a estrada e as placas enferrujadas de sinalização era possível ver as imensas plantações de café, cana de açúcar e milho.

Na primeira parada, o mesmo lugar dos anos passados. Os sanitários continuavam imundos. Os pedintes deviam ser os mesmos dos outros tempos ou seus herdeiros; tratava-se de um excelente ponto; intrusos eram afastados do modo que se fizesse necessário.

A fartura de biscoitos, pães e doces espalhados no balcão do restaurante também não mudara. Somente as moscas eram novas, algumas mais descuidadas eram torradas por um aparato elétrico que pendia do teto sobre o balcão, outras se deliciavam com os pães doces, pulando de um para outro. Em vez de abelhas, a carteira de trabalho, no seu pequeno ensaio sobre os que mudam de emprego, poderia ter citado as repugnantes e inconstantes moscas; teria sido mais apropriado.

Preferiu esperar o ônibus retomar sua jornada para ir ao banheiro, era limpo e tinha cheiro de um perfume químico que de longe lembrava algo silvestre.

O médico havia lhe dito que a próstata aumentara, mas não devia se preocupar. Era próprio da idade. Ia cada vez mais ao banheiro, urinava pouco, mas confiava no seu velho médico, com muita experiência e pouco interesse em adquirir novos conhecimentos. Não se sentia desatualizado, todas as semanas alguma moça jovem, bonita, arrastando uma pasta preta, lhe comunicava os avanços da farmacopeia e lhe enchia de amostras grátis. Guardava-as em um armário onde as esquecia. Não trocava de médico, odiava mudanças.

Em busca de alívio entrou no banheiro do ônibus. Os buracos da estrada e o sacolejar do veículo deixaram alguns pingos úmidos nas calças — os observou, pensou que os outros passageiros também observariam. Lavou as mãos, sacudiu, cobriu as gotas de urina por outras maiores de água, saiu enxugando as mãos. Todos entenderiam que a molhaçada era proveniente da pia e não de ações realizadas no vaso sanitário. Não sabia bem por que, mas a toda hora tinha que prestar contas do que fazia. Algum problema na educação? O condicionamento de anos e anos relatando aos patrões o que fazia? Não se aprofundou no pensamento.

Sentou-se. Para o seu alívio a umidade foi desaparecendo, tudo voltou ao normal. Não seria alvo de observações maldosas de alguma criança, gritando: "O velho mijou nas calças." Jamais voltaria a usar banheiro de ônibus em movimento.

Devido ao mau estado da estrada o percurso foi mais demorado que no passado.

Na rodoviária ofereceram um táxi. Era a mesma estação de antigamente. Um pouco escura, nem limpa nem suja, com alguns mendigos e carregadores oferecendo seus serviços.

Preferiu ir a pé à casa de sua mãe e de sua infância, há poucos quilômetros de onde estava. A bagagem era pequena, lembrança do tempo de executivo quando atravessava o mundo com uma valise de mão para evitar incômodos nos aeroportos.

Estava excitado, mais pelas reminiscências que seriam despertadas pelas ruas e pelo casario no caminho a percorrer do que pela visita aos seus parentes.

A cidade, com mais de duzentos anos, permaneceu apartada do progresso, pouco mudara; os prédios eram os mesmos de trinta, quarenta anos atrás. O que sua mãe chamava "shopping center" era uma mera galeria com duas fileiras de lojas pequenas; franquia, apenas uma, a da perfumaria.

O que mais se assemelhava com a praça de alimentação era uma pastelaria com caldo de cana. O cheiro dominante vinha de um enorme caldeirão com óleo fervendo e acolhendo os pastéis, lhes dando sabor e o aspecto agradável. À noite o fogo era apagado, o óleo esfriava, endurecia. Pela manhã era novamente aceso. Lentamente, como aquelas geleiras da Patagônia, as camadas de gordura junto ao metal amoleciam e caíam no fundo da grande panela. Quando a gordura começava a ferver, o encarregado buscava na geladeira os pastéis crus e começava jogar lá dentro; logo, atraída pelo aroma, a clientela se aproximava. Quando o óleo baixava de nível era adicionado mais um pouco, como se faz nos automóveis.

Na cidade não levavam a sério as novidades sobre os males provocados por esse tipo de gordura. Nem o cardiologista local lhe dava atenção. Se a morte é inevitável que venha com prazer — no caso, com ajuda de um delicioso pastel com pouco recheio e muita banha.

Positivamente, a galeria só poderia se assemelhar a um centro de compras das grandes cidades aos olhos de sua mãe, ansiosa em se sentir em uma cidade moderna, afogada em progresso.

Caminhava mais lentamente que o habitual, queria olhar tudo; lembrava que ali morara um político importante, acolá seu professor de francês no ginásio, mais acima a praça, e, quase em frente, a casa mais que centenária da mais ilustre família local, eram importantes desde o Império. A cidade orgulhava-se de ser berço de gente tão ilustre.

Um pouco mais adiante estavam o principal hotel e os dois melhores cinemas. Havia um terceiro, mal-afamado; o escuro da sala de projeções era aproveitado para outras atividades que não olhar o exibido na tela; as moças de família evitavam passar à sua frente.

Em torno da praça, aos sábados à noite, depois da sessão das seis, as garotas faziam o *footing* na calçada, iam e viam na passarela com pouco mais de cem metros entre duas esquinas, iluminada pelas vitrines das lojas e por lâmpadas dependuradas em uns poucos postes. Eram observadas pelos rapazes com um pé no meio-fio e outro nos paralelepípedos da rua, nestas horas interditada aos raros veículos que a utilizavam.

O desfile iniciava às oito horas, quando os protagonistas ocupavam os seus lugares, e terminava impreterivelmente às dez horas, hora de moça decente se recolher, era também o tempo suportável ao uso dos sapatos de saltos altos. Os rapazes iam a um ou outro bar, deixando correr solta a imaginação sobre as conquistas reais ou imaginárias que haviam sido iniciadas minutos antes.

O nosso personagem, Ivan, só tinha olhos para a moça loira de caminhar sensual, cabelos compridos, rosto delicado, sorriso provocante, olhar insinuante, mas não exclusivo — o que lhe despertava um inexplicável ciúme. Não sabia sequer seu nome, apenas onde morava e estudava, e que sua família vivia da produção de rosas.

A timidez impedia que ela soubesse de sua existência. O lento ir e vir entre os limites do desfile permitia vê-la uma dúzia de vezes a cada sábado, o suficiente para sonhar com ela durante a semana e imaginar como agiria para ela saber que ele existia. O jovem Ivan desconhecia quão difícil é se destacar na multidão.

As moças fingiam não ver os olhares penetrantes dos rapazes, não queriam passar por mundanas. Os hormônios tinham que ser bem administrados. As jovens eram puras, limpas como as roupas que vestiam. A diferença entre eles e elas desestimulava abordagens ousadas — os jovens tinham receio de serem rejeitados.

Os homens trajavam terno, gravata, sapatos engraxados e fumavam, todos fumavam. Seus olhares eram penetrantes e os sorrisos cínicos como os de Humphrey Bogart e Clark Gable.

As roupas recatadas das moças as impediam de ser uma Gilda. Tinham que trabalhar o penteado, a maquiagem e o olhar, as demais partes do corpo estavam cobertas por saias longas e blusas com mangas.

Daquele vai e vem saíram namoros, paixões, casamentos, filhos, desquites, traições, alegrias e tristezas. A calçada era essencial para o passo seguinte: o baile no clube, ao fim das tardes domingueiras. Furtivas, quase imperceptíveis, as trocas de olhares indicavam uma autorização para um encontro nas matinês dançantes.

Amargurado, Ivan fugia destas reuniões: não sabia dançar. Numa ida em férias ao Rio de Janeiro, matriculou-se em uma escola de dança de salão instalada em um sobrado no Passeio Público.

Ia às aulas com vergonha, sentia que estava fazendo algo impróprio, poderia ser reconhecido, ser motivo de falatórios na volta das férias. Era constrangedor dançar com o velho professor argentino, alto, muito magro, cabelo preto, liso, bem-arrumado com brilhantina, sem o topete usual à época, cheirando a cigarro e perfume barato. Bailava vestindo um terno escuro com listras claras e finas, muito usado e pouco lavado.

Uma das paredes do salão era toda ocupada por um espelho onde o aluno podia se enxergar abraçado ao mestre, tentado rodopiar como ele. Junto à outra parede, em uma fileira de cadeiras, sentavam-se algumas moças tímidas e sem graça, pareciam estar sempre cansadas, elas dariam sequência aos ensinamentos do professor.

Não deu para saber se o dono da escola lhes pagava alguma coisa ou apenas vendia a esperança de namorarem um bom partido, que poderia ser achado entre seus discípulos. A segunda hipótese é a mais provável. Talvez lhes pagasse a passagem do trem do subúrbio, além disso, nada mais.

Quando deu por encerrado o embaraçoso aprendizado retornou à sua cidade com uma habilidade incompleta, mas que permitiria participar da matinê dançante. Poderia pegar um diploma assinado pelo mestre comprovando a conclusão do curso. Mas não, nunca mais voltou à escola que lhe abriria as portas para paixões até então impensáveis.

Os rapazes dançavam mal. As moças participavam do ritual de acasalamento suportando os pisões nos seus delicados pés e os incômodos sapatos de salto alto. Sabiam que passo importante estava sendo dado. Algumas mais sonhadoras já anteviam uma serena velhice, cercada de netos, com o fiel companheiro de toda a vida.

A caminhada pela rua principal não era o melhor percurso para chegar à casa de sua mãe, mas era a que mais lhe avivava a memória. Sentia-se bem. Queria voltar sua atenção apenas às reminiscências da mocidade, mas a todo o instante uma lembrança impertinente voltava para atrapalhar seus raros bons momentos: a aposentadoria.

A cidade de sua infância e adolescência se mantivera como em tempos passados, as poucas modificações ocorridas foram para pior.

O hotel Palace expunha sem pudor sua decadência; da rua dava para ver a portaria com os sofás rasgados, o tapete roto e o lustre de cristal com lâmpadas fluorescentes, espetadas para cima, tirando a nobreza dos anos de esplendor, mas reduzindo a despesa com energia.

Os dois enormes cinemas viraram igrejas evangélicas. Os salões continuavam cheios, a plateia é que mudara. Antes viam filmes, agora ouvem a palavra de Jesus dita por um homem de Deus, com procuração para falar e fazer milagres em nome do Salvador. Antes se divertiam, agora buscam uma saída para seus problemas.

A praça principal era o centro da vida na pequena cidade, lá eram comentadas as novidades, cochichadas as maledicências mais recentes e contados os últimos fuxicos. Ela podia ser descortinada à distância por sua intensa arborização e pela estátua de político local que governara o estado.

Em bronze, de pé, com roupas comuns, olhava o horizonte. A placa na base do monumento trazia uma frase que só poderia se dita por um estadista em momento de gravidade. A escultura fora inaugurada pelo próprio homenageado, que, depois de descerrar a placa foi obrigado, com a necessária humildade, ouvir eloquentes discursos laudatórios exaltando seus incontáveis méritos.

O filho que retornava à sua terra preferia as estátuas equestres. O cavalo e o homenageado compõem um todo. A imponência da cavalgadura amplia a dimensão do herói.

Num dado momento a falta de respeito aos homens que servem a pátria acarretou algum desleixo às homenagens póstumas: falta de espírito público de um lado e excesso de espírito crítico do outro.

Os velhos aposentados continuavam como antigamente, sentados nos bancos da praça. Bancos novos, sem a elegância e o conforto dos antigos de madeira, agora eram fabricados com uma espécie de mármore falso, ostentando uma propaganda no encosto: podia o anúncio ser de uma farmácia, de uma casa de tecidos, de algo para fixar dentaduras ou de uma pomada para hemorroidas.

Quando as pessoas sentavam não dava para vê-los, mas com os bancos vazios não havia como não lê-los. Era melhor olhar para o que recomendavam do que ver os descuidados canteiros de plantas, as pedras soltas no calçamento e sentir o cheiro de urina junto às árvores.

O entorno da praça continuava como nos anos passados. As duas ruas laterais convergiam para uma, formando um triângulo:

de um lado as melhores lojas da cidade, no outro algumas repartições públicas e umas poucas residências, e na base a imponente catedral, não era bonita, era difícil descrever o seu estilo, era apenas grande. Na cidade havia uma igreja barroca, lembrança dos tempos coloniais; ficava um pouco distante do centro.

No passado a catedral vivia lotada de fiéis rezando e acendendo velas, pedindo e recebendo graças; agora permanece quase vazia. A concorrência próxima, a dos antigos cinemas, sem a menor dúvida é mais útil aos aflitos: lá a solução dos problemas é imediata. Na velha igreja os demandantes das graças espirituais têm que se ajoelhar, se levantar com dificuldade, sentir as dores das artrites, ir para casa e aguardar os milagres solicitados.

As velhas práticas são incompatíveis com a agilidade exigida pela rapidez da evolução das doenças e do pouco tempo disponível para cuidar delas.

As únicas mudanças notáveis foram o fechamento do terceiro cinema, virou uma loja de bugigangas chinesas, e do café de onde, sentado, se podia apreciar o movimento por horas sem ser incomodado.

Como até por lá o tempo virou dinheiro, o local foi substituído por uma barulhenta loja de eletrodomésticos, anunciando com estardalhaço seus preços imbatíveis e prazos de pagamento muito além do que duraria a compra. Vendia-se felicidade a prestações e prazos dilatados; todos ficavam satisfeitos com o que adquiriam.

Os modernos templos de consumo complementavam os modernos serviços religiosos, que vendiam saúde e leveza de alma aqui e agora. No fundo é só isto que importa. Prometer felicidade após a morte, um incerto salto no escuro, está ficando fora de moda.

Desde tempos imemoriais filósofos, teólogos e investigadores da mente buscam o significado da vida e os meios para alcançar a felicidade.

Os modernos curandeiros dos males do corpo e do espírito aliados a comerciantes preencheram esta lacuna no conhecimento humano: felicidade é curar um câncer em poucos minutos e comprar um eletrodoméstico pagando a perder de vista.

A vida é mais simples do que pensam os sábios e os revolucionários.

Ivan estava gostando do passeio mais pelas comparações filosóficas que fazia entre o presente e o passado que pelas reminiscências.

Apertou o passo. Poderia deixar a mãe apreensiva. Ficaria alguns dias por lá, daria para rever muitas coisas, até a jovem loura do *footing* de antigamente, uns dois anos mais velha que ele, por quem nutrira a já conhecida paixão não confessada devido à sua timidez.

A diferença de idade poderia acarretar censuras — não era bem-visto namorar mulheres mais velhas. Já havia um precedente na família que não fora bem assimilado. Era alvo de constantes cochichos e olhares de represão.

Certamente ela envelhecera bem, seria uma senhora agradável de ver e conviver em seus poucos mais de sessenta anos. Sabia seu nome, telefonaria mais tarde. Será que permanecia solteira? Estaria viúva? Deixou os pensamentos voarem. Todas as possibilidades seriam analisadas.

Depois da desastrada visita à empresa de contratação de executivos, decidiu não mais tentar interferir no destino, deixaria sua vida ser tocada pelo acaso, afinal nascera por acaso e assim se sucederam os fatos marcantes de sua existência. Talvez ainda houvesse acontecimentos inesperados e salvadores reservados para ele. Caminhou mais de uma hora. Sem cansaço chegou à sua casa.

A mãe, agoniada, o repreendeu; ela sabia a que horas chegava o ônibus do Rio e expressou preocupação com a demora, coisa habitual às mães, elas sentem que perderão a utilidade se não repreenderem e aconselharem os filhos. Perder a utilidade é a parte mais dramática da velhice, ainda que inevitável. Ele riu com carinho e abraçou a mãe; foi perdoado.

Como sempre conversavam ao telefone não havia muito o que dizer. Falavam das últimas mortes, das chuvas, das enfermidades mais recentes.

Ela sabia pouco sobre ele, continuaria sem saber, viviam em mundos distantes e distintos. Nas conversas não havia longos silêncios porque ela falava sem parar. Passara dos noventa, mas lembrava de tudo que ocorrera na infância e na juventude.

A velha empregada veio recebê-lo, a que cuidou dele na infância, a "mãe preta", falou que fazia na cozinha as coisas que gostava. Tudo gorduroso, elaborado com banha de porco, comprada em paralelepípedos de um quilo, envolvidos em um papel liso e lustroso.

Nem ela nem sua mãe conheciam um de seus segredos: a obsessão em se manter magro. A todo o momento se pesava. Atingira a perfeição na arte de se pesar, antes mesmo de subir na balança já sabia o que ela lhe diria. Ficava nervoso quando números inesperados apareciam no visor.

Deveria ter avisado às duas que o médico recomendara ser moderado no comer, não o fez e agora estava entregue à sanha das duas velhas.

A cozinheira, como sua mãe, ignorava seus hábitos frugais: comida sem gordura, abundância de fibras e antioxidantes, providências que o fariam viver por muito tempo. Depois da aposentadoria desejava ter vida breve, mas tomava cuidados que o levariam longe.

As duas mulheres lhe davam apreensão com o desleixo nos cuidados alimentares. Só faltava fumarem. Morreriam cedo. Cedo? Percorreu a casa, foi a todas as peças, não queria deixar nada em branco, depois caminhou pelo jardim. Cada canto, cada olhar, cada cheiro, trazia alguma recordação agradável, lembravam os anos felizes ali passados. Lamentou por um instante ter buscado outros rumos. Atribuiu culpa ao seu pai; ele queria um filho instruído. Esqueceu-se de se culpar; adquirida a instrução poderia retornar, mas não voltou; levou a busca do saber longe demais, muito além das necessidades da pequena cidade.

A menção das comidas estranhas à sua dieta fez com que pensasse em encurtar "a busca ao tempo perdido", abreviar sua estadia, sabia ser difícil fazer sua mãe mudar de opinião.

Descobriria uma desculpa para ir embora tão logo falasse com o envelhecido amor platônico da mocidade.

Não tinha mais amigos por lá. Uns morreram, outros foram para cidades maiores, alguns se isolaram, sepultaram-se em casa e não queriam ver ninguém.

Para encerrar o gorduroso, mas saboroso almoço, que não pôde recusar, elas encheram um prato com um quindim muito doce, puro açúcar. Comeu imaginando que deveria passar fome alguns dias e percorrer dezenas de quilômetros para queimar todas as calorias da refeição.

Correu para o quarto, tomou dois comprimidos digestivos e saiu para caminhar. A barriga pesava e a cabeça não pensava. O melhor era voltar para casa, deitar e deixar entreaberta a centenária janela de madeira para entrar o ar.

Não lembrava mais da sesta. Na cidade grande apenas os velhos e os vagabundos a praticam; um executivo como ele, jamais. Comia apressado, não tirava prazer das refeições. Os intermináveis almoços com os chefes e colegas franceses, com vinho, queijos e conhaque após a sobremesa, o irritavam, perdiam tempo, a remessa de lucros para a matriz seria menor do que a possível. Conformava-se. Os patrões não estavam preocupados com isso, desfrutavam de um *savoir-vivre* que ele desconhecia.

A mãe conservara o quarto como no dia em que se fora para concluir o secundário em colégio distante, em internato pautado pela solidão e disciplina normal nesses lugares. O Santo Antônio ensinava o caminho da salvação eterna e bem preparava para a vida terrena.

Quando lembrou o tempo passado no colégio vinha à mente que não ia à missa há décadas, o pensamento trazia consigo alguma culpa. Voltaria a frequentá-la, aos domingos iria à igreja; soube que agora havia cultos mais curtos que no seu tempo. Não adiaria esse projeto voltado à salvação da alma, à calma do espírito e a uma melhor ocupação para os seus dias de ócio.

A imutabilidade do seu quarto da juventude trazia segurança, se tudo falhasse não precisaria dormir na rua. O instinto materno compreende os temores filiais.

Nele permaneciam como deixara a cama de madeira, simples, sem adornos, o velho e pouco confortável colchão de molas, o macio travesseiro de penas de ganso e o útil criado mudo de jacarandá-da-baía, a mesma madeira da cama, com tampo de mármore róseo, onde, na parte de baixo era guardado o urinol, na de cima repousavam um pequeno abajur de louça, a Bíblia e o terço de sua primeira comunhão.

O armário encostado à parede, em frente à cama, dava a impressão que a qualquer momento desabaria sobre ele. A janela, voltada para o jardim, com os escuros bem-feitos, as madeiras perfeitamente encaixadas não deixavam frestas; nenhum inoportuno raio de sol passaria por elas. A cortina rendada era apenas decorativa.

Os sons eram os da natureza: pássaros, galos, cães e o vento balançando a copa das árvores. O céu sobre a casa era infinito, não havia paredes de edifícios limitando o horizonte, nem aquele invisível invólucro guardando ruídos contínuos. Sua mãe não tinha olheiras, dormia bem.

A cidade era montanhosa e fria com árvores que cumpriam o ciclo das bem definidas estações do ano.

O jantar foi tão impróprio quanto o almoço, tentou se esquivar, deu desculpas para evitar comer qualquer porção do que lhe era oferecido com insistência. Vendo ser impossível impor a sua vontade comeu o mínimo possível; recusou a sobremesa, não insistiram.

Caminhou um pouco pela rua, voltou e foi para a cama. O quarto tinha um frescor que ele havia esquecido, o pé-direito devia ter uns quatro metros, os tijolos das paredes tinham a espessura necessária para preservar o local do calor do lado de fora.

Não dormiu. Escutava estranhos ruídos vindos da barriga, não os ouvia desde que optara pela mesa regrada. Agora não, parecia que havia uma luta dentro de si: o feijão explodindo, os excessos disputando espaço no seu reduzido estômago, encolhido pela pouca ingestão a cada refeição. Imaginava o trânsito dos alimentos interrompido no estômago, dando a impressão que dali não passariam. A ansiedade produzia imagens desagradáveis, incompatíveis com o repouso.

O curioso é que sua mãe e a ama gozavam de boa saúde; já deveriam ter morrido há muito tempo. Na volta trocaria ideias com seu médico a respeito da aparente falta de relação de causa e efeito entre as pesadas refeições e a longevidade das duas mulheres.

Não se sentia bem, não podia deixar de lembrar que estava aposentado: a palavra o horrorizava, não a dizia nem para os amigos mais íntimos; quando ela aparecia no meio dos pensamentos buscava afastá-la.

Não comentou com a mãe que agora não fazia mais nada. Poderia chocá-la — ela lembraria que seu pai trabalhou até aos noventa anos.

Levantou cedo, queria sair sem fazer ruído para não acordar os outros; assim se livraria da primeira refeição. Sentia que a digestão não se completara. Tinha que ir à cidade, caminhar, perder calorias e achar uma balança em alguma farmácia.

No almoço alegaria qualquer coisa para só comer um pouco da salada. As senhoras eram insistentes, para elas sua magreza era antinatural, ele estava às portas da tísica. Voltaria para casa mais gordo, mais saudável. Teriam cumprido o dever de mãe e de ama; com essa atenção viveria tanto quanto elas.

O aposentado organizara sua vida com vistas ao futuro, não tinha nenhum problema à vista, mas o futuro não chegou como ele imaginara, veio na forma de ócio, tédio, solidão e sentimento de inutilidade.

Não entendia completamente o que se passava. Tinha que conversar com o Antão, ele teria alguma explicação.

O amigo era prolixo, pulava de um tema para outro, não concluía nenhum, mas, desta vez, ele controlaria a conversa: só mudaria de assunto quando lhe explicasse o que se passava.

Em silêncio saiu do quarto, se esgueirou pelo corredor, entrou na sala de jantar, dali ganharia a rua. Para seu desconforto as duas algozes alimentares, alegres, bem-dormidas, já estavam à mesa aguardando-o.

O café da manhã deu sequência à fartura e a impropriedade nutricional do almoço e do jantar. Na mesa havia café da fazenda, leite gordo, pães de queijo, bolo de fubá, bolo de aipim, pão com trigo branco, manteiga e queijo brilhando de gordura. Nada parecido com a margarina, às torradas integrais e o queijo magro que comia habitualmente com parcimônia.

Sem apetite, com certa repulsa, fez o que dele esperavam: comeu e elogiou o que lhe ofereceram. As duas senhoras com carinho diziam: "Preparamos tudo que você gosta." "Fiz aquele omelete com toicinho." Disse a ama. "O bolo de fubá é meu." Rebateu a mãe.

As duas disputavam a atenção e o pouco espaço disponível no estômago do visitante. Com sacrifício inimaginável ele cumpria sua parte no pantagruélico espetáculo. Terminada a sessão de tortura, tentando esconder seu desagrado, pediu licença e saiu da mesa.

"Ele está muito estranho. Comeu sem prazer." Concordaram as duas velhas.

Bem, não era todo dia que perdia o controle; estava física e mentalmente pesado. Passada a orgia alimentar, o pecado da gula o atormentava, não pela perspectiva da condenação religiosa, mas pela da balança.

Saiu apresado, esqueceu-se de se despedir, perdera o hábito. Quando sai de seu apartamento não se despede de ninguém — mora só. Caminhou a passos rápidos, não trouxera o calçado apropriado às caminhadas, mas o sapato não o incomodava, apenas o peso adicional lhe trazia desconforto. Sentia a calça apertada, olhando para os pés percebia que a cintura delgada se fora. Seria permanente? Preocupou-se.

A flatulência o incomodava, felizmente estava na rua e ela não era notada, com alguma habilidade poderia bem administrá-la. Com a vida saudável que levava havia esquecido a possibilidade dessa desagradável ocorrência e de seus possíveis desdobramentos.

Na primeira farmácia que entrou não havia balança; fitou o balconista com olhar de desaprovação. Na segunda tinha uma de colocar moedas, aferiria a massa, a pressão e a altura; nem ele nem o balconista tinham moedas.

Felizmente era uma cidade brasileira como outra qualquer, o comércio mais florescente é o de medicamentos. Quem chegasse ao país pela primeira vez e visse a enormidade de farmácias disponíveis o imaginaria habitado por um povo enfermo, se não lhe ocorresse pensar em uma epidemia de hipocondria.

Na terceira, mais perto da praça central, havia uma balança, a mesma de quando saíra de lá, com um enorme mostrador redondo, uns cinquenta centímetros de diâmetro, números grandes, um marcador longo com uma seta na ponta. Subiu, aprumou-se no

tapete de borracha bastante gasto, deixando aparecer o piso metálico embaixo dos pés, pensou: "Deve ser o mesmo do meu tempo."
Ansioso, atento ao lento deslocar do ponteiro, que saindo do zero passou pelo peso da chegada à cidade e parou mais adiante: três quilos a mais em menos de dois dias. "Tenho que partir. Não ficarei para o almoço. Passarei dois dias sem comer, deitarei na cama, observarei o mundo através da maldita fresta da cortina. Tomarei um laxante, irei ao banheiro muitas vezes e estarei salvo." No final da semana, pensou, estaria meio quilo mais magro que quando da partida para a viagem de reminiscências e engorda.

Lembrou-se do presidente da empresa de onde saiu aposentado, não havia como esquecê-lo, ele era versado em práticas agrícolas e na criação de animais para alimentar pessoas. "O idiota sabia bem nutrir porcos e galinhas. Ninguém deveria engordar nada. A cadeia alimentar leva a gordura de um lado para outro. Este tipo de gente não deveria existir." Graças a pessoas assim ele estava três quilos mais gordo.

Foi ao balconista, comprou dez comprimidos de um laxativo qualquer. O vendedor observando o suor correndo pela testa, a mão trêmula, o olhar alucinado e a fala incisiva, perguntou se ele não queria levar um excelente suco concentrado de maracujá. Não agradeceu o conselho, saiu rápido com os purgantes. Dava o primeiro passo para voltar ao peso normal. Na rua, tomou o primeiro comprimido, sabia que as consequências poderiam ser desastrosas, mas não se conteve, começaria a emagrecer em poucas horas.

Lembrou que a mãe ao telefone exaltava a modernização pela qual passava a cidade, ele ainda não a vira, mas em algum lugar haveria uma destas balanças elétricas nas quais o peso aparece em um visor colorido. Desconfiou da precisão da velha balança. Foi até a praça, olhou para os três lados, na pressa não achou nada; sabia que ali havia uma farmácia centenária, com armários de madeira escura trabalhada, envidraçados e guardando frascos com pós, líquidos e cápsulas.

Ia lá com seu pai. Era antiga, mas deveria ter remédios e equipamentos atuais. Com mais atenção e menos agitação encontrou o que buscava. Da rua enxergou a prateleira repleta dos modernos medicamentos genéricos e a velha caixa registradora, exposta em um canto como uma relíquia, os valores eram registrados em um computador.

Sentiu que encontraria um aferidor de peso mais moderno, mais preciso que a velha balança do mostrador redondo. Acertou, estava em um canto, discreto como se não quisesse expor os obesos a gracejos. Subiu rápido, observou o fino tapete de borracha sem marcas do tempo. Os números começaram aparecer, aumentando o suor na testa: três quilos a mais.

Saiu às pressas, tinha que falar com alguém, não poderia ser a jovem namorada, ela sabia que na idade dele não era fácil perder peso; lembrou-se do Antão, só poderia ser ele; tinha a pretensão de saber tudo.

Ligou na hora, pediu para ser sucinto na resposta ao drama que exporia. À distância, escutou calado, coisa rara, respondeu para não se preocupar, ninguém engorda três quilos em um único dia, em menos de vinte quatro horas. Considerou apropriado o purgante, recomendou que fosse rápido para casa, pegasse um táxi. Foi o melhor conselho que deu, o efeito do medicamento foi instantâneo, felizmente chegou a tempo ao lugar apropriado. A recomendação para voltar de táxi fora providencial. Continuaria levando a ele suas dúvidas e ansiedades.

As anfitriãs atribuíram a precária situação digestiva à comida saudável do interior, estava desabituado a ela. Hoje fariam uma canja de galinha caipira, bem gorda, nutritiva; criada no quintal. Não mencionou o purgante, nem que anteciparia a volta. Adiou o retorno para o dia seguinte. Não tinha condições de ir aos banheiros na beira da estrada nem no do ônibus sacolejante. Foi fácil disfarçar os pingos sobre a calça na vinda, mas agora era coisa mais séria.

O atordoado Ivan ficou mais um dia com a mãe e com a ama. Tomou a canja com moderação, cuidou para que a colher não recolhesse as pequenas manchas amarelas que boiavam no caldo quase branco. Não comeu a carne dura da galinha que passara a vida indo de um lado para outro no galinheiro, caminhando, enrijecendo seus músculos e se alimentando de insetos e minhocas.

Comia, ou melhor, tomava só a parte líquida da sopa, evitava o arroz previamente refogado em gordura para dar sabor e substância ao insipiente caldo. As duas senhoras estavam vigilantes ao subir e descer da colher. Censoras atentas. Cabisbaixo, fingia não ver que estava sendo observado. "Que mal a vida na cidade fez à saúde do menino." Repetiam, olhando uma para a outra.

A situação tornou-se insuportável, não sentia prazer no agrado que faziam. No fundo do prato repousava uma enormidade de arroz e uma coxa escura, diferente daquelas pálidas, limpas, embaladas e congeladas dos supermercados: "Seriam aves de espécies distintas?"

Deitou um pouco, era o melhor a fazer, sentia-se doente. Não conseguiu fechar os olhos. Resolveu telefonar para amada da adolescência, foi fácil achar seu telefone. "Um momento vou chamá-la." "Sou o filho do doutor R. Eu não podia ignorá-la no *footing* aos sábados. Admirava muito você. Estou de passagem, gostaria de vê-la." Teve que mencionar o pai, conhecido médico local, já que ela não tinha a menor ideia de quem ele era.

"Admirava muito você" foi mal colocado, ele queria dizer: "Eu a amava muito." A vergonha, o medo de ser repelido, o impediu de usar a palavra apropriada, não revelou o amor platônico que há quatro décadas sentia por ela. Esse é o único afeto que não causa decepções, o único que pode ser eterno — ele não permite que um conheça as fraquezas do outro.

Os anos substituíram a voz aveludada por outra, rouca, dura, quase masculina. Deve ter sido o cigarro ou algum desequilíbrio hormonal pós-menopausa. Ela não se lembrava dele e não desejava vê-lo; não queria que o antigo admirador visse o que os anos fizeram a ela. O cabelo continuava louro pelo esforço das tinturas, mas seco, parecia palha, um ligeiro buço sobre lábios enrugados confirmava o desequilíbrio hormonal. Malditos hormônios, tão abundantes na mocidade, tão escassos e desequilibrados no passar dos anos. Os da juventude levam à loucura, provocam desejos, os da velhice trazem incômodos, achaques e desestimulam aproximações.

Ao ouvi-la percebeu que nem os amores platônicos são para sempre. Se não fosse a sua timidez, a ilusória paixão teria acabado muitos anos antes e agora poderiam estar compartilhando as mazelas do entardecer da vida, quando o inverno da desesperança não é substituído pelo sol do verão nem afasta as nuvens sobre sua casa, como ocorreu com o duque de Gloucester.

Agradeceu aos céus a recusa em vê-lo. Seria desagradável olhá-la, preferia guardar a imagem que o atormentou na juventude. O sonho, a ilusão, já desmoronara ao ouvir a voz rouca do outro lado da linha, não precisaria encontrá-la para tirá-la de sua cabeça. Uma ilusão a menos, teria mais tempo para arquitetar coisas para ocupar os dias longos que vivia.

Em casa, comunicou que partiria no dia seguinte. Lamentaram, não daria para engordar os quilos que haviam planejado.

Retornaria com as olheiras que as duas mulheres haviam observado, que ele não enxergava, e com o aspecto doentio conferido pela magreza que expunha seus ossos, mas permitiria ter longa e saudável existência. As senhoras discordaram, mas aceitaram sua decisão sem compreendê-la.

Optou por viajar de dia. No ônibus leito, à noite, a passagem era mais cara, a vista pior e os buracos os mesmos. Tomou o primeiro que tivesse um assento disponível. Queria sair logo do tirânico ambiente. Mais um dia e morreria afogado em carinhos, zelos e cuidados.

Sempre sentia culpa por alguma falta cometida, mesmo que não conseguisse identificar sua origem, dessa vez o sentimento de culpa aflorou por ter frustrado sua mãe com estadia tão curta. Com um pouco mais de paciência poderia ficar mais dois ou três dias, e não carregaria aquele sentimento incômodo: fora egoísta com sua própria mãe.

Das caminhadas pelas ruas da cidade ficou impressão de decadência. Não era o saudosismo comum aos de sua idade.

A crise de ansiedade que passou na casa materna e que provocou o antecipado retorno à sua cidade, fez com que deixasse de ver lugares que atraíam sua curiosidade na mocidade. Voltou sem saber se eles ainda existiam. Lamentou, podia ter ficado mais um dia ou dois.

Antes de partir para cumprir a missão presidencial, ir à capital conversar com o lobista, Ivan recebeu em sua sala o colega dos recursos humanos, antigamente chamado chefe do pessoal, recomendando, na volta, começar a esvaziar as gavetas: "Você atingirá a idade limite no próximo mês." Ficou perturbado com o que ouviu: "Seria ele prescindível como os demais?"

Os sessenta anos se aproximavam e com eles a data fatal. Há quarenta anos fora definida pela alta direção da empresa como idade provecta, incompatível com o compromisso permanente em assimilar avanços tecnológicos e modernos procedimentos gerenciais.

É de amplo conhecimento que os mais velhos rejeitam as mudanças. A avançada idade era dogma estatutário, nada podia alterá-la. Não percebiam que o questionamento dos mais velhos às mudanças é que eles sabem que a maioria das novidades nada mais é do que a volta das antiguidades que não deram certo. Caíram em desuso, foram esquecidas, morreram. As gerações se sucedem e elas ressurgem.

Nenhum invento, nenhuma ideia, pode ressuscitar se não tiver morrido. Renascem como eram antes de desaparecerem, as ruins retornam ruins, as boas ressurgem boas.

Certa vez Ivan viu na matriz da empresa uma galeria com retratos de antigos presidentes. Todos pareciam ter passado dos sessenta. Comentou isso com uma mal-humorada secretária. Ela respondeu que todos tinham menos do que a idade maldita. Posavam sérios, com cara amarrada, para a derradeira foto, a que seria colocada na galeria dos ex-presidentes, para não serem vistos rindo e descontraídos pela posteridade, poderiam parecer descompromissados com a seriedade requerida pelo cargo.

"Por que não mudaram a regra em função do aumento da expectativa de vida?" Ela respondeu que os representantes dos acionistas, duas dezenas de fundos de pensão, eram jovens, eles associavam a velhice à perda de vigor intelectual. Como tinham menos de quarenta, não consideravam sequer a possibilidade de em algum dia morrerem. A regra era considerada boa, refrescava e rejuvenescia a empresa.

Coquette, ela confessou que ainda faltavam muitos anos para ser aposentada. Era visível que mentia. As rugas escondidas pela maquiagem espessa, o cabelo excessivamente ruivo, como o do lobista de Brasília, o lábio grosso, um pouco torto na parte superior, colocara o enchimento com um médico de subúrbio, era o único que podia pagar — plano de saúde não cobria o revolucionário tratamento. A papada caída, o pescoço parecendo um maracujá maduro e as mãos com veias saltadas indicavam que ela seria homenageada, receberia um relógio barato, antes do Natal. O presente seria comprado naqueles vendedores clandestinos vindos do Senegal e da Costa do Marfim, que à noite inundam as ruas oferecendo tudo que é vendido à luz do dia nos grandes magazines.

Os engenheiros mais jovens conversavam sobre a breve saída do "velho". Eram otimistas, um deles o substituiria. Seguramente a firma dispensaria os serviços dos *headhunters*, caros e nem sempre trazendo boas indicações; prestigiariam o pessoal da casa. O desfocado presidente pensava o contrário. O retirante formara uma excelente equipe, poderia chamar um deles, mas a consultoria externa o permitiria escolher alguém mais medíocre do que ele.

Via nisso uma chance de se destacar. Antes da chegada do novo diretor levaria para casa alguns relatórios que repousavam há tempos sobre sua mesa. Sentia chegado o momento de lê-los.

Afinal já estava lá há nove anos, não podia mais passar sem saber nada além daquilo que permitisse conversas curtas e superficiais sobre suas tarefas.

Não apreciava a leitura, mas faria o sacrifício, impressionaria o novo diretor, que para ter o cargo estava propenso a se impressionar com qualquer coisa.

A festa de despedida foi agradável — um jantar em luxuoso restaurante francês, com o presidente, os diretores e seus auxiliares, inclusive a simpática secretária da presidência.

O presidente fez elogioso discurso ao que partia. Falou em português precário. Julgava-o exemplar, do mesmo modo que as demais línguas estrangeiras que se orgulhava conhecer.

Recebeu um relógio, não precisava dele, já tinha outro, dado por seu pai. Poderiam obsequiá-lo com algo mais útil. Não sabia bem o quê. Daqui para frente gravatas, ternos, roupas para o frio europeu perderiam a utilidade. Poderia ter recebido uma televisão, já comentara com os mais íntimos a expectativa que aguardava desta companhia.

O presidente não era mão-aberta; a televisão era mais cara que o relógio, além disso, no camelô da esquina havia dúzias deles, de grandes marcas, com estojos belíssimos, vindos da China. Jamais saberia se a derradeira lembrança de seus colegas tinha sido produzida na Suíça ou na Ásia, não saberia distinguir uma de outra. Assumiu que o compraram ali mesmo, na esquina. Tendia à crítica mordaz e tinha pouca crença na generosidade humana.

Afinal não era uma festa de chegada, era de partida, não o veriam mais, qualquer lembrança serviria; quanto mais barata melhor para a empresa.

O presidente era um sujeito estranho. Francês, quarenta e dois anos, altura mediana, cabelos castanhos e encaracolados, profissionalmente simpático, um pouco gordo; era impossível passar pela empresa e não incorporar alguns quilos. Parecia estar sempre pensando em outra coisa diferente da que lhe exigia atenção. Seu modo de vestir era apropriado à função, o mesmo não podia ser dito de seu currículo.

O nome de batismo era Roger Martin. Seus pais, católicos fervorosos, homenageavam dois santos que consideravam ser bons exemplos para a criança recém-nascida: Roger, ordenado padre por São Francisco de Assis, e Martin, corajoso soldado e religioso exemplar. Quando crescesse o menino conheceria suas vidas e se espelharia nelas; assim pensavam os pais.

Por um momento o pai temeu alguma confusão com o santo peruano, o dominicano San Martin de Porres. Mulato, filho de uma negra com um espanhol, unidos, provavelmente, sem as bênçãos da Igreja, mas afastou o temor: ninguém sabia da existência desse santo; sem dúvida ele não seria a melhor fonte de inspiração para seu filho.

Pode-se afirmar, sem correr o risco de ser considerado maledicente, que seu preparo era incompatível com o que se espera de um *country president*. Fora uma indicação política; prática usual em seu país e no Brasil, onde exerceria a importante função.

Antes de chegar à beira da falência, a gigantesca corporação, com tentáculos por todo o mundo, escolhia seus executivos obedecendo a rigorosos padrões técnicos. Depois de salva dos dias incertos com generosos recursos dos contribuintes, o governo e os credores se acharam no direito de indicar pessoas que antes da hecatombe sequer poderiam passar à frente de sua luxuosa sede em endereço nobre em Paris. Daí surgiu a bizarra figura presidencial.

Por outro lado, cabia pensar no que ocorrera: os de currículos exemplares colocaram a empresa à beira da falência, por que não tentar recuperá-la com pessoas menos qualificadas? Inegavelmente havia alguma lógica no processo de escolha dos novos condutores do destino da grande multinacional.

Os antigos executivos passavam pelo severo crivo de empresas americanas especializadas na contratação desta sofisticada mão de obra. Eram chamadas as norte-americanas pelo seu rigor e experiência; buscariam o que havia de melhor no mercado, sem as perniciosas influências políticas.

O presidente era versado em práticas agrícolas, não compreendia a linguagem dos seus subordinados, também não se esforçava para melhorar seus conhecimentos. Procurava sempre desviar os assuntos para a política, seu campo de saber.

Não ficaria bem falar de coisas que aprendera na escola superior de agricultura, afinal a empresa não tratava disso. Enquanto falassem de alta tecnologia, economia de energia, logística, informática, ele dissertaria sobre o plantio de batatas ou beterrabas. Realmente não dava.

Desenvolvera técnicas para manter o emprego. Estava sempre em outro lugar. Atarefado, planejando artimanhas do agrado dos tomadores públicos de decisão, seus clientes; pensava o tempo todo no que faria para agradá-los, sabia que gostavam de presentes, de viagens à Europa, de amabilidades de qualquer natureza. A única coisa que lhe interessava era saber quando os homens públicos iriam à sua terra, para convidá-los a visitar a sede da empresa; sempre aceitavam o convite.

Comprava dúzias de gravatas de seda, vendidas às portas dos grandes magazines parisienses; baratas, três por dez euros, feitas na China com etiquetas de nobres marcas europeias. Carregava seu pequeno estoque aonde fosse, distribuindo elegância entre burocratas e políticos, e recebendo em troca informações preciosas. Uma espécie de mascate moderno.

Praticava o escambo como em outros tempos — presenteava em troca de amizades e informações. O passo seguinte era o convite a visitar a empresa na Europa. "Posso levar minha amante?" "Naturalmente." "É tudo pago?" "É claro, você e sua amante são nossos convidados." O pobre conhecimento da língua não permitia encontrar um eufemismo para falar da companheira do obsequiado.

Não tinha capacidade de discernir se as despesas com as viagens seriam úteis ou não à empresa, se os projetos apresentados eram viáveis. As visitas à matriz tinham um duplo objetivo: ao homem público estrangeiro seria um belo e barato passeio, para a empresa e seus lobistas uma oportunidade de criar laços de intimidade que possibilitariam continuar os negócios, e, mais tarde, ir além das gravatas e dos perfumes para esposas e concubinas. Estreitados os laços, consolidada a intimidade, o céu é o limite, tanto para sua carreira, como para o faturamento da empresa e para o bolso do novo amigo. O único risco é a elevada rotatividade nos cargos públicos. Frequentemente o caminho tem que ser novamente percorrido.

O presidente tinha um objetivo adicional: manter permanentes negociações, enviar relatórios à matriz dando conta das *démarches*. Prolongar ao máximo os assuntos por mais fictícios que fossem. A estratégia não era de uso exclusivo seu. Todos a utilizam, mas ele esmerava-se mais que os outros; dava mais brilho, nascera para isto.

Nas corporações públicas ou privadas os relatórios, sejam sobre o que for, justificam milhares de empregos de alto escalão e de seu séquito de secretárias e assessores.

Passava a maior parte do tempo em aviões e aeroportos, o que produzia um ar cansado, fazendo os outros pensarem que a exaustão era devida à dedicação ao trabalho. Com o convívio prolongado, rapidamente percebiam que jamais ele morreria de trabalhar.

Aperfeiçoara de tal modo a técnica do nada fazer dando a impressão que tudo fazia que morava em outro país, próximo de onde ele deveria estar. Embora fronteiriço, era distante de seu escritório. As viagens eram demoradas; sobravam menos horas para o cumprimento de suas obrigações. Dava certo, ninguém na matriz estava preocupado com a filial.

Como os voos estavam sempre atrasados as reuniões começavam depois da hora aprazada e terminavam antes de esgotar a pauta. Com ar preocupado, misturando quatro línguas, pedia a compreensão de todos. Tinha outra reunião, não poderia atrasar, a que ele convocara continuaria em outro dia: "Quando?" "Não sei. Tenho muito que fazer. Avisarei."

A mais alta direção merecia toda atenção, preparava-se com esmero para receber o presidente mundial. Tudo que acontecia de bom na empresa era mérito seu. De modo sutil falava de seu esforço cotidiano e do permanente sacrifício pela firma. O presidente para o mundo fingia acreditar.

No jantar de despedida disse ao retirado Ivan que a sua saída era ruim à empresa. Não fosse pelo regulamento ele continuaria diretor por muitos anos. Assumiu um todo compungido. Olhos, boca, modulação da fala, tudo indicava profundo pesar pela aposentadoria, no seu entender, precoce.

Quase às lágrimas disse: "Você fará falta, muita falta." Abraçou-o com fervor, do mesmo modo que abraçava o presidente maior quando o recebia no aeroporto.

A mímica trágica, a pantomima, deu certo para as secretárias presentes; duas chegaram a chorar. Dos estagiários para cima comentavam apenas: "É um artista, não fez técnicas de plantio, fez arte dramática."

A festa havia sido transferida da hora inicialmente marcada, nove horas, para as sete horas; o presidente tinha que correr para o aeroporto. O trabalho o aguardava do outro lado da fronteira. O país onde morava era próximo; não era a distância que o protegia do trabalho, era a burocracia nos aeroportos, o mal tempo e a precariedade do controle do tráfego aéreo.

No lugar que escolhera para morar predominavam as dificuldades. O país se desfazia, ficava cada vez mais pobre; inserido em um processo autofágico do qual não conseguia se livrar. Perdido, vivendo nostalgicamente em seis décadas passadas, quando teve um amado ditador que protegia e distribuía benefícios aos que sequer possuíam uma camisa. Dava a impressão de ter sido atingido por alguma maldição da qual não conseguia se livrar.

Isso não importava ao Roger Martin. Contava proezas, parecia um orgulhoso filho da terra que escolhera para morar, falava dos grandes negócios a caminho. Quem o alertasse da impossibilidade deles se realizarem passava imediatamente a ser considerado inimigo, era olhado com um sorriso irônico que procurava disfarçar o ódio a quem o tinha pegado na trampolinagem.

Falar sobre a inutilidade daquelas viagens dos espertos homens públicos à Europa e da inviabilidade dos negócios que propunha à matriz o tirava do sério, lembrava que eram ações estimuladas pelo seu chefe, ansioso por vindas ao país abaixo da linha do Equador, portanto, sem pecados.

Cada vez mais o presidente maior demonstrava interesse na filial que representava muito pouco no faturamento da enorme multinacional espalhada por todos os continentes.

Em uma de suas aguardadas e curtas palestras doutrinárias aos colaboradores locais, disse que a empresa não era multinacional, era global. Não esclareceu a diferença, mas causou boa impressão.

Em locais onde estavam reunidos mais de dois funcionários, todos falavam sobre a criatividade do que ouviram.

A característica corporativa mais marcante é a hipocrisia. Praticada com naturalidade, sem pudor. É impossível sobreviver em seu meio sem exercitá-la. Um processo de seleção natural, exigindo toda esperteza disponível.

Quando o presidente mundial chegava pairava no ar um clima apreensivo: os colaboradores aguardavam o anúncio de cortes de pessoal. Quando isso não ocorria respiravam aliviados. No coquetel que se seguia à fala, o que ele havia dito era comentado com júbilo. O ambiente na grande empresa global era em tudo semelhante à política, praticava-se o cinismo e a dissimulação com naturalidade.

Na volta, Ivan achou a viagem mais rápida que na ida; se ateve à paisagem, e não foi ao banheiro do ônibus. Chegou ao seu apartamento no final da tarde. Sentia-se aliviado. A alteração da rotina fora penosa. Recusava mudanças, mesmo que fossem para melhor. Abriu as cortinas, respirou o ar poluído, olhou a paisagem ao pôr do sol com o encanto de sempre.

Telefonou para Antão, tinha muito a contar e precisava agradecer o conselho de pegar o táxi para não ampliar sua tragédia. Ele estava numa situação semelhante à sua, também evitava a palavra aposentado; era mais velho, não organizara tão bem a vida para a velhice, o que lhe dava mais ocupação.

No começo da aposentadoria consultava médicos, dentistas, fisioterapeutas, psiquiatras, era dispendioso, mas preenchia bem o dia. Depois de algum tempo parou de se ocupar com os males do corpo e da mente. Passou à floricultura, plantou rosas, não teve sucesso, as formigas destruíam suas mudas, as flores nasciam mirradas. Começou a se dedicar a matar formigas.

Um especialista lhe falou que teria que matar a rainha, mas não disse que era mais fácil exterminar toda a população da terra do que eliminar a chefe das formigas. Enquanto ela estivesse viva ele não teria rosas. Esta era sua luta diária nos últimos meses.

Estudou o comportamento das formigas, sua organização e hierarquia. Para sua decepção soube que mesmo depois de morta a rainha, suas súditas continuam a faina com a mesma dedicação. A carapaça que envolve o corpo das formigas é o seu esqueleto, duro e resistente à natural decomposição dos corpos após a morte. As obreiras dedicadas ao trabalho só saberão do desaparecimento da líder semanas após seu falecimento.

Mesmo que venha a ser vitorioso em sua luta demorará a conhecer o seu triunfo.

Enquanto aguardava o extermínio de suas adversárias estava disponível para dar boas orientações. Ivan concluiu que deveria consultá-lo com mais assiduidade.

O amigo tinha formação semelhante à sua, menos sofisticada, mas de bom nível. Chegara também ao topo na qualificação acadêmica, o que permitia assimilar com rapidez um conhecimento novo, como eliminar as formigas de seu jardim. Teorizava sobre tudo. Dizia que velho precisa de espaço, não sabendo que ele seria dividido com uma enormidade de insetos.

Ocupava o tempo com formigas e leituras. Assinava todos os canais de televisão disponíveis. Tornara-se um ermitão como Santo Antão. Recolheu-se a isolamento mais rigoroso que o do santo, que era acompanhado em seu refúgio por demônios visíveis e incômodos.

Sua vida seguiu caminhos tortuosos, buscava sempre algo inalcançável que ele não identificava com precisão o que seria. Percebendo que não era o que queria mudava de rumo.

No início queria ser um acadêmico destacado. O baixo salário, o mau cheiro do canal ao lado da universidade, a enormidade de listas para assinar contra isto ou a favor daquilo fizeram com que ele mudasse de rumo.

Foi para o governo, fez carreira rápida e ascendente, conheceu pessoas que só sabia da existência pelos jornais. Gostou, pretendeu ir mais adiante. Logo percebeu que isso era incompatível com o sonho de dedicação sacerdotal à vida pública; nela não cabe pessoa como ele.

Saiu para trabalhar em uma empresa de engenharia. O emprego era medíocre, o salário idem, o escritório deplorável. Os donos da firma a todo o momento lembravam aos empregados, lá não havia os modernos colaboradores, que a empresa poderia falir a qualquer instante. Onde aprenderam praticar este tipo de estímulo nunca foi descoberto, talvez em algum antigo manual soviético sobre como aumentar ganhos com a produtividade: produz ou vai para a Sibéria. Os empregados viviam preocupados, dormiam mal, tomava tranquilizantes, alguns abusavam do álcool, outros falavam em suicídio.

Saiu do desestimulante emprego com certa apreensão, teria que trabalhar por conta própria.

Se Antão algum dia exterminasse as formigas, matasse a rainha, viveria como o aposentado Ivan: não teria para onde fugir; ficaria tão aprisionado ao ócio e seus desdobramentos quanto ele.

Aprendera que nas Américas havia um único formigueiro. Concluiu que jamais mataria todas as rainhas; o que lhe haviam ensinado no singular era plural, era infinito.

Sentiu certo alívio, tinha um objetivo na vida e ele jamais seria alcançado. Cada meta atingida é um passo a mais em direção ao nada, ao vazio dos anos restantes. Seu objetivo, impossível de ser alcançado, lhe daria ânimo para suportar o que faltava em termos de existência.

A perseguição às formigas ocupava pouco de seu dia, tinha que fazer alguma coisa, mas o quê? Decidiu escrever, escreveria só para ele, não se envergonharia com as críticas nem ocuparia o tempo dos outros.

Seria exagero dizer que Antão vivia, apenas contava prazo para a sua extinção. Imaginava, como Ivan, seu enterro pobre de pessoas, apenas alguns amigos, vizinhos e filhos. Alguns mais velhos ainda o reconheciam, o que o irritava, não queria ser lembrado. Todo ermitão quer ficar isolado.

O homônimo Antão, santo egípcio, anacoreta, se encarcerou em um sepulcro tendo por companhia feras, repteis e peçonhas; depois buscou isolamento, por vinte anos, no deserto; a única presença estranha à sua solidão era o demônio, tentando-o de forma incessante. Passado esse tempo voltou ao convívio de seus semelhantes e criou um mosteiro afastado de tudo, nas montanhas, onde acolheu pessoas como ele, que pelo sofrimento imposto pela solidão queriam se aproximar de Deus.

Os modernos solitários se refugiam em suas casas. Nesses tempos de incredulidade se decidirem morar em sepulcros serão recolhidos como loucos e não louvados como santos.

Seguro em seus domínios, Ivan acordou, preparou o café, entre um gole e outro mastigava lentamente as torradas integrais cobertas com margarina leve e sem sal, comeu meia maçã; sentiu-se aliviado com a frugalidade da primeira refeição. Dava início a um período de desintoxicação. Como um faquir passou dois dias comendo pouco e bebendo muita água.

Ultrapassado o período de limpeza do corpo criou coragem e foi ao centro da cidade rever a empresa global. Sabia da escolha do novo diretor, tinha curiosidade em conhecê-lo.

Preferiu ir de ônibus, perdera o direito a vaga na garagem, estacionar por perto era impossível, só havia lugar para quem para lá se dirigisse muito cedo, quase ao amanhecer.

Os ônibus nessa hora trafegavam vazios. Ele estaria livre daquelas pessoas gentis que oferecem lugar aos mais velhos. O educado gesto, para Ivan, era como se tivessem gritado: "Há um idoso em pé, ele pode cair numa freada brusca. Deem um lugar para ele sentar. Sejam caridosos com o ancião." Quando isso acontecia, com sorriso raivoso agradecia e continuava em pé. Recusava o conforto que o livraria do aperto, dos solavancos e dos batedores de carteira. Mantinha a dignidade, mas não se livrava de outros oferecimentos: "Menino levanta, dá o lugar ao vovô." Ou de comentários desagradáveis: "O velho é teimoso, vai acabar caindo."

A paisagem era a mesma que vira tantas vezes, não era monótona, renovava-se. A distância entre o ônibus e a rua impedia de visualizar o cotidiano da cidade: o jogo clandestino, meninos cheirando alguma droga barata, assaltos aos transeuntes, bueiros explodindo, gente sendo sequestrada por poucas horas.

A vista era maravilhosa, de um lado o mar, do outro os edifícios, jardins, alguns prédios neoclássicos e *art déco*.

Desceu perto do edifício-garagem construído nos anos setenta, símbolo de modernidade na época.

Caminhou cabisbaixo no meio da multidão. Recebeu ofertas de imensa variedade de produtos, de preservativos a remédios para impotência, os vendedores ambulantes o identificavam como um possível cliente. Antigamente as pessoas tinham que ir a lugares escondidos para adquirir contrabando e artigos que não convinha aos outros saber que usavam, agora eles vêm aos consumidores. Prático, mas incômodo, a oferta é excessiva, feita aos gritos e empurrões.

Subiu pelo elevador de uso comum, o da diretoria não parava no térreo. Tocou o interfone. "Quer falar com quem?" Só então lembrou que não tinha pensado nisso; sem cumprir esta parte do ritual não entraria. Pensou em não responder e fugir, receoso em prosseguir com a aventura, arrependido da intenção de voltar ao passado.

Do alto mezanino, numa mesinha, a recepcionista o reconheceu, e gritou: "Deixa ele entrar." Foi generosa. "Como vai o senhor?" "Sumiu." "Estou trabalhando por conta própria." Em mais alguns anos diria: "Estou aposentado." Já ia à fila dos idosos nos bancos, usava a vaga do estacionamento destinado aos mais velhos, por que não dizer: "Estou aposentado." Era devido ao sentimento de inutilidade que a palavra carrega.

Antão também não a dizia. No dia de ir à repartição pública pedir aposentadoria, receber pelo que contribuíra durante mais de trinta anos, chegou bem cedo, não queria ser visto. Sentou-se, ficou olhando para o chão, de repente entrou um padre escandaloso, fora político e agora estava confinado pelo arcebispo aos serviços religiosos dos mortos no cemitério. Viu-o e gritou: "O senhor aqui? Vai se aposentar? O que está fazendo?" "Consultoria." "Ah! Eu fui exilado no cemitério. Não é ruim; duas ou três encomendações por dia e nada mais." Não levava a sério o ofício de encaminhar almas à eternidade.

Não acreditava mais no sobrenatural, o que aprendera no seminário fora largamente superado pelos ensinamentos da vida. Eleito deputado viu coisas que sequer imaginava existir, conviveu com todo o tipo de tentação, se entregou a todas elas. Na vida parlamentar perdeu a pouca fé que ainda lhe restava. Não se aborrecia, a atividade clerical o levara à política.

O ônus da castidade foi mal observado. Não podia se queixar da profissão, fora bem escolhida — o protegia do casamento e de outros incômodos, e o colocava próximo à salvação da alma mesmo praticando ofensas ao Senhor. Por razões profissionais conhecia atalhos que livram os pecadores do inferno.

O escandaloso clérigo sentou-se ao seu lado, próximo ao pequeno público que aguardava a vez de ser atendido.

Felizmente a dúzia de velhos que esperava sua vez de ser atendida permaneceu quieta, não se deu ao trabalho de levantar a cabeça para ver quem era o novo aposentado, anunciado com júbilo pelo sacerdote.

Positivamente: Antão não estava aposentado, era consultor. Ninguém ainda havia contratado seus préstimos. Era otimista, cedo ele seria convocado a realizar trabalhos de sua especialidade. Era só ter paciência.

A antiga secretária recebeu Ivan com um sorriso, não o insinuante de quando era seu chefe, nem o de "aeromoça" usado para cumprir o dever de ser simpática. Ivan notou algo diferente naquele sorriso. Não era alegre, não era profissionalmente polido, não era triste, talvez fosse apenas aquela contração nervosa dos lábios que antecedem as lágrimas. Foi sincera, desabafou: "O senhor está fazendo falta." O visitante, então, decifrou o sorriso: era um modo silencioso de gritar, de demonstrar desespero sem contrariar os estatutos da empresa.

Falou que seu novo chefe era mais ignorante e preguiçoso que o presidente. Passava o dia lendo anúncios e e-mails no computador. Chegava cedo e saía tarde, mas não fazia nada. Não reunia a equipe, não cobrava, não dava nem pedia ideias e não demonstrava familiaridade com os objetivos da empresa. Para ressaltar a sua inutilidade ela disse: "Foi deputado em Brasília." Uma punhalada fatal no que ainda lhe restasse de aproveitável.

Passou pela sala dos engenheiros que trouxe para a empresa e que ficaram satisfeitos com sua aposentadoria, todos queriam substituí-lo. O sonho não deu certo. O presidente e o chefe dos recursos humanos contrataram uma empresa americana, deram o nome do ex-deputado e disseram para chamar mais dois, eles escolheriam o mais adequado à função.

A empresa se pôs a campo, chamou os dois, e entrevistou os três. Em relatório confidencial indicou um dos outros dois. Em hipótese alguma deveriam contratar o político, seu currículo era montado a partir de artimanhas e os cargos que ocupara resultaram de acomodações políticas. Havia até possibilidade de algum indiciamento, coisa comum entre os que seguem os caminhos cheios de oportunidades da vida pública.

O presidente e seu parceiro escolheram o não recomendado, mas quem eles haviam desejado desde o começo; os outros dois eram para fazer uma cortina de fumaça. O escolhido era mais fraco em saberes que o chefe supremo da subsidiária. Finalmente haveria alguém pior do que ele na empresa.

Todos podem melhorar. O pior que poderia acontecer era o contratado expor qualidades insuspeitas, escondidas por anos de confabulações e por camadas de cinismo, se isso ocorresse o contratante ficaria em posição inferior ante ele; seus subordinados voltariam às conversas maldosas nos banheiros, o presidente tinha um privativo, não as ouvia, mas sabia pelos bajuladores que era assim que se passava.

Roger Martin revelava extraordinária criatividade em seu benefício: quando se aposentar poderá dar palestras de como não trabalhar sem ser notado. Dominava amplamente o tema, poderia até dispensar o *powerpoint*. Deve-se ser justo, ele não era o único, sua arte é praticada nos mais altos escalões da República e nos das empresas privadas, o que o distinguia dos demais era a permanente busca da perfeição. Era insuperável.

Os preteridos na promoção, frustrados, falavam em sair, protestar, ir ao presidente global reclamar da escolha do novo diretor. Os mais radicais sugeriam suicídios públicos, queimando as próprias vestes. Eram ingênuos, acreditavam que eles deveriam ser leais ao empregador, pois ele seria leal a eles. Dedicavam-se à imensa multinacional que sequer sabia de suas existências.

Para o presidente mundial, falando a eles no auditório depois da viagem longa, sofrendo dos males da mudança de fuso horário, tratava-se apenas de um grupo anônimo, obscuro, sem futuro.

Quando percebessem o desapego que a matriz lhes dedicava, estaria na hora de receberem o simbólico relógio e serem despachados para casa.

A ex-secretária veio agitada: "O presidente está aqui e quer vê-lo." Heroicamente conseguira vencer os obstáculos em prazo razoável. Saíra cedo do país de moradia, como não havia nevoeiros nem greve de controladores de voo, o avião partiu no horário, chegou conforme o esperado, a fila da imigração não estava longa e o funcionário ensonado nem olhava os documentos; tudo rápido. Como chegou cedo, poderia retornar mais cedo.

"Caríssimo, que saudades!" A frase foi dita com sotaque sabe lá de que língua. Perguntou as coisas de praxe nesse tipo de situação. "O que está fazendo? Que maravilha! Nada! Invejo-o! Não vejo a hora de me aposentar, faltam apenas dezessete anos e dez meses, conto cada dia." Era verdade, o trabalho era incompatível com sua natureza inteiramente vocacionada à aposentadoria desde que nasceu. A vida útil era uma mera contagem de tempo.

Aposentado iria para o sul da França. A pensão de cinco mil euros sem impostos permitiria levar uma vida razoável. Plantaria hortaliças, criaria aves, manteria uma boa mesa e economizaria uns trocados, além, de finalmente, fazer algo compatível com sua formação universitária. Caso por lá houvesse as destruidoras formigas saberia o que fazer com elas, teve algumas aulas sobre o tema em seu curso superior.

Era o objetivo de uma existência, perseguido tenazmente, dia após dia, driblando quem quisesse que ele trabalhasse, no verdadeiro sentido da palavra trabalho.

O visitante, no fundo, admirava sua capacidade de viver desse modo e não ser cobrado por resultados, nem por ele mesmo nem pelos outros.

"Como foi na empresa que pagamos para ajudá-lo nesta nova fase?" "Bem, bem." "Ótimo! Custou caro, mas você merece."

Mais uma empulhação; o executivo demitido ou aposentado é encaminhado a uma empresa que vai orientá-lo a ter sucesso no mundo maravilhoso dos desempregados, cheio de oportunidades que podem ser desperdiçadas se ele não for bem orientado.

Empregados, "colaboradores", cheios de sugestões sobre como se tornar empresário, contam uma infinidade de histórias de sucesso após a vida assalariada; psicólogos dissertam sobre um abstrato renascer; filósofos da autoajuda indicam o caminho do pensamento positivo, conforme descrito em seus livros; o dono da empresa cita o seu próprio exemplo: renasceu da morte laboral usando o método infalível que agora ensinava aos outros.

Da maneira como falavam a respeito da maravilha que é ser desempregado, chegava-se a pensar que o governo deveria criar um programa para aumentar o número de demitidos.

De acordo com os orientadores, o ambiente no qual o recém-desempregado ingressará é semelhante ao daquelas revistas que se lê no consultório do dentista com um ano de atraso. Pessoas lindas, sem problemas, com sorrisos permanentes, em lugares deslumbrantes, em castelos e ilhas, expondo uma felicidade não encontrada sequer no Paraíso, o que dizer na terra.

Foi ao serviço de orientação e recolocação de aposentados; afinal de contas não pagaria nada por ele. De lá saiu deprimido, triste, sentindo a profunda inutilidade de tudo que aprendeu ao longo de sua existência. Mesmo de graça não deveria ter ido.

O que vivenciou parecia com aquelas propagandas de atividades para velhos, os da "melhor idade", onde os idosos são tratados como crianças enrugadas, encanecidas e retardadas. Sempre que este tipo de anúncio aparece na televisão, muda rápido de canal — mesmo assim fica agitado por alguns minutos.

No curso os instrutores garantiam que havia vida útil depois da entrada na parte inútil da existência com a mesma certeza que os religiosos asseguram que há vida após a morte.

"Você precisa conhecer seu substituto. Sujeito notável. Foi deputado em Brasília. Ocupou cargos públicos relevantes. Eu mesmo o escolhi."

O que para a secretária era demérito, a função parlamentar, para o presidente, era mérito. Sinalizava alguém como ele, não alcançado pelo bíblico castigo imposto a Adão. Não pingava uma gota de suor de seu rosto e invertera o sentido da mais-valia, a vítima era o patrão; no caso do congressista, o penalizado é o contribuinte. Quem sabe não seria uma nova modalidade de revolução das classes oprimidas?

"Vamos à sua antiga sala, você precisa conhecê-lo. É seu conterrâneo. Estudou na mesma escola de engenharia que você." Ivan lembrou por um segundo daquela turma que não estudava; ficava todo tempo no centro acadêmico, e por fim, usando mil artifícios, acabava colando grau.

"Vocês precisam se conhecer. São parecidos. Conversem. Tenho muito trabalho na minha mesa." "São parecidos" soou mais como deboche do que ironia.

"Você deixou saudades, meu caro, belo trabalho. Pena essa política de dispensar gente na flor da idade, com tanto talento e experiência. Eu mesmo ficarei apenas três anos."

A sala era a mesma, a ocupação e a decoração eram diferentes. Em uma mesinha a pilha de jornais fora substituída por uma foto da família, era importante que vissem que ele dava atenção à mulher, aos filhos e aos netos.

Na parede atrás dele, entre duas enormes janelas envidraçadas, estava dependurada uma foto cumprimentando um antigo presidente da República; sobre a mesa duas pilhas de volumes com seus discursos parlamentares impressos pela gráfica do Congresso; um pouco atrás, em cima de uma estante, um retábulo talhado em madeira destacava a Sagrada Família e o menino Jesus, sem dúvida era um bom católico; na mesa um computador de onde lia e-mails e enviava mensagens aos antigos eleitores.

A escolha fora acertada: era fácil ver que esse era pior de quem o contratara.

"Lembro-me de você no curso de engenharia, estava na minha frente, mas é mais moço do que eu. Não é?" Falou em tom amistoso. "Sou um pouco mais moço, mas você está muito bem." "Reduzi a minha idade; foi fácil. Em nossa cidade tem um esquema barato e eficiente. Os novos documentos ficam prontos em três dias. Apresento-lhe o pessoal. Com esta sua aparência é só pintar o cabelo, fazer uma pequena plástica abaixo e ao lado dos olhos, e você ganha cinco anos."

Desde que entrara na sala Antão não podia deixar de olhar o fulgurante cabelo ruivo irlandês; na mocidade eram negros. O rosto liso, sem rugas; o bronzeamento artificial lhe dava um aspecto estranho, parecia esculpido em madeira.

"Você sabe, eu sou um técnico, os mandatos parlamentares foram imposição familiar." Desculpou-se das nobres funções públicas que ocupara no passado; elas o envergonhavam ou o orgulhavam, dependia do interlocutor.

Para os dois a conversa estava insuportável. Um representado o papel de diligente executivo e o outro impaciente ouvindo histórias que sabia não serem verdadeiras. "Você deve estar muito ocupado. Vou indo." "Volte sempre, tenho muito a aprender com o amigo." O "amigo" substituía um nome que não lembrava, fizera isto muitas vezes nas campanhas eleitorais.

"Espere, leve um exemplar com meus discursos parlamentares, projetos de lei, pareceres, oito anos incansáveis para produzir algo pelo povo de nosso Estado."

Ivan pegou o massudo exemplar, agradeceu e pensou: "Será que há algum agradecimento ao assessor que escreveu tudo isso?"

Havia lido em algum jornal que seu projeto de lei de maior repercussão era o que criava o "dia da mãe solteira", e que o discurso mais importante exaltava um filho seu que ganhara um concurso qualquer no interior do Estado. Não diferia em nada de seus pares.

A secretária, quase às lágrimas, balbuciou: "Volte, volte." Como se isto dependesse de sua vontade. "Vou me despedir do presidente." "Entre, ele está te aguardando."

O presidente estava ao telefone, parecia irritado, deu para perceber que repreendia o filho no outro país, o de residência. Bateu o telefone com rispidez e voltou-se para o visitante: "Tenho que ser duro com o pessoal da matriz. Desculpe. Trabalho em excesso, não há quem aguente. Você que é feliz, não tem nada para fazer, é dono da sua vida. Que inveja." Falava espanhol, o filho não conhecia outra língua, uma discussão com a matriz seria em francês, um pequeno escorregão em quem buscava a perfeição.

Quis saber o que achou da escolha que fizera — a do seu substituto; antes que Ivan dissesse alguma coisa, emendou a resposta à pergunta: "É extraordinário. Abre todas as portas em Brasília. A escolha foi minha." Repetiu com orgulho.

Enquanto falava recolhia papéis sobre a mesa e os colocava numa belíssima pasta de couro. Antes de esperar o interlocutor falar, pediu desculpas, problemas urgentes o aguardavam do outro lado da fronteira: "Tenho que apagar um incêndio, acabar com uma crise."

Pegaria o primeiro voo. Estava ansioso para continuar o diálogo que iniciara com o filho, talvez com enérgicas palmadas.

Caso telefonassem da matriz, diria ter recebido um chamado do gabinete de um ministro pedindo com urgência a sua presença.

Desceram pelo elevador privativo da diretoria. Chegando à garagem, o visitante despediu-se do que partia para o aeroporto, subiu dois lances de escada e ganhou a rua.

Fora do prédio, Ivan observou as árvores, altas e raquíticas que se esforçavam para sobreviver entre os edifícios. Reparou suas copas escabeladas, desnutridas, empoeiradas. Avistou os galhos agarrados aos troncos magros de tanto se espichar em busca de ar e de luz. Ansiavam pelos poucos minutos do sol do meio-dia, o único que penetrava na rua estreita cercada por construções.

Ivan olhou para o alto, deitou a cabeça para trás e avistou o céu. Sentiu pena daquelas plantas presas ao chão, confinadas em minúsculos canteiros, temendo batidas de carros, cercadas por construções estranhas, fazendo o possível para não morrer.

Não queriam mais sombrear a calçada, dar flores e frutos, atrair abelhas e fornecer abrigo aos pássaros. Almejavam apenas não morrer. Não tinham mais esperança em gozar os prazeres possíveis às plantas, se contentavam com o sol escasso, com pingos da chuva caindo sobre suas folhas e com a água que molhava suas raízes.

Envelheciam sem dignidade. Invejam as do jardim botânico; amadas, bem cuidadas. Quando enfraquecidas pela idade tombavam empurradas pelo vento, ganhavam fotografia e necrológico nos jornais.

Ivan estava feliz por sair daquele teatro de mau gosto. Lembrou que as árvores, ao contrário dele, continuariam presas ao mesmo lugar, aguardando o desfecho de suas vidas sem jamais serem alforriadas.

Sequer notou a poluição, os pequenos assaltantes, os mendigos, os camelôs, os meninos cheirando cola, os apontadores do jogo do bicho e as buzinas dos carros.

Na primeira lixeira que viu jogou fora os robustos anais de uma vida parlamentar exemplar. O ambiente em que trabalhou por tantos anos estava tão contaminado como o ar que entrava em seus pulmões. Era uma farsa. Pela primeira vez se sentiu bem em estar aposentado, não precisaria mais voltar lá. Não havia porque sentir saudades daquele lugar. A ida valeu para isso. Só lamentava o belo salário que perdera, mas amplamente compensado por não ter que conviver com o cabotino do ex-chefe.

A empresa produzia, vendia e lucrava independentemente da diretoria. A rotina era conduzida pela inércia e pelo desejo dos colaboradores anônimos e invisíveis dos níveis inferiores em manter seus empregos.

Ivan caminhou sob o sol forte buscando um restaurante macrobiótico. Entrou antes em uma farmácia, era uma obsessão, não podia evitá-la. De tanto se pesar sabia quantos quilos teria ao se levantar pela manhã, depois de uma caminhada, após um embate amoroso ou se havia cometido exageros em alguma refeição. Essa habilidade era mantida em segredo, nem Antão a conhecia.

As luzes da balança piscaram, os números subiram e pararam no ponto esperado. O laxante, a fuga de quem queria matá-lo pela boca, o jejum dos últimos dias, tudo ajudou. Sentiu-se recompensado pela dieta feita.

Só voltaria a ver sua mãe no final do ano. Avisaria logo ao chegar, que não estava bem do estomago. Imploraria que comprassem uma galinha pálida, desnutrida e congelada para fazer a canja com o arroz integral que levaria na bagagem. Manteria seus hábitos frugais; assustaria as senhoras, mas não correria o risco de morte por apoplexia. Seria melhor assim.

Sentia-se bem, a tarde estava perfeita, não se aborrecia com as trombadas que levava nas ruas atulhadas de gente indo e vindo.

No restaurante sentiu-se em casa, eram todos magros como ele, alguns esqueléticos, comendo lentamente, mastigando muito, mais de trinta vezes. Predominava o silêncio, não a algaravia habitual nesses locais. Junto à balança, onde eram pesados os pratos, pequenos cartazes em meia dúzia de línguas lembravam que qualquer alimento deveria ser mastigado trinta e duas vezes.

O aspecto doentio dos que comiam em lugar presumidamente tão saudável não lhe chamava a atenção. Não falavam, apenas mastigavam. Completado o número recomendado de mastigações passavam a outra garfada. Qualquer conversa desviaria a atenção do que deveriam fazer para ter uma refeição sadia. Não era um lugar para convívio social, era um local para salvar e prolongar vidas; quase um hospital.

Serviu-se com frugalidade: alguns tomates, quiabo cozido, chuchu com um pouco de salsa, arroz integral, uma porção de lentilha, não convinha abusar dos carboidratos, e alguma coisa branca e mole feita de soja. Pesou o prato, trezentos e cinquenta gramas, recebeu a conta. Nada tinha sabor, mas tudo era saudável.

Sentia-se tão aliviado por sair de onde havia sido expulso devido à provecta idade que se aventurou a meio copo de cerveja, *light* e sem álcool, não tinha gosto de nada, combinava com o resto da refeição, mas dava uma agradável sensação de frescor; era o que mais o aproximava da boemia, raras vezes bebia toda a lata.

Alguns olhares de censura se voltaram para ele, não sabiam que a latinha sobre a mesa continha cerveja sem álcool. Apesar de ter notado a reprimenda silenciosa continuou a beber com satisfação.

Antão tomava duas cervejas, duas ou três taças de vinho. Sentia vontade de alertá-lo para ser mais moderado no álcool, mas sabia não valer à pena. Ele dissertaria sobre os benefícios do vinho. Teria que lhe dizer que a substância existente na uva que faz bem à saúde, já é vendida em cápsulas, não há por que ingeri-la em líquido alcoólico, perdendo tempo com escolha de safras, cepas e produtores.

Terminado o longo almoço, resolveu passear, aproveitar a tarde. Sentia-se bem. Entrou na galeria onde em tempos distantes passava o bonde, olhou o belo prédio da esquina, passou pelo Teatro Municipal, percorreu a praça circundada por edifícios de décadas passadas.

O bar "Amarelinho" provocou o desejo de tomar uma cerveja de verdade, bem gelada, como a que tomava na juventude. Puxou uma cadeira, sentiu-se como Sartre no Les Deux Magots. "Traga um chope, pouca espuma, bem gelado." Não jantaria, caminharia mais pouco, queimaria as calorias do ato espontâneo, mas inusitado.

"Que tarde! É ótimo estar aposentado." disse para si mesmo, ninguém podia ouvi-lo. Amenizou preventivamente qualquer culpa que mais tarde viesse assombrá-lo, lembrando que o que bebia era diurético; era bom para os rins.

No ponto dos ônibus, deixou passar alguns que estavam cheios, esperou um com lugares vazios perto da janela; de novo usufruiu a brisa e a paisagem com prazer. Não ser como o presidente e o novo diretor era motivo de alegria. Precisamos conviver mais com os outros para descobrirmos que temos algumas qualidades. A ausência de virtudes nos dois executivos ressaltava as suas.

A aposentadoria trouxe liberdade, apenas não tinha a menor ideia do que fazer com ela. Passada a euforia da visita à antiga empresa, os dias voltariam a se tornar longos, mal preenchidos e entediantes, a menos que ele resolvesse interferir em seu destino, abandonasse a ideia de deixar sua vida transcorrer ao acaso, recusando aceitar que sua sorte estava traçada desde o nascimento.

Decidiu procurar a felicidade onde quer que ela estivesse. Não sabia que a busca da felicidade é uma das principais fontes de infelicidade, nem que a felicidade é para os tolos como pensava Dostoiévski. E ele não era tolo.

A rigor duas expectativas pautaram a vida de Ivan desde que começou a compreendê-la: o amanhã e o futuro. Jamais perdera tempo em usufruir o hoje com algo que não fosse se preparar para o que vinha mais adiante.

O amanhã é um tempo que pode ser visualizado no horizonte, não fica muito distante de onde estamos. Em momento não muito claro sente-se a entrada em outra fase da vida, a que na juventude entendia-se como o futuro. No final da segunda etapa começa a avançar lentamente um sentimento de monotonia, de rotina, de *déjà vu*, nela nada mais causa surpresa e as esperanças vão se reduzindo a muito pouco, e o pior: muitas vezes o futuro dura muito, é muito longo[1].

Nas caminhadas da juventude, Ivan e Antão trocavam ideias de como prosseguir os estudos, a carreira, iam às vezes até a velhice. Faltava alguma coisa naqueles devaneios. O que seria? Pensariam mais tarde.

O ônibus parou do outro lado da rua onde morava, desceu e caminhou quase saltitando, sentia-se jovem.

O porteiro notou que estava diferente, melhor que o condômino cabisbaixo do dia a dia. "Bela tarde, não é, professor?" Balançou a cabeça apoiando o comentário; esboçou um sorriso. O porteiro ainda não o tinha visto sorrir desde que deixou de trabalhar e passou a ser invejado pelos demais moradores. Não era nenhu-

---

1 Frase de Charles de Gaulle: "L'avenir dure longtemps." Título de livro de Louis Althusser.

ma gargalhada, mas algo na face melhor que aquela da caminhada ao patíbulo.

No elevador não deu importância à câmera colocada para identificar malfeitores, olhou-se no espelho, arrumou o cabelo, gostou do rosto alegre e rejuvenescido que viu. Em seu posto de observação, o porteiro filosofou: "O professor deve estar apaixonado." Apaixonado, por algumas horas, pela vida.

O dia ainda ia claro, foi à janela, olhou a paisagem. Sem a angústia habitual, caminhou pelo apartamento, foi ao banheiro, lembrou o exagero na ingestão da bebida diurética; sentou no sofá, ligou a televisão. Pela janela dava para ver o sol se pondo, o dia terminando.

O habitual era, nessa hora, se sentir mergulhado na solidão. Trocava de canais, o controle remoto era sua única companhia.

Evitava os noticiários, achava que eles não acrescentavam nada, mostravam fatos repetitivos e recorrentes. Políticos roubando, bandidos presos, bandidos soltos, secas no Nordeste, chuvas no Sul, incêndios na Califórnia, tragédias na Ásia e conflitos na terra onde nasceu Jesus e Maomé subiu aos céus.

Até o canal do tempo poderia ter sido gravado há anos e continuar sendo apresentado como se o que anunciava tivesse ocorrido hoje.

Desconfiava dos noticiários sobre o clima. Tornara-se comum, com voz grave, face triste e solidária, o apresentador falar de alguma tragédia ambiental ocorrida em algum ponto do Globo, atribuindo-a aos desequilíbrios climáticos provocados pelo mundo moderno; concluindo que naquele mesmo lugar a última vez que ocorreu algo parecido foi há cem anos.

Ficava a dúvida, era um fenômeno novo ou velho? Não explicava. Se não falasse das causas atuais poderia perder o emprego. O politicamente correto pautava o noticiário. Só sabia fazer aquilo, não teria capacidade para ser aproveitado em outro setor da emissora. Pensava em eliminar a referência ao passado, seria mais adequado, mais contemporâneo.

Não lembrava como era o mundo quando a televisão exibia meia dúzia de canais locais. Também não recordava como as pessoas viviam antes das imagens estarem disponíveis em suas casas.

Resolveu telefonar para a irmã. Contou o dia maravilhoso que teve, falou da cerveja. "Cuidado, não se acostume."

Dormiu bem, foi além da entrada da luz invasora entre a parede e a cortina.

Pela manhã caminhou relembrando o dia magnífico que havia passado. A vida dele era melhor que as daqueles seres privados da liberdade em troca de bons salários.

Ligou para Antão. Tinha que contar o seu encontro com a felicidade antes que o efeito acabasse. Esperou um pouco, ele estava no jardim. Seguramente obcecado com a macabra tarefa de eliminar as formigas em seu retângulo de grama, árvores e flores.

Caminhava com olhos fixou na relva, não para apreciar sua beleza; olhava para o chão, não observava a exuberante vegetação nem no período das chuvas, só tinha olhos para os formigueiros.

Como um monge inquisidor que caçava e matava hereges para a glória do Senhor, ele as perseguia, buscava varrê-las do fundo de seus túneis para a glória do seu jardim.

Era um caçador atento: passos leves, silenciosos, olhar fixo no terreno, espreitando os minúsculos inimigos no meio da grama crescida; ia armado, como fazem os caçadores. Carregava um pó malcheiroso cor de telha que se anunciava fulminante às formigas. Deveriam ser de outras espécies, as deles era imortais; não era de todo ruim, a busca persistente ao inimigo ocupava os seus dias mal preenchidos.

Ivan não podia criticá-lo, seu pai, depois dos oitenta, fazia o mesmo. Caminhava pela fazenda com olhos fixos no pasto, não mais no gado, mas em busca das pérfidas formigas; as caçou pelo resto de sua vida, por elas foi derrotado, morreu feliz em campo de batalha, sem alcançar a vitória, mas lutando como aquele antepassado que fora à guerra do Paraguai.

Atendeu ao telefone. Estava animado; devia ter encontrado novos formigueiros. Ivan falou do dia maravilhoso que passara; da comparação que se permitiu fazer com quem visitara. "O novo diretor é um desastre. É político!" Comentou com imensa satisfação. Lembrou o chope no bar tradicional que frequentaram no passado.

Antão achou interessante, recomendou mais passeios à cidade: "Calças e camisas velhas, pouco dinheiro. Cuidado com os ladrões. Todos os frades daquele mosteiro no centro já foram assaltados. Cuidado!"

Era assim mesmo que saía às ruas, considerou o conselho supérfluo. Já fora assaltado algumas vezes. Não levava qualquer documento que pudesse identificá-lo, sabia o perigo que corria no caso de morte por alguma ação malfazeja de acabar enterrado como indigente.

Preocupava-se com essa possibilidade. Chegou a imaginar alguma coisa que impedisse seu corpo de ser jogado numa humilhante vala comum de cemitério municipal em algum subúrbio distante.

Poderia ter uma tatuagem dizendo quem era, seria descoberta pelo legista durante a autopsia; recomendar à empregada ir ao Instituto Médico Legal se chegando para trabalhar pela manhã não encontrasse nem ele nem algum bilhete em lugar previamente combinado.

Sempre encontrava alguma solução para os seus problemas, como não sabia escolher a melhor opção continuava à noite; quando fechava os olhos chegava a ver seu corpo nu, envolto em um pano imundo, curto, mal chegando às canelas, sendo, no meio de risadas, atirado na cova rasa.

Pensou em conhecer o local, conversar com os coveiros, desenvolver algum relacionamento de modo que eles o reconhecessem na eventualidade daquela tragédia.

Não conseguia se livrar do hábito de criar alternativas para as piores situações, mas agora se sentia diferente; não imaginava que poderia ser assaltado, atropelado ou abordado por algum pedinte agressivo. Não, pelo menos nesse momento não pensava em nada desagradável, via e sentia apenas o dia ensolarado.

A felicidade viera do contraste que sentiu na comparação feita com os outros nas duas horas em que voltou ao passado; não foi produzida por ele ou por alguém de seu agrado, mas pelo deplorável presidente, o medíocre substituto, o cínico diretor do pessoal e os frustrados funcionários que ambicionavam o seu posto. Estava tomado por um sentimento de vitória, de vingança, de superioridade, de soberba. Precisou pecar para melhorar seu estado de espírito.

O que lhe trouxe o prazer em viver fora produzido pelos que encontrara. Não era bom, seria efêmero. A felicidade teria que vir de suas ações, não das de outros; caso contrário teria que ir a um asilo de velhos para se achar jovem, a um leprosário para se orgulhar de sua pele ou a um hospício para sentir-se mentalmente são.

Não dava, tinha que arrumar outro modo de ser feliz que não em confrontação com contrastes lamentáveis. Esse pensar voltou a abatê-lo.

"Recomendo reduzir o otimismo com a duração da felicidade." Disse Antão. Explicou que ela era fruto da caminhada até a empresa e da excitação gerada pela superação de obstáculos, como aquele de passar pelo guardião da entrada sem responder corretamente à pergunta que lhe fez — o código que abria as portas. "Até o final da tarde tudo voltará ao normal."

Não precisava ser tão realista, ele mesmo já antevia o fim daquela agradável sensação. A conversa apenas precipitou a chegada da melancolia.

Decisão tomada: não mais iria à empresa.

O árduo processo de descondicionamento pelo qual passavam poderia arrastá-los à loucura. No cérebro dos dois se desenvolvia um intenso embate entre os hábitos de toda a vida e a nova situação. As regras corporativas os afastaram do que mais sabiam fazer: obedecer e se fazer obedecer.

A luta será vencida pela sanidade ou pela loucura. A partir daí reinará paz em seus espíritos. Aceitarão a situação em que foram colocados e buscarão a felicidade no nada fazer.

O interessante é a facilidade com que aqueles que exerceram tarefas mais simples são descondicionados. Quanto mais repetitivas, menos criativas, mais desagradáveis foram suas obrigações e maior o número de ordens recebidas, mais rapidamente se adaptam à aposentadoria.

Ivan sentia falta das viagens em primeira classe, dos hotéis de luxo, dos bons restaurantes, das visitas à matriz acompanhando políticos em suas inúteis viagens, do convívio social, e, principalmente, ter um lugar para ir todos os dias para obedecer e ser obedecido.

Enfim, sentia saudades do que perdeu com a aposentadoria. Não seria vítima da alteração brusca em seus condicionamentos, como afirmara o dogmático Antão. Teria que conversar com ele para estabelecer o que de fato era verdadeiro: estava com banzo ou sofria de mal semelhante ao provocado em uma saída rápida de uma câmara hiperbárica, sem passar por uma antecâmara.

Antevia uma longa polêmica; o amigo não gostava de dar o braço a torcer, se ele havia associado os males da aposentadoria às ideias de Pavlov, dificilmente se renderia a algo tão simples como uma nostalgia pelo que havia perdido.

Naquela noite, Ivan substituiu todos os seus sonhos e pesadelos por apenas um impertinente pensamento: Estaria o Antão enlouquecendo? Matava formigas, combatia ervas daninhas, escrevia coisas sem nexo, ou mesmo sequer colocava algo no papel. Não tinha dúvida, fosse lá o que fosse seu comportamento ultrapassava em muito meras bizarrices.

Voltando a falar com ele nada comentaria a respeito de suas dúvidas, pendendo para a descrença na tese sobre a aplicação do experimento de Pavlov ao comportamento de executivos aposentados. Poderia prejudicar mais ainda sua frágil saúde mental.

Na verdade ele e o amigo enlouqueciam. Não precisava ser psiquiatra para perceber o que se passava com os dois.

Sorte tinha o presidente Roger Martin, que, com seu modo irresponsável de ser, estava protegido das psicoses, só correria algum perigo se alguém o obrigasse a produzir alguma coisa; o risco existia, havia um longo caminho a percorrer até a redentora e protetora aposentadoria.

Nesse meio-tempo um chefe mais exigente poderia obrigá-lo a trabalhar, cumprir rotinas, prestar contas; os resultados para seu equilíbrio mental seriam graves, arrasadores, imprevisíveis, desconhecidos da psiquiatria.

Fala-se em enfermidade da alma ao referir-se à loucura. A alma não é física, é espiritual, não faz parte do corpo; pode ou não existir, dependendo da crença de cada um. A loucura, mesmo invisível, é palpável, não é abstrata.

No caso de ser uma doença da alma, serão as loucuras imortais? Serão as depressões, melancolias, apatias, angústias, os medos irracionais, as fobias, formas de loucura? Só os psiquiatras saberão informar; o conhecimento de Antão não chegava a tanto.

O pior momento para o Roger Martin era o dia da reunião do Conselho de Administração da empresa. Para os que o antecederam no cargo era ocasião de ter agradável convívio com os conselheiros que vinham da Europa e de outros cantos do Brasil. Para ele era o que mais se aproximava do inferno.

Tinha que chegar ao lugar de trabalho na véspera. No dia seguinte ouviria exposições técnicas, críticas, sugestões e pedidos para opinar sobre temas que conhecia vagamente.

Fingia atenção, fazia anotações, mantinha semblante sério, mesmo quando os outros riam. Buscava causar a melhor impressão possível.

Tomava xícaras e mais xícaras de café, procurava demonstrar atenção em assuntos que o chateavam; com esforço, afastava do rosto a expressão apalermada que tinha em ocasiões semelhantes.

Suas atitudes durante as tensas reuniões contrastavam com a segurança, meticulosidade e atenção que dedicava a escolha dos melhores vinhos nos mais caros restaurantes.

O mais desagradável é que ele tinha a convicção que os participantes do encontro conheciam sua incapacidade para o cargo; sabiam do seu despreparo para exercê-lo até mesmo naquela filial.

Quando alguém pedia que opinasse sobre o que discutiam, um calafrio percorria todo seu corpo. Respondia procurando errar o menos possível, mesmo não passando da superfície; de vez enquanto percebia algum cochicho emoldurado por sorriso maldoso.

Três, quatro horas depois de iniciada a seção de tortura terminava. O pobre Roger estava exausto, finalmente um cansaço bíblico, obtido com o seu trabalho. Inútil, mas cansativo. O suor escorria pelo rosto conforme a maldição que Deus lançou aos homens. Pensava apenas no que fazer para diminuir o número daquelas reuniões: uma a cada três meses, quatro por ano. Elas acabariam por levá-lo à morte. Acharia uma solução para eliminar aquele suplício, evitar o encontro com os malditos conselheiros. Era criativo em se tratando da própria proteção.

No dia seguinte ao da reunião tinha que ficar no seu posto simulando trabalho. Os visitantes só partiam à noite. Era demais, quase uma semana indo ao escritório; ficava exposto a questionamentos, a outras reuniões, enfim, a toda sorte de situações de risco. Sentia-se vulnerável e temia o fim do seu emprego.

Quando voltava ao seu distante refúgio, passava duas semanas em repouso; pedia que a mulher e os filhos não lhe trouxessem problemas, estava no limite de suas resistências.

A exaustão era tão forte que no primeiro dia ficava trancado no seu quarto. O mal psicológico transformava-se em físico, sentia dores por todo o corpo, suava, tremia, perdia o apetite. O presidente somatizava as terríveis mensagens enviadas por sua mente perturbada.

Sua mulher pensava: a enorme quantidade de tarefas impostas ao marido estava acabando com sua saúde. Errava em seu diagnóstico, seu marido jamais padeceria de alguma doença causada pelo trabalho já que prudentemente afastava-se dele.

O doente poderia receber tratamento apropriado se procurasse um médico. Hipótese fora de cogitação. Se soubessem na empresa, ele seria dado como louco e afastado de seu posto; além do mais o seu plano de saúde não cobria este tipo de tratamento. Preferia sofrer em silêncio, sabia que em algum momento aquilo passaria.

Seu caso já havia sido identificado no início do século XIII por São Tomás de Aquino, confirmado por Shakespeare trezentos anos depois. Ambos atribuíam esses incômodos às sobrecargas emocionais, não abordaram a possibilidade de ser causado pelo excesso de trabalho.

Mesmo na proteção do distante lar, vivia sobressaltado, cada vez que o telefone tocava dava um pulo, ficava nervoso, poderia ser da matriz; o chefe repreendendo-o pela sua medíocre atuação na reunião. Para sua sorte, quando os conselheiros voltavam às suas bases tinham assuntos mais importantes a tratar do que pensar nele.

Após duas semanas retornava ao seu posto de comando. Recomposto, falando dos incríveis negócios que levava adiante no país desprovido de recursos até para gastos cotidianos. Mencionava encontros que tivera com as autoridades e a boa aceitação de suas ideias.

Nas próximas dez semanas representaria seu papel presidencial com segurança e equilíbrio. A distância que o separava do próximo encontro com os conselheiros e a possibilidade de seu cancelamento lhe traziam calma.

Na última reunião ocorreu algo que considerou bastante desagradável e preocupante. Tomou posse um novo conselheiro que ao mesmo tempo era seu superior hierárquico. Fora contratado pelo seu currículo, sem indicações políticas, tinha excelente formação em universidade americana. Seus conterrâneos valorizam esses títulos, mas não mencionam a ninguém, poderia parecer menosprezo às suas universidades. A intenção era que ele suprisse o despreparo de alguns altos executivos.

Dessa vez Roger levou mais tempo que o habitual para recompor o equilíbrio. A reunião não poderia ter sido mais inquietante. Não que tivesse sido questionado — fora apenas ignorado. Não sabia o que era pior: não ser visto, se tornar invisível aos olhos dos outros ou ser cobrado, perguntado e não saber o que dizer. Só Deus poderia ajudá-lo. Se o recém-contratado permanecesse na empresa ele teria um enfarte ou um colapso nervoso.

Passou a ter pesadelos com serpentes e precipícios. Suava muito durante o sono perturbado, imaginava-se demitido com humilhação; a calma só retornava quando, pela manhã, falava com seu padrinho político. Ligava a pretexto de saber como ele estava; como ia a sua saúde, ao ouvi-lo recebia um sopro de felicidade, sentia-se intocável.

Nas noites maldormidas tinha um sonho recorrente: o seu telefonema não era atendido pelo protetor. Sentia o fim. As coisas voltavam ao normal ao amanhecer.

Firmara o propósito de dedicar quantas horas fossem necessárias, para propor à alta direção reduzir, se possível eliminar, aquelas reuniões que estavam acabando com ele. Pediria à sua secretária contabilizar todas as despesas envolvidas naquele martírio: passagens na classe executiva dos aviões, hotéis luxuosos, restaurantes caríssimos, diárias para outras despesas, aluguéis de carros e assim por diante. Faria um relatório preocupante ao seu chefe que certamente mandaria cancelar a atividade ou reduzi-la a apenas uma por ano.

Não passava de um delírio para acalmá-lo por algumas horas: na empresa não havia ninguém interessado em reduzir custos, ainda mais os dessa natureza.

Sua mulher não estava gostando daquelas noites agitadas, quase insones, que se seguiam às reuniões do conselho. Produzidas pelas incertezas que assombravam o marido, perturbavam o seu sono e davam indicações de que algo errado se passava com ele e que poderia afetar sua saúde. Insistia que estava trabalhando demais, deveria gozar umas férias.

Repelia com vigor a ideia: "Tenho muitas responsabilidades, não posso me afastar delas nem por uns poucos dias."

Não tirava férias por duas razões: poderiam não dar por sua falta ou, o pior, substituí-lo durante o descanso. Não tinha os conhecimentos necessários para a função, mas não era tolo, sabia que mesmo no atrasado país sua gestão não era grande coisa.

O seu protetor era um homem que gozava de respeito e admiração no meio político francês; embora retirado, seus pedidos eram considerados ordem.

Havia ingressado no partido do general de Gaulle ainda moço; galgara cargos importantes na agremiação e na República, era respeitado até pelos socialistas; ao mesmo tempo, o seu rigor com as coisas públicas fazia com que seus pares o considerassem *naïf*.

Repudiava o patrimonialismo, dizia: "Público é público, privado é privado." Os mais velhos concordavam, os mais moços se afastavam de um homem com pensamento tão antiquado.

Intransigente com a corrupção, mesmo as praticadas nas antigas colônias africanas, exaltava os que amavam a pátria e zelavam pelos valores familiares; frequentava a igreja mais por hábito que por fé. Não admitia outra religião que não fosse a Católica.

Irritava-se ao percorrer a Avenue des Champs-Élysées e ver mendigos do leste europeu, ciganos, africanos, mulheres com véus e burcas, latino-americanos expansivos, falando alto, japoneses fotografando sem parar, hordas de chineses exibindo riqueza, russos comprando tudo que custasse muito caro e a americanização por todos os cantos.

Sentia saudades dos tempos em que seus descontentamentos eram provocados pela abundância de operários portugueses.

O que provocava mais temores no curto prazo era a influência vinda da América do Norte. Por não ser imposta, era mais fácil de ser assimilada: alegre, colorida, musical, informal, bem ao gosto dos jovens. Não era difícil imaginar que as próximas gerações não mais falariam sua querida língua com sua infinidade de verbos irregulares, não perderiam três horas em almoços regados a bons vinhos, nem passariam horas nos cafés discutindo assuntos inúteis no entender dos americanos.

Esse tipo de ocupação se dava nas mentes; tornaria-se permanente. A dos alemães durante a II Guerra durou quatro anos. Imposta, foi mais fácil derrotá-la do que a de agora.

Quando os americanos libertaram sua pátria dos nazistas, ainda menino, festejou com entusiasmo. Seu pai o levou para vê-los desfilar na grande avenida, mais um descontraído passeio que uma parada militar; quatro anos antes festejaram o disciplinado exército germânico, marchando a passo de ganso ao som de vibrantes marchas.

O velho político gostaria de ter sido contemporâneo de Proust, e percorrer a bela avenida vendo apenas seus conterrâneos ou estrangeiros de posses e aculturados, como aquele brasileiro que voou no Bois de Boulogne.

Os vulgares hábitos americanos estavam em todo lugar: no comércio, no *fast-food*, na compra de perfumes em carrinhos como nos supermercados, na comida. Até no vestir. As jovens substituíram as saias escuras e as blusas brancas de mangas longas por vulgares calças jeans e camisetas como as dos os rapazes. Os sapatos pretos, com um pequeno salto que fazia um tac-tac agradável aos ouvidos foram trocados por masculinizados tênis.

Os jovens só viam filmes nacionais se eles fossem como os americanos. Cenas rápidas, sem tempo para pensar e tirar conclusões que seriam discutidas à exaustão nos cafés. Não traziam mensagens ocultas que seriam decifradas nos longos seminários em torno de uma mesa de bar.

Ficava horrorizado com o crescente movimento na sorveteria americana com nome estranho, em detrimento aos sorvetes da La Maison Berthillon que podiam ser apreciados do outro lado dos Champs-Élysées.

Na infância, aos sábados, seu pai o pegava pela mão e ia à Île Saint-Louis para apreciar comedidamente a doce e gelada iguaria.

Lembrava-se do pai com carinho, ele lhe transmitiu sólida e patriótica educação. Compreendia até o uso da palmatória e a proibição de falar à mesa durante as refeições. Atitudes como aquelas é que moldaram o seu caráter.

Gostava de cinema, não que tivesse sido um apreciador da *nouvelle vague*, coisa de comunista, mas lembrava com nostalgia as películas com Jean Gabin, Bourvil, Maurice Chevallier, Louis de Funes e tantos outros que não se deixaram levar pelos maoístas do *Cahiers du Cinéma*.

Quando cruzava a Avenue de la Grand Armée evitava olhar para os lados de La Défense, pura americanização. Não gostava dos filmes de Jacques Tati, mas não podia esquecer a sutil crítica à modernização da cidade em seus trabalhos. Considerava *Mon Oncle* e *Play Time* filmes proféticos, visionários. Em casa aborrecia-se com o que passava na TV. O que poderia lhe interessar na solução de crimes em Miami, Las Vegas ou Nova York? Aplaudiu o ministro socialista da Cultura quando ele protestou contra a privatização de dois canais estatais de televisão. Entre lágrimas o ministro a entendeu como uma afronta à cultura francesa, mesmo que ela se manifestasse em monótonos programas de perguntas e respostas, entrevistas pobres em conteúdo, apresentação das eternas mazelas africanas narradas em tom de sofrimento, e a reprise de toda a programação de um dia em outro.

Só concordara com os socialistas três vezes em toda a vida: naquela da defesa das televisões públicas, quando estatizaram bancos privados, tinha amor ao capitalismo e horror ao lucro, e, por fim, quando, na Nova Zelândia, afundaram um navio de ecologistas desvairados que queriam impedir testes atômicos.

Começava a considerar a americanização um mal menor em relação ao que se passava com os islamitas. Seu número aumentava de modo inquietante, um dia ele suplantaria o de infiéis, de cristãos. Aos nativos restaria a morte ou a conversão. Sabia que suas netas seriam obrigadas a cobrir os cabelos com um véu. Suas bisnetas usariam burcas e às sextas-feiras orariam na grande mesquita gótica da Île de la Cité, imponente, com suas antigas torres inconclusas nos tempos do cristianismo, bem aproveitadas com a construção de dois enormes minaretes. Elas estudariam na Universidade Islâmica da Rue des Écoles.

Os mulçumanos não incendiariam as bibliotecas como fizeram em Alexandria, concluindo o trabalho iniciado pelos cristãos duzentos anos antes de sua chegada ao Egito. Apenas as fechariam e proclamariam *fatwa* a quem ousasse desobedecer à ordem imposta e tentasse ler algo diferente dos escritos sagrados.

Certa vez foi convidado para ser diretor da petrolífera estatal, recusou. A partir daí sua fama de homem puro só aumentou.

Gostava de contar às escassas visitas recebidas, que certa feita o general de Gaulle pediu para ele colocar uma carta no correio. Atendeu prontamente a determinação superior, perfilou-se e com firmeza respondeu: "Sim, meu general." Nada mal para um reservista de terceira categoria. Em momentos mais emotivos, ao mencionar o nome do grande homem uma lágrima escorregava por sua face.

Tinha idade avançada, a saúde fraquejava, estava com peso acima do recomendado, mas orgulhava-se de jamais ter consultado um médico.

Um assunto o aborrecia, era quando a conversa girava em torno da II Guerra, franzia o sobrolho e tratava de conduzir a prosa para depois da entrada dos americanos em Paris. O assunto era incômodo não só a ele, mas para muitos de sua geração.

Sua família simpatizava com o governo de Vichy; falavam com entusiasmo sobre o marechal Pétain, o mesmo entusiasmo dedicado a de Gaulle depois da guerra, e de algumas providências saneadores que os alemães sugeriram e foram bem aceitas. Achou boa a substituição do lema *"Liberté, Égalité, Fraternité"* por *"Travail, Famille, Patrie"*, mais apropriado ao futuro glorioso que aguardava as próximas gerações.

Em uma ocasião levaram-no para conhecer o enorme campo de concentração em Drancy, próximo a Paris, de onde os judeus partiam para destinos sem volta. A visita foi justificada pela necessidade dele ver de perto o momento histórico pelo qual passavam e que os tornariam sócios do Reich dos mil anos. Exaltou a visão do velho marechal.

A tarde acabou na sorveteria da Île Saint-Louis. Seu pai estava animado, alegre, lhe proporcionara um momento memorável; permitiu repetir o sorvete, o glorioso dia tinha que ser prolongado.

A pouca idade dificultava compreender a razão de garotos como ele embarcarem nos trem que os levariam para os campos de concentração, que os afastariam da escola e dos amigos. Com solenidade o pai explicava: "São pequenos, mas são judeus. Um dia crescerão e produzirão mais judeus." Agindo de outro modo a solução não seria final, mas apenas temporária. Não era o que queriam os novos aliados. Lembrou ao filho a recomendação de Robert Brasillach: "Não esqueçam as crianças."

O filósofo foi fuzilado por ordem de Charles de Gaulle logo após o fim da ocupação nazista. Não deu tempo para seu pai lamentar essa morte, a adesão ao gaullismo havia sido instantânea; foi ágil em identificar a mudança da direção dos ventos.

Do mesmo modo, voltaram a ler os autores do romantismo. Os preferidos durante a ocupação nazista, os de Louis-Ferdinand Céline, foram queimados, folha por folha, para não restarem provas da leitura agradável nos quatro anos que conviveram com os alemães e, que agora, podia condená-lo à morte por traição como ocorreu com Pétain.

O apego a casa, os confortos provenientes da ocupação alemã e uma dose de covardia impediram membros de sua família se alistar no exército germânico e ir combater o comunismo na frente russa.

Era figura honorável no partido, possuía a Legião de Honra e era Chevalier du Tastevin, chegou a ocupar por alguns meses o Ministério da Juventude e do Esporte, o que lhe garantia uma bela aposentadoria e moradia perpétua em um amplo imóvel do governo. De sua janela dava para ver a Torre Eiffel; gostava de apreciá-la à noite.

O prestígio que acumulou ao longo da vida lhe dava condições de fazer algumas indicações, nada nos primeiros escalões do governo, mas não teve dificuldade em conseguir colocar o afilhado na grande corporação multinacional, e depois ajudá-lo a galgar a presidência de uma filial remota, sem importância, mas com excelente remuneração, acrescida de um bônus anual dado aos dirigentes, independentemente dos resultados alcançados.

Certa vez, perguntado onde estava aquele rapaz prestativo que o ajudava no partido, não soube responder: "Em algum lugar da África, talvez da América Latina." *"Quelque pays du tiers-monde."* A memória falhava principalmente em se tratando de lugares e pessoas tão desimportantes. A qualquer hora ele faltaria, a idade começava a pesar. Mais um pesadelo para as noites de seu protegido.

O problemático presidente tinha certeza que quando o padrinho partisse não aguardariam sequer a missa de sétimo dia para demiti-lo.

Precisaria ler mais sobre a empresa, começaria por alguns panfletos que ficavam espalhados sobre as mesas das salas de espera, ali colocados para que os visitantes conhecessem toda grandiosidade de onde estavam. O problema é que por falta de hábito tinha horror a leituras e retinha pouco do pouco que lia, não prestava a necessária atenção aos textos, mesmo os com muitas ilustrações.

Certa vez, na ânsia de se aprimorar, quando ainda era assessor do presidente na matriz, preparou-se com esmero para uma apresentação a clientes. Sem saber pegou folhetos antigos que repousavam sobre uma pequena e empoeirada mesinha que ficava escondida no canto da sala de espera da presidência.

Passou a noite em claro, leu tudo, decorou, organizou o *powerpoint*. Estava seguro de seu sucesso.

Os clientes não perceberam, eram políticos do terceiro mundo; os colegas sim: toda a magnífica apresentação versara sobre produtos que tinham saído de linha. A rapidez no desenvolvimento tecnológico ultrapassara a velocidade dos faxineiros em limpar a mesinha e retirar o material antigo, o que servira de base à palestra. Nos dias que se seguiram ficou bastante abatido, foi quando pediu transferência para qualquer país ao sul do Equador.

Os colegas passavam por ele e diziam gracejos, à distância ouvia a palavra *merde*. A situação ficou intolerável. Tinha que sair dali o mais rápido possível, ir para qualquer lugar onde ele fosse desconhecido, de preferência para um desses países sem perspectiva, condenados ao atraso para todo o sempre: nele teria chance de se destacar, seria o melhor entre os piores.

Chegaria ao novo posto como os ingleses aportavam em suas colônias, levaria conhecimento e civilização aos subdesenvolvidos, seria respeitado como nunca fora em sua pátria.

Antes da viagem passaria na loja, localizada nas proximidades do Boulevard Saint-Germain, especializada em roupas para *pays chauds*, depois iria ao Instituto Pasteur para se informar sobre as vacinas que deveria tomar e perguntar se seria prudente levar algum soro antiofídico. Chegaria preparado para enfrentar o calor, os males dos trópicos e ataques de animais peçonhentos.

A ansiedade era tal que não aprendeu nada sobre o lugar em que trabalharia. O seu intento não era chegar, era sair de onde estava. Comprou as roupas apropriadas, tomou as vacinas indicadas. Como não tinha o hábito da leitura, não sabia onde ficavam as livrarias que vendiam os livros que deveria ler antes de partir; continuaria com as vagas noções que fora colhendo aqui e ali a respeito do novo posto: o povo sambava em todas as horas disponíveis, os jovens jogavam futebol em vez de estudar e a maior parte da população plantava e colhia café.

Fez um curso intensivo de espanhol. Brilharia, já no aeroporto cumprimentaria seus novos subordinados na língua nativa, causaria excelente impressão. Sua mãe vivia repetindo: "A primeira imagem é a que fica."

Na pressa não teve tempo para se informar sobre a língua falada na terra distante: o português, e não a que estudou antes da viagem. O engano não foi considerado grave, afinal o idioma local é pouco conhecido fora dos limites de onde ele é usado; os executivos falam inglês com grande orgulho.

Uma certeza o acompanhava: sua gestão marcaria época. Um dia retornaria à matriz para ocupar um posto na alta direção, poderia dispensar o apoio do velho político; finalmente teria vida própria. Seria respeitado, não diriam mais gracinhas às suas costas.

Foi tomado de grande entusiasmo pela missão recebida devido à desastrosa palestra. Não tinha mais dúvidas: Deus escreve certo por linhas tortas. Sua mulher ficou surpresa quando soube que seria exilada em um canto perdido do mundo, estranho e atrasado, não entendeu como isso poderia ser útil à carreira do marido. Ela deveria aceitar que era uma promoção: "Serei *country president*, você não percebe?" Apesar da ênfase na resposta, ela continuava sem entender como aquilo poderia ser encarado como uma ascensão.

As orações de Roger Martin foram atendidas. Recebeu a notícia que o novo conselheiro, seu chefe imediato, fora acometido de doença incurável. Aguardaria a morte nos melhores hospitais, o seguro cobria tudo e a empresa pagaria o funeral. Justamente o mais atento e preparado dos seus superiores.

O membro do conselho que lhe trazia mais preocupação partiria em breve. Um tormento a menos. Estes golpes de sorte eram comuns em sua vida.

No primeiro domingo após a volta da viagem à terra natal Ivan foi à missa. Havia assumido consigo mesmo este compromisso. Precisava acreditar em algo espiritual, sobrenatural, capaz de protegê-lo nos momentos difíceis. Por mais incompreensível que essa atitude fosse à sua racionalidade ela se tornara necessária. A fé lhe salvaria do atual estado de espírito.

No internato franciscano ouvia histórias bíblicas que aos outros causavam espanto e reforçavam a crença em situações aparentemente inverossímeis, mas nele apenas levantavam dúvidas.

Não conseguia entender muitas coisas. Como Noé conseguiu reunir animais que só existiam na África na sua arca construída na distante Capadócia? Para que abrir o mar Vermelho se ainda não havia o canal de Suez? De que modo o despencar da torre de Babel possibilitou a criação instantânea de línguas tão distintas entre si? Por que Moisés e seu povo levaram quarenta anos indo do Egito à Terra Santa se a Sagrada Família fez o percurso inverso em poucos dias?

Não há dúvida: a fé é uma graça que Deus dá a algumas pessoas. Ele pressentia ter sido excluído desse grupo privilegiado. Não era culpa sua.

Questionava coisas que certamente ocorreram; se não os mestres não perderiam tanto tempo ensinando-as, só ele não conseguia entendê-las. O problema era seu, teria que superá-lo — se não acreditasse naquilo não acreditaria em mais nada.

Não era burro, tinha bom desempenho em todas as matérias: acreditava no teorema de Pitágoras e nas leis de Newton; compreendia como se formara a língua portuguesa a partir do latim; entendia como os povos antigos atravessavam o mar Vermelho, em barcos, sem necessidade de separar suas águas.

Confiava que ensinamentos importantes não chegavam às pessoas através de sonhos ou de mensagens trazidas por anjos e arcanjos, mas da observação da natureza.

Com o tempo, simplesmente parou de se preocupar com isso.

Entendia que a busca da religião no momento atual se devia à necessidade de ter algum consolo espiritual, precisava de um ponto de apoio que o ajudasse a atravessar essa difícil fase da vida.

Tinha que acreditar em acontecimentos que sempre lhe despertaram a descrença. Agora começava a compreender que ensinamentos escritos há mais de três mil anos, nos primórdios do surgimento da civilização na Mesopotâmia, não eram a melhor maneira de desenvolver a espiritualidade. Buscaria, como tantos antes dele, entender as coisas do espírito sem precisar se apoiar em fatos espantosos.

Eram muitas as possibilidades de se encontrar com Deus. Escolheu uma igreja um pouco distante de sua casa. O dia estava esplendoroso, iria a pé.

A formação católica ensinou que Ele estava em todo o lugar, inclusive no seu apartamento. Ao mesmo tempo lhe ensinaram que Deus só o ouviria se ele estivesse em um templo; na casa construída para honrá-lo, buscar o perdão dos pecados e pedir graças. No seu caso, benesses difíceis de serem alcançadas: fora, por décadas, negligente com as coisas sagradas.

Achava agora que as inquietações que sofria eram devidas à escassa espiritualidade de sua vida. Parte do condicionamento pelo qual passara na infância e adolescência fora substituída pelo o ceticismo. Não conseguiria se desvencilhar dele facilmente.

Por outro lado, o que os frades franciscanos lhe haviam ensinado no colégio encontrava-se para sempre impregnado em sua mente, era a parte menos suscetível de remoção, mesmo se algum dia passasse por um bem-sucedido processo de descondicionamento.

Antão fora condicionado pelos irmãos maristas. Foi empregado o mesmo processo dos franciscanos: orações, confissões, missas, comunhões, promessas, alertas sobre as perigosas práticas solitárias, banhos frios para espantar as tentações, assustadoras palestras sobre sofrimentos impostos aos ímpios no inferno, e, por fim, o prêmio para os bons: a salvação da alma após a morte.

Aprendera todo o eficiente receituário que permite ver o pecado onde quer que ele esteja e dele se afastar, e bem se preparar para a eternidade ao lado de Deus e de todos os santos.

No momento em que decidiu se reencontrar com a religião veio à sua mente que o amigo estava certo: os inquietantes estados do espírito eram fruto do recondicionamento pós-aposentadoria e não da perda das vantagens em ser diretor da empresa multinacional.

Entrou no templo. Lembrou tudo o que tinha que fazer. Procurou a pia com água-benta, molhou a ponta dos dedos da mão direita, dobrou o joelho direito fazendo reverência ao Senhor, e, olhando para o altar, fez o sinal cruz.

Acomodou-se em um empoeirado banco de madeira, havia muitos lugares vazios, escolheu um na lateral, escondido por uma coluna, nem tão perto nem tão longe do oficiante, dali poderia apreciar o culto e sair sem ser notado.

O padre entrou por uma porta lateral ao altar, acompanhado por dois coroinhas sacudindo turíbulos prateados, espalhando o perfume agradável do incenso, dando mais religiosidade ao ambiente. O rito começou, todos ficaram de pé e fizeram o sinal da cruz; olhou para os lados e percebeu que, exceto o sacerdote e seus pequenos auxiliares, ele era o mais jovem no sagrado recinto; devia ser pelo horário, mais tarde o público seria outro.

Na hora dos cânticos e da homilia o ambiente perdeu muito do sagrado, o sacerdote introduziu seu sermão com trechos bíblicos, mas logo depois enveredou por coisas terrenas, como: as injustiças impostas pelo capitalismo, chegando a anunciar o seu fim como decorrência natural da recente crise que os americanos espalharam pelo mundo. A provecta plateia ouvia com indiferença.

A inflamada oratória do jovem sacerdote tinha por objetivo libertar a idosa assistência das dores de um regime desumano, antinatural e tão pouco solidário com os oprimidos.

O discurso conduzia a uma contradição: o objetivo da religião é a salvação da alma, acessível a todos que passaram por agruras na vida terrena. Se os sacrifícios forem eliminados os pobres deixarão de ser pobres e ficarão apartados da salvação. Poucos irão para o céu e muitos cairão no inferno. "Felizes vós pobres, porque vosso é o reino de Deus." "Aí de vós ricos, porque já tendes vossa consolação." Ensinou Jesus.

No entender do oficiante era isso que o capitalismo produzia, muitos pobres e poucos ricos, não havia, portanto, por que repudiá-lo: o céu receberia um número muito maior de almas que o inferno.

A mistura do espiritual com o terreno levava a não obediência ao que disse o Senhor: "Devolvei a César o que é de César e a Deus o que é de Deus."

Quando contasse isso ao Antão, com seu espírito crítico, diria com ironia: "Deve ser um problema de superlotação." Ele pensava como Dante: as almas ocupam espaço nos lugares a elas destinados após a morte.

O jovem padre acabaria com desumano regime da mais valia pela pregação aos domingos, não pela luta de classes e nem pela revolução do proletariado. Pensava diferente de Adam Smith, que considerava a economia de mercado conduzida pela mão de Deus: "O comerciante, motivado apenas pelo seu próprio interesse egoísta, é conduzido por uma mão invisível que promove o bem-estar da sociedade."

Saiu da igreja com a sensação de perda de tempo. Difícil levar a sério uma prédica que começava com crença na criação do mundo em seis dias e depois enveredava para a análise crítica dos sistemas econômicos. Não voltaria mais. Sabia que necessitava de uma vida mais espiritual, mas crer em coisas difíceis de acreditar sem ter recebido a graça da fé era complicado, talvez impossível.

Antão recomendara procurar uma igreja católica do rito oriental: "Eles respeitam liturgia." "Em uma Maronita a missa poderá ser em aramaico. Melhor assim, você não entenderá nada."

Não mais iria às missas dominicais, eliminaria esse programa de seu final de semana. Os domingos continuariam insuportavelmente longos.

Nos monótonos dias úteis ansiava a chegada dos sábados e domingos, dias inúteis, sem saber bem por que, já que para ele eram dias iguais aos demais. A diferença é que neles ele era igual aos outros, sentia-se uma pessoa normal.

Não ia à praia; não gostava de futebol; deplorava os programas de auditório que podiam ser vistos na televisão; passaria mal se fosse a alguma churrascaria atulhada de gente, tendo fila para ingressar no salão e ir ao banheiro, com garçons suados como indômitos guerreiros retornados de vitoriosas batalhas, mostrando de mesa em mesa carnes espetadas em suas lanças.

Ir a um restaurante mais apropriado ao seu gosto só ressaltaria seu isolamento. Quando visse nas outras mesas pessoas conversando, rindo e aproveitando a refeição para encontros com amigos se sentiria só.

Era o dia em que a solidão se fazia presente com mais intensidade. Lembrou que não a experimentara na curta visita que fizera à sua cidade natal. Quando retornou da viagem voltou a senti-la em toda sua força. Seria ela, a solidão, a raiz dos males que o assoberbavam? Se essa fosse a resposta botaria por terra a teoria do amigo: mais dúvidas, mais inquietações. Deveria questionar menos e seguir os seus instintos. Quais instintos, os seus próprios ou os atávicos? Dúvidas, dúvidas...

Caminhava pelas ruas sentindo-se só como se estivesse no polo Norte ou passeando pela Lua.

Se sofresse um mal súbito e caísse na calçada, o único gesto de solidariedade que deveria esperar era passarem apressados por cima ou pelos lados de seu corpo sem pisá-lo.

Morrendo na rua, sabia que o cadáver só seria retirado quando o cheiro começasse a incomodar os passantes. A prudência em caminhar levando apenas alguns trocados no bolso, poderia ser fatal em caso de tombar na calçada, morto ou ainda vivo, mas requerendo cuidados.

O enterrariam como um desconhecido, ideia impertinente, mas recorrente, jornais populares o chamariam de sexagenário, aposentado, pensionista da Previdência Social ou simplesmente "presunto".

Veio-lhe à lembrança uma notícia lida há alguns anos em um daqueles jornais escandalosos sempre disponíveis nos táxis. A matéria contava que um aposentado sexagenário morreu em seção vespertina de um cinema em Madureira se masturbando enquanto assistia a um filme pornográfico. No caso o morto tinha nome e endereço; seu drama foi escrito, lido e comentado entre gargalhadas, não como tragédia, mas como comédia.

Quanto maior a cidade maior é o isolamento entre os semelhantes, nas localidades menores há alguma coisa que não permite às pessoas se sentirem sozinhas, nelas nenhum corpo permanecerá imóvel por semanas no chão de um apartamento sem que ninguém venha ver o que aconteceu com o vizinho.

A solidariedade é atitude em extinção. Em alguns casos é exercitada como passatempo, em outros momentos como ato publicitário e, em poucas situações, com desprendimento.

A sociabilidade é atávica, a solidariedade não. Os tempos modernos a reduziram a quase nada o convívio entre os moradores das metrópoles. A necessidade de conviver com os semelhantes vêm do tempo das cavernas, é muito antiga, está impregnada nos genes; serão necessários milênios para que ocorra sua remoção.

Em que pese a beleza do dia, poderia dar um passeio, mas preferiu voltar logo para casa. A missa fora perturbadora, não era o que esperava. Quanta coisa muda para pior. Imaginara sair do templo envolvido por um halo de misticismo. Voltaria ao seio da Santa Madre Igreja, faria a confissão e comungaria aos domingos. Com o tempo entraria para alguma congregação ou ordem leiga; conviveria, teria compromissos e pessoas com quem conversar. A hierarquia lembraria a da empresa onde trabalhara: teria um chefe a obedecer.

Seria como se não estivesse aposentado. Como na antiga empresa, teria que organizar uma agenda, anotando os dias e os horários dos compromissos: missas, novenas, visitas aos moribundos, confissões, procissões, quermesses, adoração ao Santíssimo, tanta coisa que temia não dar conta.

A intenção foi frustrada pela ausência de espiritualidade na fala do padre e pela falta da sacra musicalidade do coro e do órgão como nas missas de antigamente.

Entrou agitado no prédio onde morava, nem notou a ausência do porteiro, fora de seu posto. Foi para seu apartamento. Fez o que fazia quando estava ansioso, abriu e fechou, ligou e desligou, sentou e levantou, pegou e largou, caminhou de um lado para outro; nada prendia sua atenção. Foi para o quarto de dormir, fechou a janela, cerrou e descerrou a cortina, por fim se deitou com olhar fixo no teto.

Mentalmente passou a lista de seus amigos. Telefonaria para todos eles. Eliminaria aquele que só falava do que ocorrera há mais de vinte anos; não ligaria para os ex-colegas de emprego, o assunto seria o mesmo e sobre um trabalho que não mais lhe interessava; os antigos companheiros de magistério viviam num mundo protegido e irreal, as imperfeições do real pretendiam mudar com artigos que em algum dia escreveriam, suas conversas o incomodavam; o Antão falaria muito, exemplificaria, encadearia outra história sem terminar a anterior, a ligação ficaria cara; os parentes não teriam assuntos além do prosaico.

Quando percebeu que a lista tinha acabado se lembrou daquele amigo que estava fazendo um tratamento para a próstata, sua conversa era inteligente e o conhecimento notável sobre medidas terapêuticas que deveriam ser adotadas nesse caso. Seus saberes médicos, que em muito superavam os dos melhores especialistas, poderiam lhe ser úteis em algum momento. O telefone tocou e ninguém atendeu.

A filha adolescente não perderia um minuto do maravilhoso domingo ouvindo as angústias do pai; sua mãe viria com as cobranças de sempre.

Deu-se conta de que o seu modo de vida eliminara em definitivo a convivência amena e descompromissada com outras pessoas — seus convívios se deram apenas em função de interesses comuns.

Os relacionamentos do trabalho podem durar anos; os com os parentes se diluem com o mudar das gerações e a chegada das doenças da velhice; com os vizinhos não passam das reuniões mensais do condomínio; o Ivan antes da aposentadoria não tomava conhecimento delas, agora ansiava por esses encontros, acordava diferente nesses dias, passava as horas pensando na assembleia da noite, havia sempre a possibilidade de aparecer alguém interessante. Improvável, mas possível.

E se fosse viver na sua cidade, seria diferente? Não, é claro que não. Ele seria mais notado, mais comentado, aos olhos dos demais pareceria vindo de outro planeta. Sempre que nos deslocamos em busca do novo, levamos uma companhia, nem sempre prazerosa: nós mesmos. Continuaria isolado. No fundo, era ele que se afastava dos demais e não o contrário. Percebia o que se passava, mas achava melhor lançar a culpa aos outros, de certa forma vivia melhor assim.

Voltaria a falar com a namorada; ela morava em outra cidade. Há menos de doze horas conversaram, esperaria mais um pouco e a chamaria, não queria passar a impressão que não tinha com quem trocar umas ideias.

Deitou-se, tornou-se um íncubo. Permaneceu na mesma posição, vestido, de sapatos, imóvel, por algumas horas. Se não fosse a cortina aberta, a visão do céu claro, sem nuvens, teria se sentido em um sarcófago; enterrado vivo, calmo, aceitando bem a inusitada situação. Ainda não era meio-dia e lá estava ele olhando para cima.

Depois de algumas horas cansou de ficar no mesmo lugar conversando com o teto. Já passavam das quatro horas, levantou e saiu de casa. Perambulou pelas ruas imaginando que jamais teria o espírito etéreo, essencial a uma vida plena de alegria.

Deus concede a uns poucos filhos de elevada espiritualidade o dom da levitação. Como nunca teria uma alma como a dos espíritos, carregaria seus pecados aonde quer que fosse — nunca lhe seria concedido o sublime direito de contrariar a lei da gravidade.

As pessoas voltavam da praia. Tinham os corpos besuntados de óleo de bronzear barato usado sem protetor solar, carregavam guarda-sóis, as esteiras com sobras de areia que iam caindo na calçada, a caixa de isopor com garrafas vazias e um creme para as queimaduras do sol. Empurravam as crianças, que exaustas caminhavam devagar, estavam mais cansadas que alegres. Na ida incomodavam por que iam à frente dos pais, se desgarrando do grupo, na volta incomodavam por caminharem devagar, quase se arrastando.

Alguns passos atrás, ele seguiu uma família que retornava da praia; deu para sentir, quase tocar, na felicidade que gozavam; a mesma que não estava ao seu alcance.

Em casa a mulher faria uma enorme macarronada, enriqueceria o molho comprado pronto com salsichas cortadas em rodelas, comeriam tudo tomando cerveja e olhando na televisão um divertido programa de calouros.

Depois de lavar a louça e dar banho nas crianças, a dona da casa sentaria na poltrona e assistiria o futebol com o marido. Era divertido. Eles, possivelmente, torciam por times adversários, simulavam disputas entre si, bebiam mais cervejas, por fim chegava o sono, não perturbado pelo barulho ou por angústias existenciais. O apartamento de dois quartos ficava de frente para a rua, o ruído que vinha de fora era aumentado pelo barulho do velho aparelho de ar-condicionado. O hábito e o cansaço faziam com que ele parecesse silencioso como um claustro.

Dormiam bem, sem temores ou sobressaltos. Tinham bons empregos. Ele carimbava papéis em um cartório e ela fazia o mesmo em uma repartição pública. Nem a prestação da geladeira nova nem as setenta e duas parcelas a pagar pelo carro lhes perturbavam o sono. Eram felizes, pareciam produzidos e condicionados naquele centro de Londres.

O conhecimento em excesso produz as dúvidas que trazem consigo a infelicidade. Antão havia-lhe dito que ele deveria ter cuidado com o curso de doutoramento em centro tão sofisticado como o que escolhera para se aperfeiçoar; se não ficasse atento passaria a raciocinar dentro de estreitos parâmetros e a questionar todas as verdades.

Ainda que cheio de saberes, não poderia contrariar os dogmas da ciência, tão absolutos quanto os impostos pelas religiões, pelas seitas ideológicas sem Deus e pelos meios acadêmicos.

Poderia ainda perder a capacidade de criar, passaria a escrever artigos e livros com inúmeras citações, o que é bem-visto nos meios intelectuais, mesmo que o autor conclua suas obras sem expor uma única opinião pessoal.

O muito saber roubara a leveza da sua alma, o deixara diferente da daquelas pessoas simples que vira voltando de um bem aproveitado domingo de praia; desprezadas por gente como ele, usadas pelos políticos, pelo comércio que vende tudo em intermináveis prestações e exploradas por toda sorte de pregadores, mas capazes de serem felizes.

O pai deixou claro que ele tinha que ser alguém sério e responsável. A mãe lhe mostrou o caminho: estudar muito e trabalhar mais ainda. Os dois referenciais foram seguidos. Um lhe afastou das coisas boas da vida e o outro lhe aprisionou no caminho do dever. Percursos sem retorno que o levaram onde agora se encontrava.

Sentiu fome, entrou em um restaurante quase vazio, era tarde para o almoço e cedo para o jantar, sentou do lado de fora, numa mesa meio inclinada colocada na calçada, comeu conversando consigo mesmo. Sequer prestou atenção ao número recomendado de mastigações.

Ao voltar para casa o sol ia se pondo e as lâmpadas nos postes começavam a ser acesas; a partir daí ele seria como os outros. Veria televisão até o sono chegar. Não telefonou para a namorada, estava mais calmo.

Antão prosseguia sua inglória luta, continuava a perseguir, sem êxito, as inimigas de seu jardim, chegou a pensar em se mudar para um apartamento. Adotaria soluções radicais, o dedetizaria durante vários dias, encheria a nova moradia com plantas de plástico, as chinesas eram iguais às naturais, o som dos pássaros viria de uma gravação, esqueceria as formigas.

Não falava para ninguém, mas os animaizinhos o estavam incomodando; à noite sonhava com eles, durante o dia aplicava cargas crescentes de veneno do qual aspirava um pouco. Passava horas na frente do computador buscando mais conhecimento sobre o seu inimigo. Estava estudando russo, descobrira nesta língua um longo artigo sobre formigas. Imaginou nele encontrar a solução para o seu problema, os russos sempre se mostraram competentes em eliminações.

Ao mesmo tempo em que pensava em se mudar para um *bunker*, não queria deixar derrotado o campo de batalha. O jardim não seria seu Waterloo. A indecisão o consumia: prosseguir a luta ou se abrigar em um refúgio asséptico?

Quando o angustiado Ivan lhe telefonava, dava para sentir na sua voz algo diferente se passando, tentava disfarçar, dizia que escrevia, não falava sobre o quê. Formigas?

Após o domingo da ida à igreja, Ivan tomou uma medida radical, mudaria os aparelhos de ar-condicionado de seu apartamento. A tarefa lhe ocuparia uns dois meses. Trocou ideias com Antão. Aprovou, mas falou sobre o ministro que morrera atacado por ácaros menores que suas formigas, que habitavam o aparelho de ar condicionado de seu gabinete.

Pura maldade, não informou que o ministro era obeso e já tinha sofrido alguns enfartos; além do mais, o equipamento era mantido pelo serviço público — não era limpo há décadas.

Ao ouvir a explanação chegou a pensar em desistir de seu projeto e se ocupar com coisa menos perigosa.

Para complicar, o sádico conselheiro alertou que ele teria um conflito entre a alta tecnologia dos equipamentos de refrigeração e a baixa tecnologia do encaixe na parede. Uma falha, mesmo de milímetros, produziria uma trepidação incômoda: "Escolha a mão de obra com todo o cuidado." Ivan não teve coragem de dizer que pedira vários orçamentos para este serviço, optara pelo mais barato, uma oficina em Nova Iguaçu. Felizmente não havia fechado o negócio, voltaria a procurar quem fizesse o delicado trabalho, desta vez com mais cuidado.

Contrataria apenas os operários, o mestre da obra seria ele mesmo; afinal, era engenheiro, sentia-se qualificado para a empreitada. Superado o medo de não ter tomado decisões acertadas, passou a dedicar-se com esmero à obra.

O sonho de juventude do *country president* era ser um político destacado. Começaria como prefeito adjunto de sua cidade, depois seria eleito à Assembleia Nacional e a partir daí o céu seria o limite.

A família o encaminhou para a escola agrícola, a única faculdade existente nas proximidades; enviá-lo para uma grande universidade envolveria despesas insuportáveis para o orçamento familiar.

Seu pai tinha o saber dado por sua longa existência, conhecia as limitações do filho, principalmente sua eterna fuga das obrigações, fora assim desde a escola primária, que concluiu com as piores notas da classe.

Era um menino sonhador, se deixava tomar por devaneios; pouco esforço fazia para transformá-los em realidade. Ainda pequeno, na idade em que as crianças sonham em ser maquinista de trem, astronauta ou super-herói, o pequeno Roger, perguntado o que queria ser quando crescesse, respondia de pronto, sem vacilar: "Quero ser aposentado que nem o vovô."

Fez o curso universitário sem interesse, alcançou tão somente as notas necessárias para concluir os estudos, ter um diploma superior.

Não conseguiu graus suficientes para aprimorar-se em genética e através dela obter incrementos na produtividade agrícola, aumentando a produção de alimentos e derrotando os seguidores de Malthus.

Quando comunicou à família não ter interesse por qualquer cultivo agrícola, todos ficaram frustrados; queriam que ele introduzisse novidades na propriedade de vinte hectares que há quatro gerações passava de pai para filho, onde produziam uvas para as vinícolas de região.

A família tinha dois grandes receios: a invasão mulçumana e a crescente concorrência com os vinhos produzidos em países sem tradição, que, graças aos avanços da genética e da tecnologia, tinham qualidade semelhante aos nacionais, além de preços bem mais em conta. A cada dia ficava mais difícil competir com eles.

No passado a preocupação fora com uma eventual chegada dos comunistas ao poder. A propriedade familiar seria incorporada a uma fazenda coletiva e a produção encaminhada à Geórgia, onde faziam um vinho muito apreciado pelos soviéticos.

Dois dias após a colação de grau tomou o trem para Paris; conseguiu de político local uma carta de recomendação a ser entregue a importante membro do partido gaullista.

Foi bem recebido, pediram um pouco de paciência, em breve achariam uma colocação para ele. Queria um posto qualquer, desde que em uma repartição pública; seu desejo era ficar próximo ao governo, mesmo que em função de pouco relevo.

Com a demora da colocação ficou fazendo pequenos trabalhos no partido. Recebia uma remuneração compatível com a função exercida, serviços gerais, que permitia pagar um quarto de pensão próximo à porta de Clignancourt.

Comia em restaurantes baratos pedindo o menu *conseillé* a não mais que cinco francos. Acompanhava a refeição com uma taça de *vin de table*, uma mistura de vários vinhos, inclusive os do terceiro mundo. A queda de padrão alimentar não o preocupava, sabia viver uma transição para os melhores restaurantes de Paris. Era só esperar.

O que viu de vantagem na humilde atividade era que figuras importantes frequentavam a sede partidária; se aproximava delas, era jeitoso, se colocava à disposição, fazia pequenos favores.

Um dia chegou um senhor de feições austeras, vestindo elegante terno azul-marinho escuro, bem diferente do que ele comprara em um brechó árabe próximo de onde morava, usando uma camisa branca com listas estreitas, verticais e azuis, e uma gravata com cores discretas. Portava, na lapela a pequena roseta vermelha da Legião de Honra. Não era uma figura imponente, mas despertava respeito.

Tão logo entrou na enorme sala de reuniões, chamou o prestativo jovem a um canto e em tom de conspiração lhe disse: "Telefone para minha mulher e diga que chegarei mais tarde devido ao alongamento dos trabalhos."

Esperto, entendeu o que se passava. Esses pedidos tornaram-se rotineiros. Por um golpe do destino, ele se tornou cúmplice das escapadas do importante membro do partido. Passou a ser protegido por ele, quase um filho, como costumava falar.

Anos mais tarde lembrava-se disso, quando pegava seu chefe atual no aeroporto e o levava ao local razão de suas vindas a mais desimportante de suas filiais.

Sabia que para subir na vida a única coisa que tinha valor era possuir uma excelente rede de relacionamentos, uma *network*, como gostava de dizer.

Tudo na sua vida tinha um bem pensado propósito. Até agora vinha ocorrendo conforme o planejado. Em que pese a carência de conhecimentos, sabia escolher as pessoas certas, a elas se dedicar com afinco e receber reconhecimentos. Não tinha dúvidas, com paciência e dissimulação chegaria ao topo — *sic itur ad astra*.

Antão possui uma visão crítica do mundo, cética em relação a quase tudo. Talvez esteja certo em agir deste modo. Nem sempre foi assim. A descrença nos homens e em seus ensinamentos se aperfeiçoou no convívio que teve com o mundo político. Imbuído de espírito público e idealismo mudou-se para a capital na primeira oportunidade que surgiu. Do alto de seus trinta anos tinha certeza de que a mudança para o centro do poder lhe daria condições de servir à pátria. Juntar-se-ia àqueles que sem descanso e com enorme desprendimento dedicam-se a produzir um país melhor para as gerações futuras.

Abandonou o sonho de uma vida acadêmica onde passaria seu tempo escrevendo e difundindo ideias entre seus discípulos para ir trabalhar em uma empresa estatal que atuava em seu campo de conhecimento.

Repudiava as pessoas que não se preocupavam em associar sua experiência aos cargos que ocupavam; em um dia estavam na área de saúde, noutro cuidando dos transportes, mais adiante voltados à agricultura. Iam de um lugar a outro exercendo sua ignorância. Ele não, só ocuparia funções onde seu saber fosse útil.

A improvisação no setor público é total. Médicos ensinam engenheiros a construir pontes e estradas, engenheiros dizem aos médicos como realizar cirurgias, advogados indicam aos militares o armamento mais adequado.

Não há a menor dúvida: se as organizações privadas adotassem os mesmos critérios, faliriam inapelavelmente. Como governo não quebra, apenas retarda o que deveria ser feito, continuará a proceder assim até o fim dos tempos; o que chegar primeiro: o esfriamento do sol ou o aquecimento global.

Os polivalentes executivos vão para lá e acolá em função das acomodações ocasionais no quadro político, não pelo saber ou pelo rigor com que resistem às tentações impostas pela proximidade com os cofres públicos. Conhecimento e honestidade são irrelevantes para as escolhas dos que exercerão os mais altos cargos e, até mesmo, para aqueles que distribuirão a justiça.

Quando criticados dizem que o importante é a sua experiência em tomar decisões aliada ao cuidado que têm na contratação de competentes assessorias, que suprem a falta de conhecimento nas matérias que tratarão. Na "competente assessoria" invariavelmente colocam filhos, mulher, mãe, sogra, sobrinhos, amantes e cabos eleitorais tão desprovidos de saber quanto seus líderes.

A empresa onde trabalharia fora criada para financiar projetos nas cidades de todo o país. Chegou e logo sofreu a primeira decepção. A maior parte de seus novos colegas não tinha a menor noção do que faria, vinha pelas vias políticas. Mesmo assim conseguiu agrupar alguns técnicos respeitados e começou a trabalhar.

O efeito foi o contrário do esperado. Quem tinha preparo para estar ali passou a ser isolado das decisões. Faziam parte de uma minoria que não possuía aquela notável capacidade de captar os desejos do povo — privilégio exclusivo dos políticos, uma espécie de sexto sentido. O pequeno grupo de Antão tinha uma visão tecnicista quase desumana dos problemas essenciais do povo, era olhado com desprezo por seus colegas.

Com o tempo, percebeu que quem arrebanhava as necessidades do povo eram os indefectíveis lobistas, os empreiteiros de obras públicas e políticos preocupados com as despesas que teriam na próxima eleição. O povo passa ao largo do processo, ainda que com seus sonhos bem captados por seus representantes.

Ao chegar à capital, acreditando no valor de seu currículo, pensava que seria elogiado, consultado, invejado, mas não foi isso que se deu: foi simplesmente desprezado.

A primeira decepção não foi capaz de colocar por terra o seu propósito de ajudar o país a melhorar. Continuaria lutando.

Era chamado à boca pequena de tecnocrata, um ser que precisa de números para decidir; uma ofensa que expunha toda sua pequenez e a de todos aqueles que passaram anos se aperfeiçoando em áreas específicas, mas não na exotérica arte de identificar os desejos do povo. Despreparado, sequer conhecia os porta-vozes do povo.

A insensibilidade social dos técnicos contrastava com o desprendimento dos políticos, sempre preocupados com a pobreza, com as secas, com as chuvas, com as injustiças naturais e sociais impostas aos eleitores.

Nas tragédias choram com o povo, dão entrevistas, vão a enterros, visitam flagelados, colocam-se à frente das lutas para recuperar pontes caídas e asfaltos arrancados de seu leito; prometem soluções. Rindo, esfregando as mãos, fazem contas: obras emergenciais são dispensadas de licitação — todos os acertos se tornam possíveis.

Habilitavam-se desse modo para de quatro em quatro anos renovarem as esperanças dos desprovidos de tudo, menos na fé nos santos, nos políticos e nas benzedeiras.

Como muito pouco é realizado após trágicas ocorrências, explicam que fizeram todo o possível, mas foram boicotados pelos técnicos do governo, pela burocracia e pelas carências orçamentárias; em novo mandato, com mais experiência, farão chover ou parar de chover conforme a necessidade.

Com voz pesarosa se antecipam às cobranças e dizem que as denúncias de corrupção foram forjadas pela oposição. Têm fé que serão absolvidos, confiam na justiça.

Eles têm razão, ela é cúmplice de sua classe. Quando os crimes prescrevem os juízes lamentam o excesso de trabalho, o exagerado número de recursos possíveis, a falta de estrutura adequada — um rol de coisas repetidas há pelo menos cem anos. Vão dormir com suas consciências tranquilas, fizeram tudo que estava ao seu alcance, mas, escravos da lei, não puderam ir além, como desejariam.

As decisões judiciais têm que ser bem pensadas, amadurecidas; não devem ser tomadas de afogadilho. Tal zelo faz com que deliberações fundamentais sejam postergadas por anos, décadas, séculos. A justiça, camuflando-se em justa torna-se injusta. A despreocupação com prazos não é privativa dos juízes, os administradores públicos sofrem do mesmo mal.

Com saber e espírito público fundamentados em seu idealismo e ingenuidade o futuro eremita, Antão, recém-instalado na capital do país, admitiu que o que ocorria na empresa onde trabalhava era um caso particular, não podia generalizar o que via.

Assim, passou mais de quatorze anos tentando encontrar o que procurava. Finalmente se rendeu à realidade dos fatos, como algum dia se renderia à vitória das formigas. A empresa estatal não era um caso particular.

Poderia ser chamado Antão, o Ingênuo, já que se comportava como Diógenes, o Cínico, que na antiga Atenas perambulava pelas ruas em busca de um homem honesto — bastava um. Em sua inglória busca levava uma lanterna de modo a facilitar o seu trabalho.

Os políticos podem até dar seus primeiros passos na vida pública com bons propósitos. No entanto, o convívio com os mais experientes na atividade, que se comportam como aplicados professores, ensinando aos novatos que o mundo real é diferente do que eles imaginam, alertando, ainda, que se não aprenderem a lição correm o sério risco de voltarem a ser meros eleitores.

Poucos escapam às tentações, raros mantém os ideais que os fizeram optar pelo perigoso ofício — nesse caso sofrem com o isolamento imposto às minorias, ficam fora dos grandes feitos e correm o risco de encerrarem prematuramente suas carreiras; alguns milagrosamente sobrevivem.

Eles formam um pequeno grupo de homens bons; sua arma é apenas a palavra indignada, pouco ouvida e divulgada. Lá estão somente para mostrar que é possível viver em qualquer ambiente sem se contaminar — apenas por isso; constituem um experimento social ali posto para contrariar Rousseau — o homem é bom em sua natureza — porém, poucos não se deixam influenciar pelo meio em que vivem.

Fora dos esquemas não há salvação. A principal lição é ensinada logo no início da jornada. A maioria aprende com presteza, outros, como os alunos relapsos, têm que ouvi-la repetidas vezes para entendê-la; os que não a aprendem nunca são os menos espertos.

Darwin alertou para as dificuldades que essa classe de seres vivos, os menos astutos, teria em se adaptar às mudanças, modificar-se e por fim evoluir. No caso de Brasília evoluir é atingir os mais altos cargos disponíveis, indicar dezenas de seguidores para observar os movimentos junto aos cofres, evitando que afoitos se apossem do que lhe pertence por serviços prestados ao povo.

A necessidade de ser aceito por seus pares, subir na hierarquia, ser agraciado com benefícios inimagináveis, vai transformando as mentes, os princípios e até as feições. Por fim, em um dia qualquer, o político será uma pessoa com enorme dificuldade de distinguir o certo do errado, achando que os fins justificam os meios, tendo boas explicações para tudo. A metamorfose é contrária a da natureza: a borboleta vira uma repelente lagarta.

A transformação é rápida. A conversão no início pode ser imperceptível, não notada sequer pela mulher e pela própria mãe. Com o passar dos anos suas feições vão se alterando, seu falar, seus gestos, seus valores; nessa hora a mãe, a mulher, os filhos, os vizinhos percebem que ele é outro.

Alguns introduzem os familiares no seu estranho mundo. Eles se adaptam, se modificam e acabam formando um grupo familiar muito diferente de quando tudo começou; a estranha transformação os une, os objetivos passam a ser os mesmos para todos.

Se pegos roubando podem dizer que o dinheiro era para comprar doces para as crianças; cometendo assassinatos informam que foram praticados para livrar a sociedade de alguém pior do que eles; se vistos se refestelando em Paris ou em Nova York por conta do erário justificam a vilegiatura como exaustiva viagem de estudos; se comendo pastéis ou tapiocas com verbas públicas dizem que é para se alimentar rapidamente e não perder preciosos minutos de trabalho, e assim por diante.

Não havendo possibilidade de justificar seus atos, se debulhando em lágrimas pedem desculpas aos comovidos eleitores, que demonstrarão seu perdão na próxima eleição. Todos merecem uma segunda oportunidade. Os eleitores cheios de esperança comentam: "Esse aprendeu a lição, não roubará mais."

Nas raríssimas ocasiões em que um é preso, quando arrestado incorpora ao seu visual uma Bíblia, a exposição do livro sagrado mostra a quem quiser ver que ele é temente a Deus, não pecou, enquanto seus advogados repetem o mantra: "Meu cliente é inocente."

Se a prisão não for revogada seus pares o abandonam imediatamente, precisam informar à sociedade que eles são diferentes, que não concordam com os malfeitos do ex-colega, ex-amigo, ex--correligionário, ex-marido, ex-amante, em casos extremos ex--filho ou ex-pai.

Caso os anos passem e ele retorne ao seu meio, tudo voltará a ser como antes. Os que o abandonaram em momento de repúdio social esquecem o seu vergonhoso passado e voltam a ser colegas, amigos, correligionários. Os mais próximos, novamente, expõem o parentesco, lembram sua luta para vencer obstáculos e a vocação, manifestada ainda na infância, para fazer o bem. Os filhos voltam a ter pais e as mulheres maridos. As amantes serão substituídas — imposição dos efeitos perversos do passar dos anos.

O período de ostracismo é encarado como uma parada para reflexão.

Uma vez contaminado pelo ambiente, o jovem idealista passa a percorrer um caminho sem retorno. Respeitado apenas por seus iguais e com feições que permitem qualquer criança reconhecê-lo como um político.

Quando o deformado moral vê o espelho refletindo a indesejável mudança, ele recorre às cirurgias plásticas, aos enchimentos faciais ou às singelas pinturas capilares. Todo esforço é feito para retornar à inocência, mesmo sabendo que o caminho que seguiu não tem volta.

Tudo é admissível no lugar que Antão escolheu para se estabelecer e fazer o bem pela pátria.

Uma experiente deputada, pega colocando maços de notas em uma imensa bolsa, disse que faria denúncias que escandalizariam a capital. Na ânsia de se safar, prometeu fazer revelações que deixariam atônitos os moradores da cidade. Foi ingênua: na cidade ninguém se espanta com mais nada.

Quando optou por viver no centro das decisões, Antão tinha grande ansiedade em ver de perto o que faziam as grandes figuras públicas, acompanhar seus debates inteligentes, aprender como tomar decisões prudentes mirando o bem comum, por fim, talvez, em algum dia ser um deles. Não podia adivinhar o que o futuro lhe preparava, mas sentia que as portas estavam abertas.

Quantas vezes tangidos pelos ventos do destino começamos buscando o norte e acabamos em outro ponto cardeal, sem ter meios de saber como ou porque aquilo aconteceu.

O ingênuo Antão pensava: poderia ter ele uma oportunidade para fazer o bem? De que modo seria recompensado? O prêmio viria na forma de posições mais elevadas de onde poderia fazer mais, cada vez mais, pelo país?

Cedo percebeu que não era necessário fazer o bem para subir na hierarquia: o importante era dar a impressão de fazê-lo.

O narrador dessa história observou que os três objetos de seus estudos alternavam períodos agitados com outros de tranquilidade.

Os de calma, mais curtos que os tumultuados, não permitiam inferir se estavam acomodados, deixando de perseguir vitórias improváveis ou, se de algum modo desconhecido pelo próprio Pavlov, estavam sendo condicionados a aceitar o novo rumo de suas vidas ou se estavam tomando os comprimidos prescritos por seus médicos, em doses mais fortes.

Os três personagens passavam por um bom momento: dormiam bem, sem pesadelos ou temores, estavam otimistas com relação ao presente e ao futuro.

Antão, como o santo que seu nome homenageava, tornara-se ermitão. Raramente saia de casa; além de tentar matar as inextermináveis formigas, estava de fato escrevendo. Passava o dia em frente ao papel gastando canetas e mais canetas. Botava para fora tudo que vira ao longo de sua movimentada vida, realizava o sonho de uma existência: contar o que sabia e o que pensava saber. Não tinha sequer a preocupação normal aos que escrevem: ser lido. Temia apenas morrer antes de escrever tudo o que pretendia.

Escrevia rápido como se tivesse medo de ser acometido por algum mal próprio da idade e sua memória evanescesse; agitava-se. A calma retornava quando lembrava que não seria lido por ninguém, se fosse seria em futuro distante, do mesmo modo como foram conhecidos os Manuscritos do Mar Morto.

A ideia de ser útil em tempo muito a frente, muito além de sua morte, trouxe tranquilidade, ganhou vida e se pôs a escrever com vistas aos futuros leitores.

Imaginava como seria o mundo que perpetuaria seu nome, o tornaria imortal para todas as gerações vindouras. Ultrapassava as fronteiras do bom senso e da racionalidade, mas não se importava com isso, seguia em frente com a obstinação.

Em data longínqua, imprecisa, conheceriam o que ele escrevera quando as ruínas do lugar onde morou fossem descobertas e seus escritos encontrados. A curiosidade pelo passado faria com que os posteriores dessem valor àqueles papéis rotos, empoeirados, fragmentados, sem qualquer valia para seus contemporâneos, que sequer souberam de sua existência.

É assim que se escreve a história, o desimportante fragmento de uma xícara com o passar dos milênios transmuda-se, torna-se achado arqueológico capaz de desvendar fatos desconhecidos do passado.

A humanidade é obcecada em saber de onde veio e para onde vai; de onde surgiu, como começou e como terminará.

A cruel ideia: a vinda do pó e o retorno a ele, carregada de efemeridade e inutilidade, nos foi dada por Deus. Passamos milênios imaginando ter sentido figurado, quando na realidade trata-se de uma informação objetiva do Criador aos por Ele criados. Deveria ser aceita para que vivêssemos menos ansiosos em relação ao futuro, simplesmente o aceitássemos. Deus certamente não contava com a persistente e obstinada recusa em admiti-la como real.

Desde seus primórdios os homens recusam-se a acolher verdades incômodas ao espírito. As mesmas criaturas que repeliram a mais importante informação que lhes foi dada: "Do pó viestes e para o pó voltarás", inúmeras vezes aceitaram o inaceitável como verdade inquestionável.

A recusa ao ensinamento sobre a origem e o fim dos homens foi tão vigorosa que religiões, filosofias, teorias, leis, sociedades, teosofias, foram sendo organizadas para acalmar as pessoas com relação ao futuro.

Os sábios concluíram e transmitiram: "Todos viverão para sempre, nossa alma imortal não permitirá que desapareçamos." Não há porque temer o futuro. A existência não é nem efêmera nem inútil. Seria como dizer: "Sim, viemos do pó, mas a ele não retornaremos, temos uma natureza imortal como a de Deus, que nos criou a Sua imagem e semelhança."

O pensamento — ser lido em um futuro remoto por avançadíssima civilização — não abandonava o escritor. A cada dia tinha mais certeza que a posteridade lhe daria valor.

Esse absurdo encadear de ideias ensandecidas trazia tranquilidade a Antão; estava convencido ser um escriba que não ficaria no anonimato para todo o sempre. Teria no futuro tanta utilidade quanto às peças de argila dos sumérios, os hieróglifos egípcios, os poemas de Homero e os escritos de Flávio Josefo.

O que escrevera não provocaria temor semelhante ao achado das cavernas de Qumran, não havia medo de que eles desmentissem o que se sabia sobre o cristianismo e o judaísmo.

Em sua alucinação, se sucederiam gerações de arqueólogos, passariam centenas, senão milhares de anos, para chegarem à conclusão sobre as razões do desaparecimento da cidade onde ele vivera; erguida a mil metros acima no nível do mar, numa região seca, plana e com vegetação pouco exuberante.

.. *José Carlos Mello* ..

O lugar, longe do mar, não sumira como milhares de sítios litorâneos tomados pelas águas dos oceanos, quando o seu nível atingiu cinco metros a mais que o anterior, não ficava perto de vulcões ou de placas tectônicas. O seu desaparecimento inquietou gerações, ele não se enquadrava em nenhuma hipótese cientificamente aceita para explicar o fim de cidades e civilizações.

Por fim, os pesquisadores concluíram que ela fora destruída pelo que chamaram de "cataclismo humano". Arqueólogos curiosos, baseados apenas em lendas que a eles chegaram pela transmissão oral, começaram a esburacar o lugar.

Foi então que acharam os manuscritos do escritor sem leitores. Descobertos, foram datados, decifrados, lidos, interpretados, censurados e por fim dado conhecimento do seu conteúdo ao povo. Ficaram horrorizados com os seus antepassados.

Não acreditavam que depois da Renascença, do Iluminismo, das constatações de Charles Darwin, a humanidade tenha regredido a um estágio civilizatório tão primitivo e tão imoral; avançaram na ciência e na tecnologia e regrediram nos padrões éticos.

As famílias de Brasília tinham o hábito de assistir ao noticiário político da noite, todos juntos, inclusive as crianças maiores, não havia porque esconder o que se passava; o ato era encarado como educativo, mostravam a eles o que não deveria ser feito.

No começo do noticiário as crianças menores e os velhos eram retirados da sala.

Os moradores da cidade, quando viajavam, eram vistos sob suspeita e hostilizados. Pessoas honestas, boas e trabalhadoras preconceituosamente eram consideradas cúmplices do que se passava próximo às suas casas.

Em uma ocasião, aparentemente igual às demais, o habitualmente aceito foi ultrapassado. A população, depois de assistir ao noticiário televisivo, desistiu de apreciar as anestesiantes novelas que se seguiam, e, sem uma voz de comando, sem qualquer convocação, ouvindo apenas suas consciências, foram para o centro de poder e para o aeroporto, para evitar a fuga dos alvos de sua incontida explosão de indignação.

Ocorreu uma repulsa coletiva ao que a cidade se tornara. Pacíficos viraram furiosos, calmos ficaram agitados, os esperançosos desanimaram-se e assim por diante.

A caminhada teve um início silencioso. À medida que se aproximavam de seus alvos começaram a bradar palavras de ordem e gritos de indignação que podiam ser ouvidos à distância.

A corrupção chegou ao inimaginável. O trabalho da polícia tornou-se inútil, era como tentar exterminar a Hidra de Lerna, o monstro imortal com várias cabeças, cada uma que fosse decepada dava lugar a outra. A rotina tornou-se repetitiva e frustrante. Os homens públicos descobertos cometendo desvios eram presos, absolvidos e soltos. Retornavam imediatamente às suas atividades criminosas.

Os tribunais montaram equipes para contar os dias que faltavam para prescrição dos crimes. O cuidado se fazia necessário porque os processos eram em grande número, e por descuido um notável homem público poderia ser condenado. Quando da prescrição o porta voz da corte de justiça avisava ao público: "É lamentável, mas nada podemos fazer: o assalto ao cofre do Tesouro prescreveu. Não há como punir os responsáveis."

Naquela noite os moradores resolveram pôr um fim à escandalosa situação e saíram às ruas dispostos a tudo, até morrer para purificar o lugar. O ocorrido fora semelhante ao castigo bíblico imposto à Sodoma e Gomorra, quando a mão vigorosa do Senhor se abateu sobre as pecaminosas cidades.

No caso de Brasília, em vez do fogo vindo do céu, as ações se passaram como se houvessem sido ordenadas por Deus à ultrajada população: deveriam destruir tudo com as próprias mãos, não deixando pedra sobre pedra, e só cessariam sua fúria devastadora quando não restasse um ímpio sequer. Em apenas uma noite arrasaram tudo, mesmo suas próprias casas. Não queriam deixar lembranças. Seus habitantes migraram para lugares onde pudessem respirar um ar puro, e levar suas vidas sem serem onerados por impostos sobre os quais desconfiavam cada vez mais de sua correta aplicação.

Havia pouquíssimos registros de algo semelhante no passado; os que mais se aproximavam do ocorrido eram o incêndio de Roma, ordenado por Nero, e o de Moscou em 1812, promovido por sua própria população antes da chegada à cidade do que restava do exército de Napoleão.

Roger Martin, também, se encontrava em momento de serenidade. Sua escandalosa omissão não mais provocava comentários irônicos, não incomodava ninguém e também não era incomodado pelos outros. Os subordinados trabalhavam como se ele não existisse. Haviam se reunido, trocado ideias entre si e optaram por agir assim — seria melhor para a empresa global.

Vinha cada vez menos ao local de onde deveria exercer seu comando. A enorme sala da presidência passava semanas desocupada. As faxineiras só a limpavam quando a secretária as avisava que em dois ou três dias ele apareceria.

Ninguém esperava mais vê-lo emanando ordens, transmitindo ensinamentos, cobrando resultados e desempenhos como nos primeiros dias de seu mandato. Justificava-se dizendo que os modernos meios de comunicação dispensam a presença física e que do outro lado da fronteira montava com dirigentes públicos esquemas inimagináveis. Não dariam conta de atender todas as encomendas que negociava. Os subordinados fingiam acreditar no que ele falava. Era melhor não incomodá-lo.

O estabelecido era benéfico à chefia maior e aos colaboradores, apenas os donos perdiam, mas não davam muita importância a isso: os principais acionistas eram fundos de pensão de empresas estatais.

Amiúde, por variadas razões, as reuniões do conselho passaram a ser canceladas. O conselheiro que lhe impunha temor morrera. O desenrolar dos fatos era amplamente favorável ao presidente Roger Martin.

O incômodo aconselhador que vinha de Brasília para chamá-lo à realidade e tirá-lo do mundo dos sonhos, se tornava cada vez mais desagradável: ele não poderia falar em hipótese alguma, teria que calá-lo de qualquer modo quando houvesse uma reunião.

Com um pouco de astúcia não foi difícil conseguir isso. As raras reuniões do colegiado que roubavam o seu bem-estar, em vez de iniciarem às nove horas, começariam às dez, e o colocaria em último lugar para expor suas ideias, críticas e sugestões.

Os conselheiros, sem exceção, eram prolixos. As reuniões eram momentos para cada um exaltar o próprio saber; encurtadas não sobraria tempo para ele falar. Lá pelas treze horas, o presidente lembraria que era hora do almoço, pediria desculpas ao mais realista e incômodo de seus consultores e diria: "Da próxima vez começaremos por você." Assim, aquele que dava sugestões e mais sugestões para melhorar o desempenho dos setores produtivos da empresa se aquietaria.

Na primeira reunião, com satisfação, constatou o êxito de seu plano. O conselheiro censurado permaneceu mudo. Pressentindo que não exporia suas ideias tornou-se impaciente, ansioso — para ele ficar calado era uma forma de tortura.

Assim o presidente não teve mais que ouvir recomendações que poderiam exigir que ele se colocasse em movimento.

A caminho do longo almoço regado a preciosos Bourgognes e Bordeauxs, o presidente cochichava de ouvido em ouvido: "Ele é muito pessimista. Foi prudente não escutá-lo." Os interlocutores não diziam nem sim nem não; o mais provável é que sequer prestassem atenção ao que ele falava.

Roger dormia bem, passava dias agradáveis com a família, acordava tarde e dava longos passeios pela cidade em que morava. Tinha absoluta certeza de que não seria incomodado por ninguém, nem pelo chefe maior. Os dois conselheiros que perturbavam seu bem-estar permaneceriam calados.

Um para a eternidade; o outro, mesmo sem ter morrido, não seria mais ouvido por seus pares: destinaria a ele sempre o último lugar nas exposições do conselho. Um morrera de doença grave; o outro fora emparedado.

Roger mandava relatórios alentados à matriz, afinal trabalhava em dois países. Eles tinham dezenas de páginas que jamais seriam lidas. De vez em quando alguma secretária acusava o recebimento em nome de seu chefe.

O presidente maior devia ter encontrado uma alternativa amorosa em outro canto do mundo, distante da cidade úmida, quente, poluída onde encontrava os efêmeros, mas tranquilizadores amores mercenários. Talvez na China. Quem sabe? Para ele não havia distância que não pudesse ser transposta com conforto.

Ivan tinha todo o seu tempo tomado com o pequeno exército que trabalhava em sua casa. Dava ordens, exigia padrões de qualidade desconhecidos ao seu pessoal. Ordenava novas reformas. O apartamento se transformou num canteiro de obras; ao entrar em casa tinha que cuidar para não tropeçar em latas de tinta e ferramentas espalhadas pelo chão. Acordava cedo para aguardar os operários.

Quando alguém lhe telefonava respondia com vigor: "Ligue mais tarde, estou trabalhando." Importunado pela empregada, cumprindo regra anterior revogada, avisava: "Professor, está faltando sabão em pó." Com rispidez dizia: "Vá comprar. Não vê que estou ocupado."

Afastara aquele desagradável pensamento, recorrente desde que se aposentara: "Estariam ele, o amigo e o seu ex-presidente enlouquecendo?" Otimista, respondia para si mesmo: "Eu não, os outros dois provavelmente sim."

Na verdade os três haviam recuperado o equilíbrio interior, sozinhos, com grande esforço e sofrimento, não recorreram a médicos, curandeiros ou xamãs. Um se dedicava às obras, outro escrevia com a certeza de que seria lido e o presidente não trabalhava e não era incomodado por ninguém.

Uma possibilidade que não podia ser excluída era ter ocorrido um novo condicionamento ou um recondicionamento espontâneo. Em uma ou outra hipótese estavam acomodados a uma nova situação que lhes provocava bem-estar.

Sem perceber, eles permaneciam respondendo ao condicionamento imposto desde o nascimento. Estavam vivendo, cada um a seu modo, dentro de uma perspectiva própria, imperceptível, mas adaptada ao adestramento que haviam recebido.

O problema que aparentemente levava à loucura os dois aposentados, era a falta do que fazer e a ausência de alguém para tocar uma sineta — o patrão — e colocá-los prazerosamente em movimento. Com o jovem presidente se passava o contrário: o excesso de patrões e de deveres o levava aos piores pesadelos.

Os três personagens continuavam inseridos no mesmo processo: seus reflexos condicionados não se alteraram. De um estranho modo eles reproduziram o mundo que lhes fazia falta e que os tirava da depressão e do desespero.

Os dois mais velhos tornaram-se patrões. De si mesmo no caso do eremita e de uma equipe no caso de Ivan. O terceiro praticava um ócio bem remunerado, sem cobranças; não se pode esquecer que desde a infância sonhava em nada fazer.

A menos que um continuasse a realizar obras intermináveis em seu apartamento, o outro prosseguisse escrevendo milhares de páginas que só seriam lidas como achados arqueológicos, e o último não recebesse convocações do conselho ou da matriz, seus equilíbrios se manteriam. Ou seja, em algum momento retomariam o rumo da alienação. A situação atual era transitória. Fora provocada pelo desespero de dois e pela sorte de outro.

Apareceria em algum momento algum discípulo de Pavlov para alterar seus condicionamentos? Poderiam ser felizes sem a necessidade de ruídos estimulantes vindos de patrões ou da ausência deles? Questões difíceis de responder. É de se lastimar que Ivan Petrovitch não tenha estendido seus estudos aos seres humanos.

Ivan prolongou o mais que pode a reforma do imóvel, levou-a muito além dos aparelhos de refrigeração. Quando os gastos começaram a pesar foi reduzindo o ritmo dos trabalhos, mas continuava a fazê-los.

Os operários se sentiam em um emprego permanente, antes de terminar um serviço sugeriam outro. Trocou a fiação elétrica, a instalação de gás e refez a pintura. Os meses se passavam e o que ocorria atendia às duas partes. Um raro momento de convívio harmônico entre patrão e "colaboradores", não havia os ódios e os desprezos recíprocos, usuais nessas relações.

Um dia ele deu um basta naquilo. A despesa se tornara insuportável. Despediu todos. Antes de sair argumentaram: "Doutor, qualquer dia o senhor vai ter problemas com a parte hidráulica. Não é melhor resolver isso logo?" Fingiu não dar importância ao conselho e encerrou as obras.

Nos dias seguintes acordava de madrugada tomado por um estranho sonho: corria água por todo apartamento e chovia no abaixo do seu. O vizinho atingido pelo dilúvio gritava: "Você destruiu minha casa. Pagará por tudo!" Recuperava o sono, mas acordava cansado. Pensou por dias e dias em retomar as obras. Por fim, acalmou-se e passou a aguardar com resignação a chegada da inevitável enxurrada.

Sabia que com o término das obras, com a desmobilização da equipe que lhe fazia companhia, retornariam os dias inquietantes. Viveria novamente sem subordinados, trabalhos, metas a cumprir e ordens a dar. O condicionamento seria abalado e os males da mente voltariam com grande intensidade.

Como colocava durante as obras o despertador para acordar cedo, antes dos operários chegarem, Antão lembrou a semelhança que havia entre o ruído do relógio e o da campainha de Pavlov, utilizada para estimular seu cão. Recomendou mantê-lo ligado por mais algum tempo para amenizar a passagem daqueles dias agitados ao vazio habitual. Achou o conselho prudente e sábio — o seguiria.

Mesmo retardando o processo, o esperado aconteceu. Na semana seguinte ao final das obras passou a ver fantasmas. Imaginava a solidão até no seu enterro. Se durasse tanto quanto seu pai, ninguém saberia que ele ainda existia. Talvez só o porteiro e o síndico do prédio acompanhassem seu funeral.

Quem pagaria tudo? Ele mesmo acertaria proximamente as coisas com alguma funerária; deixaria pagas até algumas coroas de flores com aquelas fitas de seda artificial, nelas mandaria colocar um nome qualquer, em letras douradas, lamentando a sua passagem. Deixaria com a agência funerária os nomes dos que enviariam as coroas. Seria uma farsa, mas absolutamente necessária face ao seu estado de espírito.

Os poucos presentes ao funeral comentariam como ele era querido e lembrado: "Vejam quantas coroas!" As falsas saudades eternas seriam manifestadas pela universidade onde lecionara, pelas duas multinacionais por onde passara, pelo condomínio, uma ex-namorada representaria todas, individualizar sairia caro e poderia produzir gracejos. Não queria que seu enterro fosse um acontecimento desprezível, teria que ter dignidade.

Aventou a possibilidade de se recolher a um convento como um simples irmão; quando soube que teria que doar seus bens à ordem que o acolhesse afastou a ideia. Se não gostasse dos rigores da vida monástica seu patrimônio seria devolvido? Na dúvida preferiu deixar as coisas como estavam.

Passou a procurar anúncios de serviços funerários nas páginas amarelas. Telefonava, fazia perguntas sobre modelos de caixões, preços, prazos de entrega, formas de pagamento, e tudo mais que compõe um enterro decente. Mais tarde iria visitá-los. Chegaria preparado à funerária, não seria enganado pelo vendedor. Escolheria algo digno, mas com preços razoáveis; não fora perdulário em vida não seria na morte.

Criou coragem e contou ao Antão o que se passava. Ele ouviu e não ficou escandalizado: às vezes tinha esse tipo de inquietação.

Falou a respeito de uma empresa argentina que produzia caixões temáticos. Eles poderiam ser encomendados e entregues a qualquer momento. "Você pode escolher o tema, encomendar e pagar. A compra será entregue em um mês. Coloque-o no meio de sua sala e, até a utilização final, use-o como um móvel." Não entendeu a sugestão: Seria um conselho ou um deboche? Deixou-a de lado e voltou ao seu plano.

Uma preocupação substituía outra. Pagando tudo agora corria o risco de ser enganado, poderia pagar uma parte agora e outra depois de prestado o serviço, mas isso seria complicado por razões óbvias. Para qualquer direção que fosse caía em algum impasse. Continuaria a pensar nisso e um dia acharia a solução.

Novamente não sabia o que fazer para ocupar seu tempo. Conforme o esperado, o término da azáfama das obras, não foi bom ao seu espírito. Quando saiu o último operário sentiu um enorme vazio, sentimento que preconizava dias piores que os anteriores. Um mero arranjo na refrigeração de seu apartamento interrompera o lento processo de descondicionamento. Pagaria caro pela imprudência.

Na primeira semana após as obras fez um curso com os funcionários da portaria e da limpeza sobre cuidados a ter com os elevadores. Não prestava atenção à aula, apenas ocupava uma hora de seu dia.

Não saía da cabeça que estudara na mais importante universidade do mundo; caminhava por suas alamedas gramadas e arborizadas, cumprimentado um ou outro prêmio Nobel que passava absorto em seus pensamentos ou encantado com a paisagem. Maldito dia em que voltou ao seu pobre país, carente de vida acadêmica, desprezando o saber, exaltando falsos valores e doutrinas exóticas.

Antão continuava a escrever. A falar consigo mesmo. Tinha uma solidão diferente da de Ivan. Vivia cercado de gente: mulher, filhos, netos, cachorros, empregados, mas sentia-se só, terrivelmente só. Combatia a solidão isolando-se cada vez mais.

Lia como nunca lera em toda a vida. As leituras eram incompletas, não tinha ninguém para comentá-las. Os que dispunham de tempo como ele estavam dedicados a outros afazeres ou a leituras mais amenas que as suas.

Enquanto isso escrevia, escrevia sem parar. A mão ficava dolorida, parava um pouco, ia procurar formigas e retornava à escrita que seria de grande utilidade no futuro, caminhava repetindo esse pensamento; não poderia esquecê-lo. Moldava uma espécie de Pedra de Roseta para uma época ainda por vir.

Através de seus escritos elos perdidos da história seriam recuperados. Este estranho modo de pensar o colocava no eixo e o permitia tangenciar levemente a felicidade. Não era um aposentado inútil, era alguém em plena atividade.

Uma de suas múltiplas preocupações era a eventualidade de ter artrite e não poder mais escrever, ficar com a cabeça cheia de ideias e não ter como transmiti-las à posteridade. Seria ruim para ele e para os que viessem.

Ele e Ivan são assim desde a juventude: resolvido um problema buscam imediatamente outro para se preocupar. Quando exauridos discutem a mais extrema das soluções.

Antão e Ivan pensavam como Emil Cioran: "A alternativa do suicídio ajuda as pessoas a viver." Discutiam a solução adotada por tanta gente ilustre. Horas depois, mais calmos, retornavam à normalidade. Como o filósofo romeno, eles morreriam na velhice.

Assim se passaram mais de quarenta anos. Na mocidade uma derrota era imediatamente substituída por um triunfo; agora não — sabiam que as derrotas antecediam novas derrotas.

De uma hora para outra tudo mudou para o presidente Roger Martin. A alta direção da empresa lembrou-se de sua existência e mandou um estagiário ler seus relatórios. Fazer um resumo com ênfase nos fabulosos negócios que dizia conduzir. Queriam datas, começo, meio e fim de cada projeto, propinas pagas e a pagar. Pediram ao jovem empregado que separasse os sonhos da realidade.

O que apresentou não deixava dúvidas, era o que pensavam, não havia nada de concreto em andamento, nem as recompensas financeiras às autoridades haviam sido estabelecidas.

Um fracasso total; para piorar, o diretor que substituíra o aposentado Ivan, escolha pessoal do omisso presidente, era tão avesso ao trabalho quando ele. Recebeu ordem da matriz para demiti-lo imediatamente. Foi repreendido pela escolha. Covardemente colocou toda a culpa no encarregado pelos recursos humanos e na empresa que fizera a seleção dos candidatos. Não foi levado a sério.

Ficou abalado; todo o quadro anterior retornou. Voltou a ter pesadelos, suores noturnos, irritação com a mulher e filhos, dar constantes telefonemas ao protetor, que começava a ter dificuldade em se lembrar dele — "só falta o velho morrer". Ninguém poderia saber que a demência tomava conta de seu cérebro. Lembrava cada vez menos de coisas corriqueiras, alguém tinha que ajudá-lo nas tarefas mais simples, esquecera o nome da empregada, algum dia esqueceria o seu próprio.

Não se dava conta do avançar do processo e por isso era feliz; infelizes eram os seus circundantes, que sofriam vendo aquele fim melancólico da pessoa que amavam e com quem compartilharam sonhos.

A família atribuía o que se passava a uma punição divina. Tinham que aceitá-la e rezar a Deus para que em sua infinita misericórdia o livrasse do castigo por meio de medicamentos ou abreviasse seus dias. Nas orações lembravam aos santos de devoção que ele sempre fizera o bem, fora à missa em todos os domingos e dias santificados de sua longa existência.

Como Deus não é injusto, a família especulava que o ancião poderia ter praticado pecados desconhecidos da mulher e dos filhos, bem guardados por algum antigo auxiliar; por mais que tentassem não conseguiam pensar em faltas cometidas por aquele homem bom, respeitador dos Dez Mandamentos, evitando sempre os sete pecados capitais, dedicado à pátria, à família e aos patrões.

Era difícil imaginar a razão da imposição daquele sofrimento. Em dado momento se deram conta que ele era um instrumento do Senhor para impor severa punição à sua família, essa sim, pecara.

Eram dissimulados. A mulher odiava as noras, os filhos tinham pouco apreço pelos pais e eram relapsos em tudo que faziam; a pátria não poderia jamais contar com eles. O patriarca era um homem correto cercado por ímpios e iníquos.

A família carregava, agora, mais um pecado: na dificuldade em aceitar o ato de Deus, impondo doença grave a alguém para punir seus circunstantes, questionavam o Criador. Como dizê-lo ao confessor? Não sabiam.

Os irmãos maristas haviam ensinado aos seus dois filhos que Deus era sinônimo de bondade, no entanto era fácil de constatar que o que se passava era pura maldade. Deus se enganara encaminhando a ele punição destinada a outro? O demônio conquistara sua alma ainda em vida? Seria uma manifestação do livre arbítrio, ele mesmo buscando uma punição aos pecados que só ele sabia terem sido cometidos? Não encontravam uma resposta. Pararam de pensar na causa do que estava ocorrendo. Aceitaram que religião sem mistérios, sem o inexplicável, não é religião.

Pelo sim, pelo não, passaram a rezar e ir às missas com mais assiduidade; talvez fossem perdoados e o doente milagrosamente curado.

Dois personagens dessa narrativa: o executivo aposentado e o *country president* retornaram ao precário estado psíquico anterior ao interregno de calma pelo qual passaram. A progressão era diferente em cada um deles. No presidente fora instantânea, no aposentado avançava com altos e baixos. Uma verdade era inquestionável: voltaram a enlouquecer.

O escritor dava a impressão que percorria um caminho sem retorno; seu mal-estar com a vida avançava, progredia lentamente, mas de modo constante, sem intervalos como os outros dois.

O presidente foi chamado à matriz. Mandaram comprar a passagem em classe econômica. Os de sua hierarquia viajavam nas classes mais confortáveis dos aviões. A intenção era humilhá-lo e produzir um desconforto físico que ele não lembrava existir.

A ordem recebida era, chegando a Paris, ir direto à sede da empresa. Tomou um táxi, não havia nenhum carro lhe esperando, como era a praxe. Deu o endereço ao mal-humorado motorista. Tentou cochilar para se recuperar um pouco da sessão de tortura que sofreu ao cruzar o oceano. Não conseguiu.

A roupa estava amassada e sentia dores por todo o corpo. As pernas adormecidas não queriam obedecer aos seus comandos; os pés inchados mal cabiam nos sapatos; os olhos, emoldurados por olheiras profundas, ardiam; a cabeça doía e não raciocinava direito.

Queria dormir, mas sabia que a mudança de fuso horário lhe dificultaria o sono. Não sabia por que queriam vê-lo com tanta urgência. Ninguém lhe falou sobre o relatório do estagiário.

Qualquer que fosse o assunto abordado, a avaliação de seu desempenho seria péssima. A arte da dissimulação que praticava tão bem desta vez seria prejudicada, representaria fora das melhores condições físicas e mentais. Poderia cometer erros. Sentia-se vulnerável.

A secretária do presidente global o cumprimentou com um ar entre cínico e debochado, enquanto o olhava de cima a baixo. Observava seu deplorável aspecto, ressaltado pelos óculos escuros.

Chamou-o de *president* com visível ironia. Mandou esperar; o chefe estava em uma reunião, demoraria a atendê-lo. Pensou em deitar no sofá, fechar os olhos e dormir um pouco. O entrar e sair de pessoas o fez desistir da ideia. Ficou sentado, fingia ler qualquer coisa, não pensava em nada, apenas esperava.

Depois de duas horas a imponente senhora o mandou entrar. O presidente o recebeu com sorriso amistoso: "Como foi a viagem?" "Boa. Vir vê-lo é sempre um prazer." O diálogo prosseguiu impregnado de cinismo. De repente, o chefe levantou-se, foi à porta, trancou, apertou o botão da luz vermelha, o alerta para não ser interrompido. Queria que o interlocutor vindo de longe pensasse que só ele sabia o que abordaria.

Nesta hora despertou do estado de torpor que se apossara dele. Sentia-se como se tivesse passado uma noite maravilhosa. Gastava restos de energia. Todos os seus sentidos ficaram em alerta. Previu uma conversa difícil.

Com delicadeza, o chefe global abordou a sua inoperância, os relatórios fantasiosos, a ausência nas reuniões do cartel, o pouco interesse em participar de esquemas com outras empresas associadas, a crença absurda de que o governo do país falido onde morava faria encomendas do porte que ele sinalizava, e as frequentes ausências de seu posto de comando.

Para cada questionamento tinha uma resposta inverossímil. O chefe ouvia, fazia uma expressão entre a dúvida e a crença nas absurdas justificativas: "Tudo bem, mas você vai ter que mudar suas atitudes, dar um giro de cento e oitenta graus. Sabe o apreço que tenho por você e o respeito por quem o indicou. Mas em algum momento os acionistas vão me cobrar resultados. A crise global está nos obrigando a adotar cortes inimagináveis. Sabemos da desimportância de sua filial, mas neste momento tudo é olhado com lente de aumento. Cuidado!"

A última palavra teve um tom ameaçador. Sentiu-se abandonado por todos, até por Deus. Mudar como? Não tinha a menor ideia do que fazer.

Conformou-se, entendeu o recado e aceitou o convite para almoçar em restaurante com três estrelas que seria pago com o cartão corporativo.

O convidado pediu ostras cruas para começar, o anfitrião optou por um prudente *pâté de foie gras*. A sequência se deu com um saboroso *gratin de fruits de mer*, acompanhado do Pouilly--Fumé que pediram com a entrada, depois apreciaram lentamente um prato de deliciosos queijos gordurosos e malcheirosos, degustados na companhia de um Beaujolais, trocaram opiniões e consideraram adequada a escolha de um vinho leve. Dispensaram os doces e o Sauterne que os acompanhariam. Deram por finalizado o almoço, mais rápido que o habitual, consumiu apenas duas horas e meia. Aceitaram com prazer o *cognac* ofertado pela casa e pediram um caríssimo café Civeta, produzido a partir de grãos não digeridos encontrados nas fezes do gato almiscarado.

Consideraram a refeição frugal, apropriada à tarde de trabalho que o chefe teria pela frente, e ao dia quente e ensolarado do começo do verão.

Despediram-se. O patrão ainda fez uma graça: "Feliz é você que vai poder descansar. Boa viagem. Sucesso."

Nem tudo era tão ruim como parecia. O chefe não sabia do avançado estado de demência do seu protetor, e não podia, nem devia, esquecer que o Roger Martin fora seu cúmplice naquelas escapadelas amorosas que dava ao visitar a distante filial. Fios de esperança que devia segurar com as duas mãos.

Foi a pé para o hotel, era próximo da matriz, mais modesto que o das outras vezes, próximo do outro, no entanto menos agradável e mais barato. O primeiro tinha um pequeno jardim interno, quarto um pouco maior, mais canais na televisão, um chuveiro como aqueles que são encontrados em qualquer hotel pelo mundo e não a desconfortável ducha, habitual nos hotéis parisienses.

A fala presidencial, com parábolas, gestos e tons de voz alternados, o deixara inquieto. As conversas foram impactantes, mas educadas, o que o apunhalou foi o não dito.

A direção da empresa se comunicava com os colaboradores dos escalões mais altos por sinais. A linguagem simbólica era mais dura do que a direta usada com os escalões inferiores. A pretensamente sutil conversa o levou a pensamentos pessimistas. Sabia que passaria a pior noite de sua vida.

Apesar do sono não dormiria, ficaria tentando decifrar o significado de tudo aquilo: a classe econômica no avião, o que mais se aproximava de uma câmara de tortura em tempos modernos, o modesto hotel, e, principalmente, o que o presidente quis dizer naquela conversa emoldurada por afagos e sorrisos que ele sabia serem falsos.

Sem saber o porquê, durante o almoço, no decorrer da pretensa agradável conversa sobre os vinhos que tomavam e os pratos que comiam, o chefe perguntou *en passant*: "Se algum dia você tiver que assumir uma função em outro país, qual não gostaria de ir?" "Iria para qualquer um com prazer, menos para a Rússia — depois de uma temporada tropical, não suportaria o frio."

Voltaram a trocar opiniões sobre a safra, a cor, o aroma do agradável vinho do Vale do Loire que sorviam, e a pensar na sobremesa que seria acompanhada de um soberbo Château d'Yquem, mas que resolveram suspender.

Conforme o esperado não dormiu. O fuso horário, as preocupações e as malditas ostras, que recusavam ser digeridas, criavam um ambiente incompatível com uma noite repousante.

Pela manhã, a caminho do aeroporto, o cansaço, os vinhos, a comida farta e gordurosa, os indigestos moluscos, a conversa estressante, lhe dificultavam meditar sobre a fala presidencial, sobre aquela pergunta, para onde ele não queria ir. No caso de transferências, mesmo as punitivas, a pergunta é sempre: "Para onde você quer ir?" Não como foi posta: "Para onde você não quer ir?" Sua mulher falava em abandoná-lo caso ele fosse transferido para um país muito diferente do sul-americano onde viviam.

Com as pernas encolhidas, apertado na própria poltrona, esmagado pela da frente e importunado pelo passageiro de trás; cercado por pessoas que roncavam e crianças que choravam; com dificuldade para ir ao banheiro, seu assento era o do meio de uma fileira de cinco, fez a viagem de volta.

Lembrou-se o que aprendera sobre a Inquisição e os suplícios que impunham aos hereges. A moderna câmara de tortura era destinada aos com rendas escassas e aos desprestigiados como ele. Estoico, evitou a humilhação de pedir ao chefe uma volta mais confortável, que agindo como um monge inquisidor remeteu o herético funcionário à moderna fogueira.

Não visitou o padrinho, ele não mais o reconheceria. A visita acrescentaria mais inquietações à sua mente perturbada. As conversas de sua mulher eram desagradáveis. Recordavam os velhos tempos, as velhas paisagens, o que restara dos dois, pois ela, também, começava a esquecer de pequenas coisas, por fim, lembraria a intimidade do marido com o general de Gaulle, falaria daquela carta que há anos ele postara para o velho militar, mas que ainda era lembrada; fora o feito maior do agora morto-vivo, sentado em uma cadeira de balanço mirando o infinito com olhos fixos em algo que nem ele sabia o que era; assustando-se com a entrada de familiares que agora não passavam de desconhecidos.

Estranho, as estatísticas sobre o envelhecimento da população são anunciadas com júbilo, a expectativa de vida não para de aumentar, como se os velhos tivessem uma vida cheia de prazeres e não de males incapacitantes, além das possibilidades da medicina.

Acalmou-se durante a viagem de volta, afinal ganhara uma oportunidade para corrigir seus erros e omissões. Iria aproveitá-la. Visitaria aquele conselheiro cheio de ideias, o pessimista quanto ao futuro da empresa, o que estava impedido de falar nas reuniões, pediria para ele elaborar um plano de trabalho em linguagem simples, de fácil compreensão, faria tudo que ele dissesse — não haveria erro. Chegou otimista ao seu posto de comando: não fora demitido, recebera mais conselhos que advertências. Sequer sentia o cansaço da viagem. Do aeroporto foi direto à empresa. Entrou apressado, determinou em tom enérgico à secretária: "Avise à minha mulher que ficarei duas semanas por aqui e ligue para o conselheiro que mora na capital, preciso vê-lo com urgência."

"Meu caro, preciso encontrá-lo o mais rápido possível. Eu vou aí ou você vem aqui?" O conselheiro chegou no dia seguinte. O encontro foi realizado no hotel, não queria ser visto com ele. Na reunião que faria com os diretores diria que tudo havia saído de sua cabeça. Ficara longe tanto tempo para amadurecer o que agora lhes transmitiria. Os diretores mais uma vez fingiram acreditar. Se falasse besteiras seriam da autoria dele mesmo, se fossem coisas razoáveis saberiam ser de outro.

A vida na alta cúpula da empresa global transcorria em um ambiente em tudo semelhante ao político, ao que Antão vivenciara no cotidiano da capital: plena de intrigas, hipocrisias, maledicências, deslealdades, amizades de ocasião, negócios escusos e ambições pessoais à frente de tudo. Caso seus dirigentes optassem pela vida pública estariam inteiramente preparados para ela, não fariam feio em parlamentos ou ministérios.

Quando retornou de seu doutorado nos Estados Unidos, uns trinta anos antes da aposentadoria, o jovem Ivan estava imbuído de sentimento de dever cumprido, satisfeito consigo mesmo e motivado a divulgar o que aprendera.

Não tinha a menor dúvida, seria tão bem recebido pelos seus colegas que teria que se esforçar para manter a humildade, não deixar transparecer nenhuma superioridade intelectual, mostrar que era o mesmo que partira há quatro anos, em 1974.

No dia seguinte ao da chegada foi à universidade onde trabalhava e que pagara seus estudos no exterior. Não queria perder nem um minuto, repelia com vigor toda e qualquer tentação ao ócio; o cumprimento do dever estava sempre em primeiro lugar, no momento se fazia necessário se apresentar ao diretor e entregar o detalhado relatório que escreveu sobre o que aprendeu. Mostraria que manter o seu salário enquanto se aperfeiçoava valeu à pena, retribuiria muitas vezes o que recebeu.

Teve dificuldade em estacionar o carro que emprestou do irmão, o poeirento estacionamento estava lotado, o asfalto havia sumido, restava apenas cascalho com pedras soltas; ouviu uma voz salvadora, um som que ecoava por todos os estacionamentos e ruas da cidade: "Deixa solto doutor que eu cuido." Agradeceu a gentileza; na volta daria uma pequena gorjeta, receberia um agradecimento — guardado e guardador sairiam felizes.

Apressado foi à sala do diretor — sequer sentiu o cheiro fétido do canal ao lado do câmpus nem o do centenário depósito de lixo

mais adiante. Afobado, mal cumprimentou a secretária, a mesma de quando partira. "Cadê o diretor?" "Bom dia professor, como foi? Está animado; a temporada lá fora deve lhe ter feito bem." "O senhor vai ter que esperar, o diretor está participando de uma reunião com o reitor, daqui a pouco ele volta. Vamos conversar um pouco." "Você sabe, o nosso velho diretor se aposentou, o substituto foi seu colega. Ele está mais preocupado com a política do que com a ciência. Seu sonho é ser reitor."
Imaginou que a reunião era para tratar de alguma coisa importante. Algo relacionado à qualidade do ensino e a da pesquisa.
Duas horas depois, o diretor chegou com cara de sono. "Já almoçou? Vamos à churrascaria, a mesma de sempre. Lembra? Precisamos festejar o seu retorno." "Você deve ter muito a contar."
O diretor era um pouco mais velho que ele; mais baixo, um pouco gordo, com cabelos que começavam a ficar grisalhos. Apesar da idade parecia um adolescente simpático, irrequieto, assim mostravam seus gestos, modo de vestir, falar e pensar.
"Fiz um relatório sobre os meus quatro anos fora. Resumi em cento e vinte páginas, trinta por ano passado por lá." Disse o retornado. O diretor o pegou, folheou sem atenção e colocou sobre a mesa. "Vou lê-lo com calma."
Várias vezes Ivan o viu empoeirado no mesmo lugar, mais alguns meses dava para enxergá-lo embaixo de uma pilha de outros documentos, por fim sumiu.
O professor Ivan tinha curiosidade de saber o destino do cuidadoso relatório que lhe consumiu dois meses de trabalho, mas não ousava perguntar para não sofrer mais uma decepção.

Atravessaram o canal que levava ao subúrbio, não longe do câmpus. Passaram pela favela vizinha. Do alto da ponte deu para ver a fonte do mau cheiro: um braço morto de mar.

Desacostumado do fedor exalado por aquela substância negra, viscosa, com pequenas bolhas pipocando por todos os cantos, Ivan fechou o vidro do carro. Não havia qualquer indicação que um dia aquilo fora água. O diretor não manifestava desagrado, se portava como estivesse respirando o ar mais limpo do mundo. Não só o espírito se acomoda aos condicionamentos, os sentidos também.

A churrascaria tinha ar refrigerado; luxo não usual nos subúrbios, difícil mesmo de ser encontrado nos bairros mais nobres. As portas e janelas fechadas impediam a entrada das moscas, abundantes na região, dos pedintes, dos odores fétidos e do calor insuportável. A comida farta e barata complementava o ambiente agradável onde, com calma, Ivan contaria seus feitos, seu aprendizado e seus planos; o interlocutor ouviria atento, o acolheria com respeito, satisfeito em saber que sua escola disporia de conhecimentos tão atualizados a transmitir aos alunos.

Começou a falar, tentaria ser sucinto, dizer apenas o essencial. Daria uma breve notícia sobre a nova formulação matemática para os fenômenos sociais, faria uma curta introdução sobre as novas variáveis acrescentadas às análises de risco nos estudos de viabilidade econômica, elas dariam mais segurança aos tomadores de decisões. Dirigentes de autarquias, ministros e o próprio presidente da República poderiam optar por esse ou aquele investimento com mais segurança.

Durante toda a vida fora um alienado das coisas da política. A temporada no exterior, na América do Norte, o distanciara mais ainda desses assuntos, a ponto de imaginar os políticos tomando decisões cercados de assessores e de estudos de viabilidade, escolhendo sempre a melhor alternativa para o país. Sua visão sobre os que optaram pelos sacrifícios impostos pela vida pública era otimista, cândida e distante, imensamente distante, da realidade.

Na sua perspectiva ingênua tinha certeza que os conhecimentos recém-adquiridos seriam de grande valia aos homens públicos. Mesmo que não conhecessem os novos instrumentos que ele trazia, ao saberem de sua existência tratariam de determinar aos auxiliares que se familiarizassem com eles para melhor orientá-los.

Sua entusiástica locução foi rapidamente interrompida. Na verdade sequer iniciou. Foi silenciado antes de falar. O diretor parecia não querer escutar o que ele diria; não que não tivesse interesse em ouvi-lo, longe disso, mas a sua elevada posição impedia de prestar atenção àquelas coisas. Falava rápido, informava sobre seu agitado cotidiano, lamentava o distanciamento das atividades acadêmicas: "Minha verdadeira vocação, você sabe."

O envolvimento com o que ele chamava política universitária, as viagens à capital, entrevistas à imprensa, passeatas, protestos e mais protestos, fosse qual fosse o motivo ele participava de todos. A ditadura pela qual o país passava vivia seus estertores. Era visível a euforia do diretor com esse momento, no qual ele podia dizer o que bem entendesse sem medo de sumir.

Duas horas depois de iniciada a refeição terminou. Ivan havia comido salada e o outro ingerira pelo menos um quilo da saborosa carne. Observou que ele engordara. O recém-chegado não conseguiu dizer uma só palavra, ouviu muito.

Na preparação mental do que exporia encerraria o diálogo contando, com uma mal disfarçada modéstia, o convite de professor com o Nobel para não retornar e trabalhar com ele: "Seu país não tem vida acadêmica, você será mais útil a ele ficando aqui." Calou-se, nada mais disse. O *gran finale* ficou para outra ocasião.

Durante anos repetiu isso a Antão, no começo com vaidade, depois com orgulho, por fim com arrependimento pela decisão tomada. Identificava a causa dos seus males, a não obediência ao conselho do mestre.

"O seu departamento está inteiramente alinhado com o momento histórico que vivemos. O risco que corremos ainda é grande. Temos que nos manter atentos para a ditadura acabar, para que não ocorram recaídas autoritárias. Alguns departamentos continuam com a sua rotina de aulas, pesquisas, seminários e publicações. Não é o momento. Primeiro a ruptura, a liberdade, depois a ciência. Conto com você!"

Percebeu que o diretor não lembrava onde ele estudara, nem sabia o que aprendera. O "conto com você" deu ao alienado recém-chegado uma forte indicação da dura realidade que o esperava. Durante os últimos quatro anos quase nada leu sobre seu país, o pouco que sabia era pelas cartas do Antão.

Desanimado, voltou para casa. No dia seguinte iria ao seu departamento.

Apesar de frugal, o almoço não caiu bem. Talvez alguma coisa a ver com o mau cheiro no percurso para a churrascaria, com o molho vinagrete da salada, com a frustração por não poder expor o que sabia ou com a estranha fala de seu chefe; o estômago estava pesado e a mente turva.

Deu algumas moedas ao gentil guardador de carros, agradeceu seu zelo e partiu.

O que viu e ouviu estava muito distante dos valores outrora cultivados no local para onde retornava. De qualquer forma não se deixaria abater pela primeira impressão, afinal ainda não conversara com seus colegas de departamento. Certamente mantinham uma visão do mundo acadêmico diferente da do diretor.

Deu para sentir que o seu interlocutor depois de encerrada a ditadura não se aquietaria, continuaria lutando por um país mais equitativo, menos injusto.

A cada solavanco nos mercados manteria o hábito de chamar seus discípulos para festejar a derrota do infame regime que impede a igualdade entre os homens e a justa distribuição da riqueza.

Não esmoreceria, continuaria lutando pelo seu extermínio, quando então reinaria a paz entre os homens, que não teriam que morrer para alcançar o paraíso, assim indicava a religião sem Deus que praticava.

O diretor comportava-se como um monge ortodoxo, protegia-se em suas certezas evitando qualquer troca de ideias que pudesse as colocar em dúvida; defendia-se com um arsenal de verdades absolutas, inquestionáveis.

Seu discurso possuía o vigor da fala dos mestres do colégio religioso durante o curso secundário, quando recomendavam sacrifícios para afastar as tentações e os desvios de comportamento, e contra argumentavam as ideias blasfemas apoiando-se em dogmas de fé, lembrando o que aguardava os hereges ainda em vida e após ela.

Com o passar dos anos o diretor, mesmo aposentado como ele, mantinha a fé em suas crenças. Morreria com elas. Continuava combatendo em uma guerra terminada, não seria infeliz por falta de um objetivo. Com cabelos ralos e brancos percorria bares, os mesmos de antigamente, onde encontrava antigos irmãos de fé. Vestia roupas velhas e amarfanhadas, calçava sandálias. Buscava interlocutores para difundir seu pensamento. Lamentava não encontrar ninguém com menos de sessenta anos disposto a ouvi-lo; mesmo assim morreria esperando a vitória.

Quando encontrava alguém para dividir suas ideias revolucionárias e a conta do bar, o interlocutor era alguém como ele, convicto de suas verdades, inconsciente de suas derrotas, frustrado com o andar do mundo, com a passividade dos pobres e com a alienação dos jovens.

A velhice em si é uma tragédia que pode ser piorada pelo próprio ancião quando ele insiste em viver no passado, vendo filmes em preto e branco, procurando artigos há muito não fabricados, citando jornais não mais publicados, vestindo-se como antigamente, e, principalmente, tentando difundir ideias que perderam a validade, negando a dialética, o mundo em movimento, o novo sucedendo o antigo.

Recentemente o eterno revolucionário leu em um jornal que ainda havia doze positivistas na cidade. Admirou-se, a doutrina deles perdera a importância, os mais jovens sequer sabiam do que se tratava, mas aquela dúzia de senhores com mais de setenta anos que continuava pregando entre si as sepultadas ideias de Auguste Comte dava um belo exemplo de tenacidade.

Buscaria um contato com eles, quem sabe não juntariam forças e derrubariam o governo. Afinal as duas religiões não precisavam de Deus para conduzi-los pela senda estreita da salvação.

Discutia horas tentando provar a natureza socialista dos homens. Defendia sua tese lembrando que desde os tempos mais primitivos os humanos se juntavam para dividir o que possuíam. Esquecia que a agregação era motivada pelo egoísmo: se aglutinavam para se proteger de inimigos e não para expor traços generosos de sua natureza.

É mais fácil aceitar que os homens são intrinsecamente egoístas do que generosamente altruístas.

Mais uma amargura a carregar nos seus últimos anos: o centro de pesquisa e ensino que dirigiu voltou à vocação original, qualificar pessoas e desenvolver tecnologias. Tornara-se respeitado em todo o mundo. Não havia mais ambiente para ele. Ninguém pregava revoluções que não fossem as científicas e tecnológicas.

No dia seguinte, Ivan acordou cedo e bem-disposto. Ansioso, foi procurar seus colegas. Havia muita gente nova, queria conhecê-los e falar com o chefe do departamento, ocupar a sala que já deveria estar destinada a ele, organizar seus livros e começar a trabalhar. Tinha muito a transmitir e não gostaria de perder tempo.

Com facilidade encontrou uma vaga para o carro. O guardador não foi efusivo como no dia anterior — grunhiu qualquer coisa. Ele não associou o mau humor às moedas dadas na véspera. Do seu ponto de vista o serviço era dispensável, o que dera não era pagamento por trabalho prestado, era apenas uma gentileza, o vigia deveria ser grato à sua generosidade.

Estava feliz, vivia um bem escondido momento de vaidade. Exporia seus atualizados conhecimentos, o estado da arte, os colegas sentiriam alguma inveja, tanto de seu saber como do impecável inglês com acento da Nova Inglaterra.

Entrou no prédio, subiu quatro lances de escadas; o elevador estava parado há três anos. Chegou ao seu destino sem cansaço.

Encontrou o departamento vazio, não havia ninguém, nem mesmo a secretária. Assumiu a culpa pela ausência de gente: chegou cedo demais.

Enquanto esperava percorreu as salas, achou menores que antes da partida, mas não eram, é que agora havia dois professores em cada uma, antes eram individuais. Nas mesas empoeiradas encontrou apenas pilhas de provas a corrigir.

A última sala, pouco maior que as outras, ocupada apenas pelos indefectíveis móveis cobertos de pó — dando indícios de pouco uso, soube depois que era destinada aos alunos em período de elaboração das teses de mestrado. Deviam estudar em casa ou na biblioteca, os sinais levavam nessa direção.

Perto das nove horas a secretária chegou, aparentava cansaço; ganhava pouco e datilografava teses noite adentro. A dura luta diária, o emprego medíocre, a vida de solteira, fizera com os quatro anos que Ivan não a via parecessem ter sido dez ou mais.

Os traços de beleza haviam desaparecido, o rosto sem rugas exibia marcas de desilusão, que também podiam ser notadas nos olhos e no todo descuidado. Não havia mais aquelas insinuantes conversas de alunos e professores que mantinham seu ego aprumado. Arrependia-se de ter recusado tantos convites, sabia que eles não se repetiriam. Os alunos a chamavam de senhora, ninguém quer acordar ao lado de uma senhora e ver de perto os estragos produzidos durante a noite.

Com pouco ânimo, voz rouca, fraca, olhar opaco, cabelos quebradiços, o saudou com pouco entusiasmo. "Pensei que você não voltaria. As coisas mudaram muito por aqui. A nova direção é bem diferente da anterior. Espero que seja feliz."

O voto de felicidade transmitia mais um alerta que uma saudação. Inquietou-se. O enigmático aviso da secretária, as salas imundas, a conversa do diretor, provocaram algum desânimo. A primeira impressão não estava sendo animadora. "Quem é o chefe do departamento?" "É aquela sua ex-aluna com desempenho que você considerava insatisfatório." "A que horas ela chega?" "Perto do meio-dia. Ela bebe muito, lembra? Dorme e acorda tarde."

Pelas dez horas chegaram os primeiros professores. Ficou espantado: eram seus piores estudantes. O seu colega no mestrado, excelente aluno, só vinha dar aula e ia embora; a chefia não se importava.

Ele professava doutrina diferente da fé dominante, mas não havia risco de dizer coisas que fizessem os estudantes refletirem sobre o ensinado pelos demais mestres. Dava suas classes com profissionalismo fora de moda.

Um dos colegas se aproximou para puxar conversa, coisas triviais: como foi por lá, fazia muito frio e as americanas? "Apostava-se que você não voltaria." "Seja bem-vindo."

A chefe apareceu. Impossível não perceber a pele amarelada, o rosto com mais rugas do que o esperado para sua idade e os óculos escuros escondendo enormes olheiras. Quando abria a boca expunha os dentes amarronzados emoldurados por lábios pálidos. Vestia uma saia redonda, colorida como a blusa de mangas compridas, lembrança de quando era *hippie*, calçava sandálias gastas de couro barato, expunha calcanhares e dedos pretos de sujeira. Os cabelos malcuidados, alguns fios castanhos misturados a outros brancos, não os pintava, nem usava maquiagem.

Fumava sem parar. O toco do cigarro que tirava da boca acendia o próximo. Beijou seu rosto, deu para perceber o cheiro de álcool misturado com fumo e pasta de dente.

"Nosso aprendizado não vem mais de livros desvinculados da realidade brasileira, vem das reuniões com os movimentos comunitários. Temos muito a aprender com eles. Você verá."

Com um olhar perdido, tentando alcançar alguma coisa pela janela, perguntou: "Você viu a Angela Davis? Ela está virando o "Império" de cabeça para baixo. Podem não ter percebido, mas a revolução já começou por lá, e ela está iniciando na universidade, em Berkeley."

"Certamente, conversou com Noam Chomski." O "não" da resposta não foi comentado, talvez nem ouvido.

Era feliz em seu mundo. O seu entusiasmo era alimentado nas conversas dos companheiros de luta, reunidos nas mesas dos bares à beira-mar, distantes da calorenta universidade onde passava cada vez menos tempo.

Percebia que a doutrinária conversa, ilustrada com fatos irretorquíveis, não produzia entusiasmo ao ouvinte, não deu importância, conhecia sua alienação e o seu apego ao estudo.

A chefe chegou a pensar no que ele estava fazendo ali, naquela oficina de mudanças sociais Era boa pessoa, mas o seu lugar poderia ser ocupado por um outro com espírito revolucionário.

Apesar disso, nem ela nem o diretor desistiriam de suas catequeses. Ele era um excelente quadro a ser conquistado, atrás dele viriam outros. Pensavam: "O que seria da Igreja do Papa se os cristãos tivessem desistido de cooptar os romanos?" Sabiam de conversões improváveis.

Ivan achou a conversa estranha, mas não se perturbou; afinal o que via e ouvia nesses dois últimos dias não era o que esperava ver e ouvir no centro de excelência acadêmica que deixara há quatro anos. Com certa urgência tinha que percorrer os outros departamentos. Dadas às boas vindas, a chefe procurou uma cadeira. Cansada, sem fôlego, pigarreou várias vezes como se quisesse desentupir os canais que levam o ar aos pulmões.

Toda a reserva de energia do dia, a que sobrara da caminhada ao seu andar no prédio sem elevador, tinha se esvaído naquele entusiástico discurso de boas-vindas.

Mandou fechar a porta, continuou tossindo, por fim parou, ficou em silêncio. Reapareceu desfigurada, mais cansada do que quando chegara.

"Onde se acomodaria?" Dúvida tirada entre pigarros, acessos de tosse e paradas para tomar fôlego: "Junto aos alunos em tese, depois descobriremos um lugar para você. Seu primeiro curso será daqui a seis meses, tem muito tempo para organizá-lo. Prepare algo sobre o que lhe falei. Pelo amor de Deus não me venha com modelos matemáticos, quantificação de variáveis sociais ou outras asneiras."

Escolheu uma mesa dentre as seis disponíveis. Colocou a pasta de couro, em pé, no chão. Amanhã chegaria mais cedo, traria material de limpeza e, então, poderia ocupar seu posto. A sala não tinha janelas, era um antigo depósito, escura, as poucas lâmpadas estavam queimadas, a luz entrava pela porta aberta. Traria uma lâmpada, havia um ponto bem em cima de sua mesa. Indo ao banheiro percebeu que deveria trazer uns dois rolos de papel higiênico e uma garrafa de água sanitária.

Voltou a falar com a secretária. "Pode ir embora, a menos que você queira participar de uma passeata no centro da cidade." Disse isso e o olhou com um sorriso maroto, um resto de beleza iluminou seu rosto.

Deixou a letargia de lado e perguntou ao recém-chegado: "Vamos jantar hoje?" "Topo." Riram. Finalmente algo diferente, durante o jantar ela o estimularia a mais coisas. Teria uma noite como nos tempos em que era cobiçada por todos.

Sairia mais cedo. Não bastaria uma rápida passagem pelo salão de beleza, precisava de uma reforma geral, sacudir anos de descuido consigo mesma, provocados pelas desilusões com a própria vida e desesperança no interesse que poderia despertar nos homens.

Ivan aceitou o conselho, saiu rápido. O carro estava todo arranhado; à distância o guardador o olhava com sarcasmo. Procurou um guarda, não encontrou, depois soube que haviam acabado com o policiamento, ele representava o autoritarismo dentro do câmpus.

Contrafeito, abriu a janela do carro e respirou o ar irrespirável a quarenta graus. Teria que colocar com urgência um ar-condicionado; sentiria menos calor, menos odores desagradáveis, receberia menos panfletos de propaganda e teria menos pedintes a incomodá-lo.

Quando ela entrou no restaurante parecia haver ressuscitado, saído de algum lugar que a fazia sofrer, a enfrentar a vida sem esperanças ou ilusões. Estava bem-arrumada, maquiada, os lábios vermelhos mostravam o antigo sorriso, alegre, sem o sarcasmo e o amargor da manhã; o olhar recuperou o brilho. Não havia

.. *José Carlos Mello* ..

dúvida: sentimentos, desejos, hormônios há muito adormecidos se colocaram em movimento para ressuscitar aquela mulher ainda com traços de beleza. A noite foi agradável. Ele falou coisas da sua estadia fora do país, ela fez observações sobre as dificuldades no trabalho. "O diretor pouco se importa com as atividades acadêmicas. A sua influência atingiu mais uns departamentos que outros; muitos continuam trabalhando e produzindo, nesses a participação política se limita a assinar uma enorme quantidade de manifestos contra ou a favor, assinam sem ler, têm medo de serem hostilizados, e continuam fazendo suas pesquisas. O departamento mais atingido foi o nosso."

No dia seguinte colocou o carro longe do hostil guardador. Sentiu-se mais seguro. O desconhecimento das regras locais de convivência o impediu de perceber que suas moedas, a pouca valorização do trabalho do outro, havia desencadeado uma guerra contra ele. Não entendeu que o guardador vendia proteção no melhor estilo da máfia de Chicago nos anos 1920.

Subiu os quatro andares, não achou ruim, era um bom exercício, passou pela secretária, que também chegou cedo, recebeu um delicado beijo no rosto e um estimulante sussurro no ouvido.

Trajava um terno "estilo acadêmico", surrado, mas de boa qualidade, um pouco folgado, enfeitado por uma gravata com as cores de onde estudara que não combinavam com a camisa mostarda que usava.

A roupa que vestia era uma espécie de símbolo usado por todos que retornavam das universidades europeias e americanas.

Os que vinham da França preferiam as calças e camisas de veludo, sem paletó e gravata, alguns aparentavam não tomar banho há meses; os vindos da Alemanha se vestiam com sobriedade — a seriedade adquirida tangenciava o mau humor, o conhecimento que traziam era tão específico que se tornava difícil organizar um curso para eles ministrarem, um deles passou quatro anos estudando soldas, outro aprendera tudo sobre chapas de metal.

Tecidos grossos, casacos de veludo e calças de lã não combinavam com o calor local. Os que retornavam dos centros de saber do hemisfério norte sabiam disso, mas precisavam compor o personagem de acordo com a peça que representavam, que poderia se chamar "O retorno do acadêmico aos trópicos."

Era fácil identificá-los no meio dos demais e isso lhes fazia bem.

Abriu uma maleta de onde tirou o detergente, o escovão, um pequeno aspirador de pó, a estopa, o pano de chão, a lâmpada e o espanador; em duas horas havia na imunda sala um pequeno quadrilátero limpo e iluminado. Os dois rolos de papel higiênico, um sabonete e todo um aparato para higiene bucal foram escondidos no fundo da última gaveta — não queria despertar a cobiça alheia.

Da porta do banheiro, prudentemente distanciado do vaso sanitário, espalhou um litro do desinfetante que trouxe. Percebeu que ali seu esforço era inútil, para ser efetivo teria que ir muito além do que fez no seu espaço de trabalho, achou melhor pensar em alternativas para realizar as necessidades intransferíveis; ali, definitivamente, não as faria.

Dada por encerrada sua sanitária missão, pôs um robusto livro, com respeitável capa dura, em inglês, sobre a mesa; mais um marco de ocupação que um indicador de saber. Não foi tão cuidadoso com o pesado alfarrábio como fora com os rolos de papel higiênico — ninguém roubaria um livro.

O primeiro a chegar teria uns quarenta anos, baixo, gordo, cabelos pretos e lisos, óculos com lentes esverdeadas e aros grossos, fora de moda, terno escuro de tergal, gravata barata e mais curta do que deveria ser, terminava na altura do umbigo, e sapatos cinza claro que pareciam feitos de borracha. Tinha cara de poucos amigos, espreitava inimigos e tratava de se proteger.

Ivan se apresentou e tentou puxar conversa. As respostas foram curtas, em tom baixo, como se tivesse receio de ser escutado pelo interlocutor ou por alguém oculto atrás das finas paredes divisórias.

Era o professor de marketing, doutorado no leste europeu. Ele se irritava quando lhe perguntavam como era a arte de estimular compras em países com monopólio do estado na venda e na produção de tudo.

Mais um pouco, um jovem professor sorridente, simpático, bem-falante entrou na sala. Com o sotaque dos baianos deu as boas-vindas e disse que gostaria de trocar algumas ideias. Soube que ele era um expoente intelectual nas lutas do diretor.

"Na sexta-feira, às seis horas, teremos um debate sobre os avanços educacionais no terceiro mundo; será uma boa oportunidade para você conhecer seus colegas. Depois iremos ao ensaio de uma escola de samba." "Não deixes de ir."

Positivamente, ninguém sabia quem ele era, o que pensava e de onde vinha. Teria que escrever uma longa carta a Antão, só o amigo poderia esclarecer o que se passava. Era dessa maneira que se comunicavam — por cartas. As linhas telefônicas eram vendidas a preços elevados. Ivan não tinha condições de possuir uma. A estatal monopolista responsável pelo assunto as colocava a conta-gotas no mercado, quem quisesse queimar etapas e ter um telefone antes de ser atendido pelo plano de expansão, o que poderia levar alguns anos, teria que comprá-lo de outro a peso de ouro. Somente na capital, onde vivia Antão, esse tipo de facilidade era acessível a todos.

Em muitos aspectos o que estava sendo feito no país era do agrado do diretor, de seus mentores, dos intelectuais e de seus seguidores. A direita organizava a economia de modo a facilitar o trabalho da esquerda quando ela chegasse ao poder: o povo já seria dono de tudo. Não havia telefones, mas eles não eram de algum capitalista espoliador ou de uma multinacional. Não existiam, mas eram do povo e estavam a serviço da segurança nacional.

Antes do final da tarde despediu-se de uns poucos colegas que ainda estavam por lá e da secretária; sentia-se feliz e bem-disposto, a limpeza de seu espaço o animara.

A satisfação com o dia não viera de alguma atividade ligada ao intelecto, mas de uma mera faxina incompleta — foi derrotado pelo banheiro.

No estacionamento não encontrou seu carro. Foi de um canto a outro, subiu em uma pedra para olhar à distância; frustrado com a busca voltou à secretária. "Os roubos de carro são comuns. Habitue-se."

Telefonou para o irmão. Tranquilizou-o. Ele já havia sido roubado cinco vezes. "Não vá à polícia, eles acharão em poucas horas, mas cobrarão caro. Deixe tudo com o seguro. Ele tem esquemas. Você logo o terá de volta. Não deixe de dar dinheiro para o guardador." "O guardador não guarda nada." "É o que você pensa, ele te protege de males maiores." "Lembre-se: eles estão por todos os cantos."

A cidade fora tomada por pessoas desse tipo. Todos tinham que ser remunerados. Uns limpavam o para-brisa do carro, outros abriam a porta do táxi, alguns ofereciam doces, mães mostravam filhos esquálidos e muitos expunham doenças inacreditáveis.

Os serviços colocados à disposição dos motoristas eram compulsórios; uma recusa valeria no mínimo um arranhão no carro. Lembrou o que lhe havia dito a secretária com a liberdade própria das amantes: "Habitue-se."

Tomou o ônibus dos funcionários. Sentou-se ao lado dela. Suavemente roçava a sua perna na dele, marcava sua conquista. Desceram juntos. Pelo menos isso estava valendo à pena. Ele lhe dera vida e ela amenizava os momentos constrangedores pelos quais passava. O prenúncio de outra noite agradável fez com que deixasse para o dia seguinte a escrita da longa carta ao Antão. Sabia que não podia adiá-la por muito tempo, necessitava de respostas e só ele as teria.

Enquanto pensava no que escreveria, ia identificando pela janela do ônibus os locais por onde passava, o reconhecimento era olfativo. Os fortes odores emanados e sentidos permitiam que assim fosse.

A ilha da Sapucaia com seu centenário depósito de lixo; a refinaria; a fábrica de sabão; o gasômetro; o Mangue, zona com duas mil mulheres à disposição da clientela vinte e quatro horas por dia a preços módicos; o pestilento canal do Mangue; o centro da cidade, nele a maresia se misturava ao odor do asfalto, e, por fim, um cheiro agradável, o do mar, sem misturas, puro, trazido da baia por uma brisa suave que penetrava no ônibus. Poucas cidades do mundo, pelo menos do mundo que ele conhecia, tinham relação tão íntima com os odores nela emanados.

A chegada de Antão à capital se deu mais ou menos na mesma época em que Ivan voltou ao Brasil. Surgiu uma oportunidade e ele foi para Brasília. Trocou a carreira acadêmica por outra que não sabia bem o que era. Trabalharia em uma empresa do governo.

No saguão do aeroporto um senhor simpático deu as boas-vindas, tomou a bagagem de sua mão, abriu a porta traseira do carro, sentou-se ao seu lado e começou tagarelar sem parar.

Falava das maravilhas que o recém-chegado encontraria, estava ali desde a inauguração da cidade, vinte e poucos anos atrás; chegando ao destino disse: "Vou me aposentar na próxima semana. Irei embora." Terminou a frase com um sorriso de alegria que contradizia o discurso de boas-vindas.

Antão olhava pela janela buscando uma primeira impressão, ela poderia ajudá-lo decifrar se havia tomado a decisão acertada, deixando para trás o mundo acadêmico e entrando no desconhecido mundo da burocracia.

A caminho do hotel divisou a cidade pela primeira vez. À distância parecia um cemitério, à medida que se aproximava dava para ver que os prédios eram todos iguais, dispostos do mesmo modo sobre o terreno, lembravam caixas de fósforos circundadas por gramados e árvores. Os edifícios tinham seis pavimentos, número inspirado nos prédios de Paris.

Na capital francesa as ruas estreitas, cercadas pelos edifícios com seis andares, compõem um ambiente acolhedor, o pedestre participa em harmonia do todo; aqui não, o caminhante sente falta de aconchego.

A cidade tinha apenas o básico para uma vida confortável. O governo procurava compensar os que se aventuravam a sair do litoral àquele planalto seco ou chuvoso, enlameado ou poeirento, com uma série de "mordomias", palavra do dialeto local para designar tudo que um mordomo pode fazer por seu amo, no caso tudo que o governo faz por seus leais e operosos servidores.

Nos meses secos, quase meio ano, a população falava sobre a secura do ar. Com uma ponta de orgulho, dizia que em alguns dias era inferior à do Saara; nos meses chuvosos, a outra metade do ano, o orgulho se voltava para a umidade, segundo os locais, superior a de Veneza.

A ênfase com que essas características eram contadas aos recém-chegados permitia várias interpretações, poderia ser um aviso: retorne enquanto há tempo, você poderá morrer desidratado ou afogado; um modo de intimidar um concorrente aos cargos que ele poderia ocupar ou, simplesmente, impedi-lo de conhecer as coisas boas que lá existiam e que com o tempo seriam descobertas.

Alguns vangloriavam estarem adaptados ao clima local. Na estação seca respiravam bem, não espirravam a cada momento e nem eram afetados por viroses; nas águas, em tudo semelhantes às monções indianas, não sofriam gripes, não padeciam de múltiplas pneumonias, nem seus carros atolavam no que viriam a ser as áreas mais nobres da capital.

A rápida adaptação era fantasiosa. Muitas gerações terão que vir para que um pulmão se adapte a funcionar no deserto e o outro dentro d'água.

A cidade foi projetada para uma raça futura. Desde que a natureza gregária dos humanos impôs certas exigências, o homem foi moldando seu *habitat*. Em Brasília se passou o contrário. As pessoas é que deveriam se adaptar à imensa maquete, a ela se acostumar e sair propagando suas virtudes.

Rapidamente Antão percebeu que a cidade tinha que ser exaltada. Era a antecipação do que décadas mais tarde seria chamado de "politicamente correto". Reflexões críticas e observações maldosas estavam excluídas das conversas.

Crítico por natureza, com frequência era tido como pessoa desagradável. Em reuniões sociais fazia uns poucos comentários imprudentes, que em outros lugares passariam em branco, mas não lá. Os que escutavam suas desagradáveis opiniões o repreendiam com o olhar e se afastavam. Eram audíveis certos comentários do tipo "é um idiota", outros ensaiavam bate-bocas, duelos verbais para salvar a honra da moderna urbe.

À noite, sós em seus quartos, abraçados aos travesseiros, pensavam nas verdades que ouviram do incômodo recém-chegado e perdiam o sono; as mulheres choravam baixinho. Sabiam que tudo que a sádica figura expressara era verdade, mas evitavam pensar nisso.

Interrompiam o sono para devagarinho, sem fazer barulho, buscar a agenda bem escondida, onde anotavam quanto faltava para a aposentadoria e o retorno ao lugar de onde vieram.

No dia seguinte, maldormidos, abatidos, deprimidos e saudosos, tinham que começar tudo de novo — esquecer o passado e exaltar o presente.

Antão percebeu que deveria mudar sua postura senão seria condenado à solidão. Adaptou-se e em pouco tempo passou a elogiar a excelente escolha do sítio para edificar a moderna cidade, a criatividade e a genialidade dos projetistas, e lembrar as graças que deveria dar a Deus por viver naquele lugar perfeito.

Algumas discretas expressões de descontentamento, apenas desabafos, eram permitidas. Os litorâneos diziam ter saudade do mar, mesmo que morassem em quentes subúrbios distantes da praia; outros sentiam falta do futebol domingueiro; para alguns a tragédia era a ausência de botequins; nostálgicos nordestinos pairavam o olhar no horizonte procurando alguma coisa que ficara para trás; aos sulistas faziam falta as quatro estações do ano, aqui, conforme já dito, eram somente duas, diferenciadas pela falta ou pelo excesso de chuva.

Uma coisa era certa, o que faltava era a surpresa, o inesperado; a previsibilidade é característica marcante do local.

Na cidade não há ruas, apenas uma sequência de quadras que se estende por quilômetros, dificultando a vida de quem quer caminhar sem compromisso, apenas flanar, observando a paisagem e dela fazendo parte. Quilômetros se sucedem sem surpresas.

Sem perceber bem o que sentiam, os moradores diziam faltar esquinas, era o modo de expressar o enfadonho de seus caminhares sem os imprevistos que estão atrás das colinas ou do outro lado ângulo do encontro das ruas.

Os seres humanos anseiam por novidades, mesmo que sejam para pior, e repelem a monotonia. Sociedades que pretenderam eliminar os imprevistos do cotidiano não fizeram bem à psique das pessoas.

Antão recebeu as chaves de amplo apartamento mobiliado para morar e ocupou a vasta sala de onde exerceria seu mando. Os espaços eram generosos.

Trouxe consigo alguns assessores; a secretária já era sua conhecida, escolhida pela sua extraordinária competência ante a moderna máquina de escrever elétrica e com esferas — raros possuíam habilidade para lidar com o extraordinário equipamento. Ouviu dizer que em breve conheceria o mundo. Viaja-se muito a partir da capital. Todos os esforços para reduzir o número de viagens ao exterior são inúteis. Os organismos internacionais lá estão instalados com tal fim, mas todos querem ir à sede, à matriz; se desculpam dizendo aos descrentes de seu espírito de sacrifício que as idas e vindas se impõem, são necessárias para agilizar providências e estreitar laços com os colegas das tais instituições.

A recíproca é verdadeira. Os burocratas internacionais vão e veem do mesmo modo que os nativos. Querem estar próximos à aplicação de seus empréstimos, conhecer melhor os clientes, zelar pelo bom emprego dos recursos fornecidos ao que naquele tempo era denominado genericamente de terceiro mundo. Uma vasta porção do planeta, homogênea, mergulhada no mesmo atraso, desprovida de gente qualificada e com boas intenções. O amplo conceito valia tanto para o Brasil quanto para Moçambique.

Os funcionários internacionais, na maioria das vezes oriundos do terceiro mundo, com passagem por universidades do primeiro, iam a países como os seus para salvá-los, ajudá-los a sair da Idade Antiga e chegar à Moderna.

A missão evangelizadora se passava como a de seus colegas religiosos, acreditavam que sua pregação mudaria comportamentos milenares, removeria inércias atávicas e colocaria a roda do progresso em movimento.

A catequese dos missionários internacionais era fundamentada em manuais de validade universal, e em ajudas financeiras que despertavam a cobiça dos dirigentes do imoral terceiro mundo. Pouco a pouco o recém-chegado Antão ia descortinando as facilidades disponíveis, coisas inimagináveis na universidade onde trabalhava antes de vir para a capital, a mesma que acolhera tão mal o retornado Ivan. O interessante é que um voltava e outro dela partia. Um se decepcionava e o outro, passado o espanto inicial, ia percebendo que integraria uma confraria cercada de solidariedade e de privilégios. Ruim para um, bom para o outro.

O doutorado em sofisticada universidade norte-americana, com o seu câmpus arborizado mesclando construções centenárias em tijolos vermelhos com outras modernas, valorizando o saber acima de tudo, só poderia estimular em Ivan comparações desfavoráveis ao local de onde partira e para onde voltava. Saíra sem observar as mazelas agora expostas aos seus olhos, ouvidos e narinas.

Como não notara nada desfocado no ambiente onde passara quatro anos antes de empreender a aventura rumo ao norte? A paisagem era a mesma, também as pessoas; deu para perceber que durante a sua ausência apenas alguns valores mudaram, bastou sair um diretor e entrar outro para que as transformações se processassem.

Para se acalmar lembrava que isso era mais usual mundo a fora do que podia se imaginar. São inúmeros os exemplos de como são indefesas as sociedades ante os irresponsáveis, loucos, sonhadores, cleptomaníacos e psicopatas.

Abundam os déspotas, pessoas que consideram seus súditos incapazes de saber o que querem, precisando ser protegidos por um líder que lhes indique o melhor rumo.

A carta que enviaria a Antão seria longa, sabia que a resposta também seria extensa, não esquecia que ele era prolixo.

A mais desimportante narrativa começava pelas razões primeiras, pelos fundamentos. A mais prosaica questão teria uma longa resposta. Talvez por isso que na aposentadoria escrevia sem parar; poderia estar psicografando algum abundante e intenso autor do passado. Na verdade, o que fazia era falar consigo mesmo; ninguém queria ouvi-lo, perder tempo com a origem dos fatos, por que isso é assim ou assado.

Seu modo de se expressar é incompatível com a moderna sociedade da informação, com pouco espaço para reflexões. As notícias tornam-se obsoletas em minutos, não há razão para pensar nelas mais do que alguns segundos.

Ao fim do dia o cérebro faz uma seleção no fantástico acervo de novidades recebidas, algumas são esquecidas, outras embaralhadas e umas poucas armazenadas na memória.

O atento ouvinte, ou leitor, não mais saberá se a guerra tribal africana se passa em Serra Leoa ou no Togo, se o sequestro da criança ocorreu na Sérvia ou na Chechênia, se o morto era um terrorista ou um cantor *country*. Questões que ocuparam boa parte do seu dia simplesmente somem da memória.

Pessoas acostumadas a receber informações de forma contínua ficam infelizes quando, pela manhã, acordam sem saber detalhes do último acidente aéreo, sem conhecer o recente rompimento dos meniscos de um ídolo do esporte ou quantos morreram durante a madrugada nos costumeiros atentados do Oriente Médio.

Antão deveria se adaptar aos novos tempos, se expressar por símbolos, usar frases curtas e mensagens com não mais que cem palavras. Em futuro, não muito distante, não haverá qualquer lugar para suas longas explanações. Se não mudar ele se tornará tão desusado quanto os poetas épicos do passado.

De qualquer modo impunha-se a Antão saber o que se passava no departamento, com o diretor e com a secretária. Não deveria adiar mais a missiva. Só a resposta que receberia poderia abrir seus olhos, afastá-lo da desagradável situação que vivenciava e indicar um rumo, enfim lhe dar alguma esperança.

Dessa vez, o distante conselheiro teria que começar pelo início, suas respostas poderiam retroceder os séculos que fossem necessários; uma exigência do momento, no qual não cabiam superficialidades, no entanto, mesmo não sendo sucinto, deveria ser claro e objetivo.

Enquanto isso, o destinatário da carta fazia descobertas que iam além do que esperava com a mudança de cidade e de emprego.

Não precisaria mais suportar alunos incômodos perguntando coisas sem sentido, tentando colocá-lo contra a parede para descobrir fragilidades em seus conhecimentos, corrigir provas, orientar teses, discutir verdades acadêmicas com seus colegas, sofismar como os antigos gregos, tomar inúmeras xícaras de café requentado; toda uma série de situações desagradáveis tinha ficado para trás.

Pela manhã um solícito motorista lhe abria a porta traseira do carro, do lado direito, aprendeu ser aquele o seu lugar, não poderia sentar em nenhum outro; no trabalho entrava pela garagem. O elevador privativo, parado, com a porta aberta, o esperava; o ascensorista o acolhia com cordialidade. Independentemente da estação do ano a conversa abordava o clima: "Muito seco, não é doutor? O senhor deve estar estranhado. Eu também vim do Rio, trabalhava no Catete. Conheci o doutor Getulio Vargas. Que homem!" Eram apenas três lances de escada a vencer, gostaria de subi--los, seria um bom exercício, mais ia pelo elevador ouvindo a conversa de seu companheiro de viagem. Sabia que o ritual não poderia ser quebrado. A secretária ficaria chocada ao vê-lo surgindo do vão escada; poderia perder o respeito por ele. Ficaria sujeito às maledicências do ascensorista, que se sentiria desprestigiado.

Percebeu logo que na capital os rituais deveriam ser cumpridos e que as posturas eram padronizadas. Um militar poderia ser reconhecido à distância pelo caminhar firme e apressado, mesmo sem ter um rumo definido; os diplomatas pelo seu ar de nobreza misturado ao tédio, personagens proustianos; os bispos pelos passos lentos e sorrisos benevolentes; os senadores pelo austero modo de vestir; os deputados pelo descompromisso com o bem trajar. Cada corporação podia ser identificada com facilidade.

Todos os funcionários eram gentis. A vinda para a nova capital lhes dobrava o salário, dava moradia gratuita e fornecia condução. A verdade é que para todos, sem exceção, a transferência fora amplamente compensada pelas mordomias e pelas inúmeras oportunidades que se descortinavam, bastava querer vê-las.

As mesuras prosseguiam além do elevador; secretárias o acolhiam com sorriso, o chefe de gabinete mostrava a agenda: "Está carregada, mas à noite vamos jantar na embaixada de Portugal. Nada mal!".

O assessor de imprensa trazia um pequeno bloco com as notícias que deveria ler. Fazia uma seleção prévia enquanto recortava dos jornais; as que lhe prejudicariam o humor eram descartadas.

O cargo era de escalão intermediário em uma instituição rica em verbas, administrava um fundo de investimento.

O trabalho produzia amizades instantâneas, honrarias, convites e oferendas de toda ordem, todos queriam agradá-lo. Os mais ousados acrescentavam ao cardápio outras possibilidades. Falavam das boates de sua terra ou insinuavam dividir o que ganhariam com as obras que seriam contratadas. Sem graça recusava as dádivas, o que fazia a oferta ria; o constrangimento ficava por conta de quem não aceitava as mal-intencionadas oferendas.

Levou muito tempo para aprender que quanto mais próximo do cofre o burocrata estiver, mais querido ele é. Os anos passados na academia o isolaram da realidade a tal ponto que chegou a pensar que ele provocava um misterioso bem-querer imediato nas pessoas, deveria ter o que chamam de carisma.

Não havia dúvidas, fizera a escolha acertada: era respeitado e querido.

O presidente do ramo local da multinacional trabalhava, lia, escrevia, promovia reuniões, dava ordens, enviava à matriz relatórios diários sobre seus feitos. Nos maus momentos desconfiava que eles seriam lidos, no máximo, por um estagiário. Passou, então, a se comunicar por e-mails com o presidente mundial. Tinha certeza que deste modo não haveria como ele não ler o que enviava. Suas análises e sugestões iriam direto ao destinatário, sem passar por intermediários.

Às vezes a resposta era imediata, sempre elogiosa e estimulante; teve uma leve desconfiança que poderia não ser lido quando enviou um relatório confidencial com dez páginas, a classificação era apenas para despertar a curiosidade do chefe, e a resposta veio em poucos segundos. Chegou a imaginar que era o próprio computador que respondia. Assustou-se com a paranoica possibilidade.

Acalmou-se, lembrou o curso de leitura dinâmica que a empresa havia oferecido a todos os altos executivos; ele foi o único com nota insuficiente. A do presidente foi a mais alta. Ele lia rápido, assimilava tudo o que estava escrito. Com o mau aluno, o Roger, se passava o contrário: lia devagar e compreendia pouco.

O chefe tinha condições de responder com celeridade os seus relatórios, por mais extensos que fossem. Não restava dúvida: o presidente leu as dez páginas em dois ou três segundos. Não mais se ateria a pensamentos sombrios, frutos dos acessos de insegurança.

Ele não diferia dos demais empregados, daquela e de todas as firmas do mundo: a insegurança os une mais do que qualquer outro grilhão. No catecismo de Marx e Engels talvez fosse mais apropriado escrever: "Os proletários nada têm a perder face uma revolução comunista a não ser seus medos e inseguranças. E todo o mundo tem a ganhar. Proletários de todos os países uni-vos."

No entender de Marx, proletário era todo empregado remunerado, o que incluía pessoas como o Roger Martin, que vendem o seu trabalho e são explorados por patrões que se apropriam da mais valia.

Ele admirava o presidente maior, na sua presença sentia-se um verme. Sabia que jamais seria igual a ele.

Conformava-se. Qualquer avanço na direção oposta ao comportamento habitual exigiria trabalho e esforço; só em pensar nisso sentia um imenso cansaço. Desistia do combate antes mesmo de iniciá-lo.

No momento se esforçava para não frustrar a direção maior da imensa empresa global e manter o seu emprego. A viagem à sede fora angustiante, cansativa e humilhante. Poderia ter resultado em sua demissão, mas lhe dera uma nova oportunidade. Saberia aproveitá-la, se dedicaria cada vez mais ao trabalho, seria promovido, viraria *country president* em um país civilizado, com uma filial faturando mais que míseros três por cento da receita mundial, como a que agora ele conduzia.

O conselheiro da capital passou a ser companhia constante. Seus relatórios mensais, enviados ao final do mês, eram aguardados com ansiedade. Pediu que remetesse novamente os dos dois últimos anos. Antes os recebia e apagava sem ler, sequer agradecia, agora era diferente.

Proibiu a secretária de enviá-los aos outros diretores, nem mesmo aos presidentes que o antecederam.

No dia aprazado, ansioso, abria o e-mail, imprimia, lia e relia. Chamava o autor para explicar melhor o que queria dizer com isso ou aquilo, e por fim, assumia o *paper* como sendo seu e repassava aos diretores locais, aos da matriz, aos ex-*countries presidents* e ao presidente global, recomendando a se aterem a um ou outro ponto que considerava particularmente importante; sabia que eram pessoas ocupadas.

Imaginava os comentários que estavam sendo feitos em Paris e outros recantos da Europa: "Não podíamos imaginar que ele fosse tão competente." "Uma bela surpresa." "Superou a péssima formação acadêmica."

Como em qualquer canto há sempre alguém maldoso, sabia que um ou outro poderia dizer: "Não esqueçam, ele foi o pior aluno no curso de leitura dinâmica." "É incapaz de escrever um rol de lavanderia, o que dizer dez páginas." Quando vinham esses pensamentos fazia uma limpeza nas ideias, fixava-se nas positivas e afastava as prejudiciais à sua saúde mental.

O que produzia em sua conturbada mente nas conversas com a família transformava-se em realidade: "Finalmente estão reconhecendo meus méritos." "A repercussão do que escrevo é imensa." "Em breve iremos para um país que valha a pena."

Sua mulher ficava contente com aquelas palavras; as crianças, embora não entendessem bem do que se tratava, sabiam que alguma coisa importante se passava com seu pai; apenas o sogro, com o ceticismo comum aos mais velhos, ouvia e só comentava o que pensava com sua mulher, ou seja, com ninguém. Surda e com os primeiros sinais de demência, não escutava e nem entendia o que o marido dizia. Ultimamente ele falava com ela apenas por uma questão de hábito: "Algo está errado, trata-se de imbecil incurável." Dizia a respeito de seu genro para ouvidos que não ouviam.

A filha elogiava a educação do presidente ao perguntar para onde ele não queria ir, e a prudência do marido ao responder que o serviria onde sua presença se fizesse necessária menos na fria e distante Rússia.

O sogro mais uma vez perturbava os devaneios da filha: "Não é assim que se faz esse tipo de pergunta, além do mais o presidente sabe que sua presença não é importante em lugar algum."

Amuada, a mãe de seus netos fingia não ouvir o maldoso comentário e dizia para a velha empregada: "A mamãe está esclerosada, ele também deve estar." A senhora, com o saber dado pelos anos, murmurava em voz baixa: "A pequena poderia ter casado melhor. O velho é mais lúcido que ela."

A filial ia de mal a pior. Não mais frequentava os noticiários econômicos, era citada apenas nas páginas policiais e nos jornais dedicados a escândalos. Fora invadida pela polícia, teve diretores presos, computadores e documentos levados para serem periciados.

Seus dirigentes, antes acolhidos com fraternal receptividade pelos homens públicos com autoridade para ordenar despesas, nesse momento difícil passaram a ser repelidos. Audiências eram negadas, convites para viagens e jantares recusados.

Nas festas promovidas pela empresa a frequência de tão reduzida obrigou os seguranças agirem de maneira diferente da esperada. Antes da hecatombe impediam a entrada de penetras, agora a ordem era fechar os olhos. Quem passasse bem-vestido era convidado a entrar. Seria desabonador à direção ter os salões vazios;

os funcionários comentariam entre si; poderia vazar para a imprensa. Não ter ninguém para comer os salgadinhos, saborear os vinhos e aplaudir o discurso inteligente e bem-humorado do anfitrião seria o pior que poderia ocorrer.

Esquemas cuidadosamente montados ao longo dos anos desmoronavam; aliados eram presos, os contratos minguavam e os pagamentos atrasavam, até os lobistas mais experientes fugiam da pestilenta companhia. Amizades sólidas se desfaziam como se tivessem sido construídas com poeira.

O presidente Roger Martin pairava impávido sobre o caos no qual sua subsidiária estava envolta: "São coisas de meus antecessores, eu vim para corrigi-las."

Não se interessava sequer em saber direito o que se passava. Como não lia bem a língua local, se ninguém lhe contasse não teria de fato como saber o que representava toda aquela movimentação, comum ao mundo do crime, mas sempre bem acobertada em empresas. Não relatava aos superiores o pouco que ouvia dos escândalos, nem a cúpula queria saber alguma coisa por seu intermédio. O assunto era por demais importante, delicado como diziam, para perderem tempo com suas fantasias.

Assim que cessassem os escândalos, ou melhor, o noticiário sobre eles, a alta direção trataria do inepto presidente da distante filial. Do mesmo modo que no meio político, no mundo corporativo o pecado não é o malfeito, é a sua divulgação.

Bastaria uma pequena pausa na narrativa dos eventos escabrosos, para remeterem o desatento Roger Martin para algum ponto remoto do planeta, distante de tudo, de preferência para uma filial mais desimportante que a atual.

Caso o padrinho político tivesse morrido o mandariam embora da gloriosa multinacional. Não ocorreu a ninguém da alta direção ir à sua casa para verificar o estado mental do velho homem público, avaliar sua lucidez. Se fosse, saberiam que não seria necessário esperar o trágico desenlace para se livrarem do incômodo dirigente.

O professor avisou a todos que passaria o fim de semana organizando suas coisas, separando o material que levaria para sua mesa de trabalho daquele que deixaria em casa. Como não tinha telefone, estava apenas há quatro anos e meio na fila do plano de expansão, o aviso foi dado a quem ia encontrando pelo câmpus, não era muita gente. A secretária, amante e confidente, ficou um pouco inquieta, sentiu uma ponta de ciúme, mas se conformou.

Ivan guardou bem o segredo da razão do isolamento: escrever a longa carta-consulta a Antão.

No meio da desorganizada bagagem espalhada pelo chão do apartamento, encontrou um bloco de anotações perdido entre malas, valises, pacotes, caixas e sacolas. O papel era espesso, escreveria várias páginas, lembrou que as cartas eram tarifadas pelo peso. A consulta ao amigo poderia ser dispendiosa, chegou a pensar em enviar apenas um resumo do que sentia e pedir conselhos. Não gostava de desperdiçar dinheiro.

Deixou o papel sobre a mesa. Foi à janela, bebeu um copo d'água, respirou fundo, se voltou à realidade: à gravidade do momento, à relevância da consulta; deixou de lado a austera relação com o dinheiro, voltou à mesa e se pôs a escrever.

Começou e parou logo, buscou outra caneta, talvez uma só fosse insuficiente, a carga da primeira poderia acabar em um momento crucial do relato; não queria surpresas. Chegou a apontar meia dúzia de lápis.

Eram oito horas da manhã de um dia convidativo a um passeio, a uma longa caminhada; chegou a pensar em adiar o projeto, deixar a carta para um dia chuvoso.

Não, não adiaria a mensagem, lembrou que se escrita em momento melancólico poderia amargar mais ainda seus cinzentos sentimentos, não transmitir a realidade, turvá-la, distorcê-la; a beleza do dia o ajudaria a não se afastar de seu propósito: narrar o que viu e o que sentia. Sem exageros, expressar a realidade tal qual ela se passava, sem aumentá-la ou diminuí-la.

Desse modo o leitor não teria falsas impressões que poderiam conduzi-lo a uma avaliação errônea.

O começo foi penoso. As ideias estavam mal-arrumadas, desalinhadas. Com dificuldade foi ordenando os pensamentos, procurando escrever como se o amigo estivesse sentado à sua frente, em uma mesa de bar.

Passou por cima da chegada ao aeroporto internacional, o principal do país, o amigo o conhecia. Não falou da espera de trinta minutos para aparecer um funcionário da estatal que o administra para autorizar abrir a porta do avião, da demora em passar pelas inspeções de praxe, das duas horas aguardando a bagagem, do ingresso no saguão onde pregoeiros aos gritos anunciavam seus serviços: táxis clandestinos, câmbio irregular, hotéis baratos, uísque paraguaio, maconha, mulheres de todos os tipos e para todos os bolsos, visitas às escolas de samba, ingressos para o futebol, passeios por favelas e outros pontos turísticos.

Não falou sobre a entrada do apartamento embolorado devido à falta de sol durante sua ausência, achou melhor deixá-lo fechado que alugar a alguém que poderia destruí-lo. Foi ocupado apenas por poeira, fungos e insetos.

Ateve-se ao que lhe incomodava: a universidade, o departamento, as pessoas com quem falara. Procurou ser prático, apenas narrar fatos, não passar impressões ou juízos de valor. Repetia para si: "Se eu não for objetivo estarei desperdiçando meu tempo, o dinheiro da postagem e não darei condições ao Antão para ele desenvolver uma análise isenta."

A análise isenta do leitor, suas reflexões e sugestões, esses eram os objetivos da carta, não havia outros. Não queria escrever um ensaio, queria apenas expor suas dificuldades e do amigo receber uma resposta que lhe possibilitasse tomar uma decisão.

As horas foram passando, não se dava conta, sequer sentia fome, apenas escrevia, lia, riscava, relia, amassava, reescrevia; de repente olhou o relógio, seis horas da tarde. As costas doíam, os olhos ardiam, a mão direita implorava para parar com aquilo, a segunda caneta estava quase no fim. Atendeu aos anseios do corpo e levantou-se, todos os ossos e juntas estalaram, sacudiu a mão dolorida, acendeu a luz — a última página foi escrita na penumbra.

Saiu à rua, o agradável entardecer estimulou ir até a praia. Caminhou pela calçada ao longo da areia; as juntas iam se acomodando, voltando a seu lugar, a mão o liberava a outros movimentos que não escrever.

Sentiu fome, pensou em telefonar para a secretária, gostaria de uma companhia, achou um telefone público, mas não tinha a ficha apropriada, que poderia ser comprada nos postos telefônicos distribuídos pela cidade, mas fechados a essa hora.

Jantou sozinho, mas não se sentiu isolado dos outros. O restaurante estava cheio de pessoas alegres e falando alto. Vez por outra alguém pedia para ele arrastar a cadeira para passar, atendia prontamente, o outro agradecia a gentileza e ele retribuía com um sorriso. O singelo rito fazia com que se sentisse integrado ao grupo — não estava só.

Pediu uma pizza pequena, vegetariana, e um refrigerante sem açúcar, chegou a pensar em tomar uma cerveja, afastou logo a ideia; no dia seguinte, domingo, tinha que reler a carta, passá-la a limpo, acrescentar algo que faltava e eliminar um ou outro excesso. A conta foi conferida item por item, paga e a gorjeta deixada sobre a mesa. Voltou a pé para casa, uns três agradáveis e introspectivos quilômetros.

Não gostava de multidões, como não gostava de estar só, ainda que não fizesse nenhum esforço para aumentar os relacionamentos ou manter os poucos que tinha. Gostava de ter apenas um interlocutor à mesa; com dois se sentia perdido, ficava quieto e calado, a ponto de pensarem que ele estava doente.

Em casa olhou a mesa coberta por papéis, uns amassados outros aguardando a leitura final. Sentiu-se tentado a recomeçar a tarefa, mas achou melhor dormir cedo, acordar bem-disposto, trabalhar com todo cuidado, rever cada frase, cada palavra. A compreensão do que estaria escrito seria essencial. A resposta poderia selar o seu destino.

Trabalhou no domingo desde o nascer do sol. Às duas horas da tarde deu por encerrado o documento, não era uma mera carta, era um relatório, um tratado comparativo entre a civilização e a barbárie.

Ao reler foi assombrado por estranho sentimento: a resposta não poderia salvá-lo, nada poderia tirá-lo da angústia e da desesperança que sentia; tinha trinta anos, era tarde demais para mudar o rumo de sua vida. Aceitaria seus erros com resignação e cumpriria a punição que o destino lhe indicasse.

Seria perda de tempo enviar ao Antão, obrigá-lo a ler suas longas considerações, desperdiçar seu precioso tempo buscando soluções para o insolucionável. Achou melhor rasgar tudo, queimar os pedaços de papel e aceitar sua sina. Perdeu mais de uma hora ruminando esse pensamento, por fim decidiu prosseguir no rumo traçado: enviaria a carta. Contou as páginas, vinte e uma, sentiu orgulho do que havia feito. Desde a sua chegada, a única tarefa que lhe dera satisfação havia sido a faxina no local de trabalho; agora tinha um produto do intelecto.

Encontrou um envelope tamanho ofício, amarelecido, fechado, coberto de pó, repousando há muito tempo no assoalho próximo à porta, trazia uma propaganda qualquer, tinha o tamanho adequado à sua carta. Abriu com cuidado, esvaziou e colocou a papelada dentro dele, numerou as páginas, contou de novo, vinte e uma; grudou o endereço do novo destinatário sobre o antigo, deixou para fechá-lo na agência postal.

Foi ao único posto dos correios aberto aos domingos nas proximidades de sua casa, o de Copacabana.

Entrou agitado. Procurou a goma arábica disponível gratuitamente para fechar o envelope. Estava muito diluída e o pincel endurecido pelo pouco uso. Imaginou de imediato: aquela gosma amarelada não seria capaz de proteger sua carta, devia ter trazido o envelope colado de casa.

Tinha a cola apropriada, era parte de sua acadêmica bagagem, mas quis economizar, e agora estava diante de um impasse: Colar ou não colar?

Ao olhar o material que lacraria o relato de suas angústias foi tomado por um assombro: se a cola do serviço público não fosse capaz de proteger o tão duramente redigido, teria que escrever tudo outra vez. Lembrou que seu pai colocava um papel carbono embaixo do que escrevia e guardava a cópia.

Percebeu que antes de enviar o documento deveria copiá-lo, mas era domingo, não encontraria nenhuma copiadora funcionando. Consciente de sua imprudência foi acometido por um pequeno, mas desagradável, surto de pânico. Respirou fundo e decidiu: enviaria a carta assim mesmo. Correria todos os riscos. Esses temores súbitos faziam parte da sua natureza. A mais simples das decisões colocava seu cérebro analítico em ação, de imediato punha-se a estudar uma enorme quantidade de variáveis. O exercício, com frequência, o levava à exaustão e ao adiamento do que fazer.

No caso havia apenas duas possibilidades: colar o envelope ou deixar tudo para o dia seguinte. Colado sairia dali com lúgubres pensamentos a respeito da segurança que o conteúdo teria, pensaria nos múltiplos riscos que o ato irresponsável, confiar na cola governamental, acrescentaria à viagem do papelório ao seu destino.

Optando por não fechá-lo, aplicar a cola americana que tinha em casa, se sentiria mais seguro. Nesse caso acrescentaria mais um dia à leitura. Não lhe ocorreu que aos domingos as correspondências não eram recolhidas; passavam a noite ali mesmo, na agência postal.

Felizmente não envolveu essa variável em seu processo decisório; se lembrasse dessa alternativa haveria desdobramentos que poderiam provocar não apenas um breve ataque de pânico, mas um perigoso surto psicótico.

Pensaria que a sua carta poderia ser roubada à noite, comida por traças vorazes ou destruída por cupins. Aventaria até as mais improváveis possibilidades: a agência pegar fogo, ser assaltada ou os funcionários entrarem em greve e sua carta jamais chegar ao destinatário.

Toda a sorte de possibilidades seria levantada. Iria madrugada adentro formulando um modelo matemático para calcular a probabilidade da carta não atingir o seu destino.

Suando, trêmulo, à beira do descontrole, fechou o envelope. Passou o aguado líquido na superfície superior da parte interna do envelope, percebeu que tinha que buscar uma porção ideal: sendo pouca não protegeria o seu tratado e em excesso não colaria coisa alguma.

Com um pouco de esforço chegou à quantidade adequada, juntou as duas partes do envelope, passou cuidadosamente o dorso da mão sobre elas, com o lenço tirou os excessos que escorriam em pequenos filetes, assoprou, aplicou um bafo quente, achou que desta maneira a cola secaria.

Depois de dez minutos assoprando, bafejando, chamando a atenção dos outros, considerou satisfatório o resultado; virou o envelope para baixo, sacudiu, ele não abriu, deu por concluída essa etapa e dirigiu-se ao guichê.

O quadro que oferecia aos observadores era constrangedor. Viam um homem magro, vestido de maneira adequada, ainda jovem, mal barbeado, escabelado, trêmulo, suando muito, agitando e assoprando um envelope empoeirado, sacudindo-o de cima para baixo e olhando para o chão como se procurasse algo que dele tivesse caído.

Olhavam sem rir, perplexos, mas respeitosos ante o visível descontrole emocional que presenciavam.

Descuidada, a atendente jogou a carta na balança. "Simples ou registrada?" Nova dúvida. Rapidamente, no tom firme próprio dos que optam pelos serviços mais caros, disse: "Registrada".

Resposta rápida, mas não precipitada. Jamais poderia enviar aquilo em uma desprezível e barata carta simples. A decisão fora correta, porém cara. Recuperado do susto que teve ao saber quanto gastaria, pagou, recebeu uma enormidade de selos, voltou ao balcão da colagem, considerou mais seguro colar um por um, ainda que eles estivessem em uma única folha picotada.

Passou a goma, assoprou, retornou ao guichê. O envelope foi carimbado várias vezes em sua superfície e sobre os selos. Sentiu a satisfação da atendente com aquela etapa de seu trabalho. O som surdo do choque do carimbo contra o papel, a tinta preta ou vermelha que deixava sobre os selos e o envelope, dava respeitabilidade ao seu trabalho. Só ela, a atendente do guichê quatro, poderia fazer aquilo, a tarefa era intransferível, só ela poderia estampar os selos e colocar aquele enorme aviso: "Registrada".

Por fim, jogou o envelope em uma sacola de lona verde com o brasão da República, deu o recibo e desejou um bom fim de domingo ao cliente, que retribuiu de modo quase servil; de maneira alguma gostaria que ela pensasse que ele ficara descontente com o atendimento e deixasse de remeter sua carta registrada.

Saiu exausto da agência postal, mas feliz com o que terminara de fazer.

Muitas vezes passara extenuantes minutos à frente de guichês, vendo seus papéis serem manuseados por estranhos com ameaçadores carimbos, enfrentara desconhecidos capazes de decidir o seu destino: embarcar ou não; entrar ou não no país; expedir ou não o documento, o visto, a certidão negativa, seja lá o que fosse.

Nem os carrascos possuem tanto poder, quando exercem seu ofício de extirpar cabeças, quanto o carimbador. A missão do carrasco é previsível, a do funcionário do guichê não.

Exaurido em suas forças chegou à calçada. Pessoas em trajes de banho passavam molhadas, vermelhas. Nas praias, os abastados ficam bronzeados, os pobres vermelhos, iam a pé para suas casas ou para o ponto de ônibus que as levariam a distantes subúrbios.

Olhou o relógio, se deu conta de ter passado uma hora na agência do correio. Não considerou absurdo o tempo gasto, até achou pouco face à importância da correspondência. Na volta para casa comprou um sanduíche natural para ir comendo pelo caminho. Sentia-se aliviado, agora era esperar a resposta e dar um rumo à sua existência.

Em casa, limpou a mesa e começou a arrumar as coisas, aquela desorganização estava trazendo irritação, gostava de ter tudo em ordem, cada coisa no seu lugar.

Os dias foram passando e nada de chegar a aguardada resposta. Começou a ser acometido por temores diversos.

A carta poderia não ter atingido seu destino; o envelope fora aberto por funcionários em algum momento da viagem, volumoso e registrado, poderia conter coisas valiosas e despertar cobiça; a cola não protegeu o conteúdo, que se perdeu em algum ponto da jornada; o amigo não deu a devida importância ao que escreveu, sequer abriu a correspondência; enfim, toda sorte de dúvidas para perturbar suas noites e seus dias.

A secretária começou a estranhar seu comportamento. Parecia que a fogueira inicial havia se apagado, ele recusava seus convites mais puros e desinteressados. Ela queria apenas exercer o papel da mãe que existe em toda amante, nada mais.

Era fácil observar que ele estava desatento, preocupado; sentava e logo levantava, caminhava de um lado para outro, subia e descia as escadas, respondia os cumprimentos olhando para o chão. Parecia saber de alguma catástrofe que se abateria sobre ele.

Não falava com ninguém, não foi visitar os outros departamentos para ver o que faziam, recusava todos os convites dos colegas para ir a manifestações; sequer abriu o pacote enviado pelo diretor contendo tudo que precisaria para participar dos atos de apoio ou de repúdio: folhetos com palavras de ordem, boné, camiseta, bandeira, faixas com dizeres de uso em amplo espectro de protestos.

A apatia era total. Sentia-se só. Não sabia a quem recorrer. O pai estava muito velho, com valores de outro tempo, não poderia socorrê-lo; a mãe diria aquelas palavras de estímulo comuns às mães; o irmão encontrava-se em uma fronteira de expansão econômica na Amazônia, inacessível até por carta; a irmã estudava longe — muito religiosa, diria que ia rezar por ele. Se o Antão o abandonasse não saberia o que fazer.

No segundo domingo após o envio da carta, passadas duas angustiantes semanas, tomou coragem e foi ao posto telefônico para falar com Antão. Esperou duas horas e meia na fila, no meio de intenso barulho. As pessoas que telefonavam para regiões distantes gritavam, todas gritavam, ajudavam as mensagens chegarem e serem ouvidas nos lugares mais longínquos, se as ondas sonoras se perdessem no caminho suas vozes as transmitiriam.

Quando chegou a sua vez de entrar na cabine telefônica, ao contrário dos demais, fechou a porta; o calor ultrapassava o limite do suportável. Suando muito, começou falando coisas prosaicas, impróprias para telefonema tão caro, mesmo com as reduzidas tarifas dos domingos, por fim perguntou, tentando demonstrar calma e indiferença: "Recebeu a minha carta?" "Não!"

O "não" soou como uma punhalada; a partir daí não foi mais possível disfarçar o nervosismo. Falando rápido, em tom agressivo, aos berros: "Como não recebeu? Mandei registrada, gastei uma fortuna. Veja se ela não está em algum lugar" "Espere!" "A única carta registrada que tem por aqui é de uma imobiliária de Cabo Frio oferecendo alguma coisa. O envelope está imundo." "É este, o aproveitei." "Você e suas economias. Vou começar a ler e respondo ao longo da semana."

Ao longo da semana, muito vago. Poderia ter sido mais preciso; dar um prazo, curto de preferência.

Teria que ter nervos de aço enquanto aguardava o retorno.

"Será necessário um dia para ele ler, dois ou três para escrever a resposta, mais um para postar, três no deslocamento, um no centro de triagem, um para recebê-la. Nove, dez dias de espera, se tudo correr bem e não houver nenhuma greve no meio do caminho."

Então vivia momento de deslumbramento, bastante satisfeito com as facilidades que tinha a seu dispor: o apartamento gratuito, três vezes maior do que o que alugava no Rio, o carro oficial, a enorme sala de trabalho, a secretária, o telefone, e, principalmente, o acesso inimaginável a toda sorte de autoridades de todos os níveis, mesmo as dos escalões superiores. Ministros, governadores, embaixadores, generais, bispos, empresários, todos queriam encaminhar um prefeito amigo para receber verbas, recomendar alguém para sua equipe ou pedir prioridade para um projeto. Pedir e receber favores são as atividades mais exercidas no dia a dia dos altos burocratas.

A vida social atingia intensidade inimaginável. Abundavam convites para jantares, almoços, vinhos de honra e comemorações cívicas; era tratado com cordialidade por todos, recebido de braços abertos nos lugares mais exclusivos.

O número de amigos aumentava de forma exponencial. Estava surpreso; nos anos anteriores à vinda para a capital sempre teve poucas amizades, não ia a festas, ou melhor, não era convidado, e, de repente, se descobre uma criatura sociável, encantadora, que abrilhantava os salões.

Um incrível carisma até então adormecido desabrochara. Como não conhecia os meandros da capital acreditava em tudo aquilo.

Suas pesadas conversas, críticas, filosóficas, prospectivas sobre a natureza das coisas, foram trocadas pelas locais: amenas, superficiais, descompromissadas, maldosas, dissimuladas, bem informadas no que diziam respeito às próprias carreiras, aos negócios e a vida dos outros, principalmente de quem estava em ascensão ou caindo em desgraça.

É muito fácil se adaptar à superficialidade dos julgamentos e dos relacionamentos, se concentrar apenas nos objetivos pessoais, nos postos a serem galgados; fazendo e descartando relações de conveniência.

Na capital as amizades são perecíveis como os alimentos *in natura*. Não foi difícil identificar esse comportamento entre os das carreiras monásticas. Generais adotam atitudes impensáveis aos tenentes, o cinismo dos cardeais é inimaginável aos seminaristas, e os embaixadores encabulariam os segundos secretários em sua luta encarniçada por uma promoção ou por um bom posto.

Em Brasília as pessoas não são colegas, nem companheiros e muito menos amigos. Pratica-se um estranho tipo de relacionamento desconhecido fora dali.

A verdade é que o sedutor ambiente encantou Antão. Foi cooptado rapidamente. Descobriu que havia bebidas melhores que a cerveja que tomava com grande prazer, passou a apreciar a boa mesa da qual não faziam parte macarronadas, maioneses de batata e grotescas feijoadas, se hospedava nos melhores hotéis, viajava em espaços que não sabia existir dentro dos aviões, nunca pensou no que havia além daquela cortina que as aeromoças fecham para que os apertados passageiros da classe mais barata não vejam o que se passa mais a frente; enfim, descortinava-se um admirável mundo novo.

Na realidade, estava na fábrica de salsichas de Otto Von Bismarck e não sabia. Pensava passear por um jardim de plantas, sentindo a pureza da brisa, o som dos pássaros e o perfume das flores.

Sentia uma ponta de inveja ao ouvir uma enormidade de pessoas dizer com naturalidade: voltei de Paris; Katmandu é inebriante; a estação de compras em Londres está ótima; comprei uma casa com as diárias que recebi nesse ano.

Alguns mais cínicos lembravam: "E tudo de graça!". Todos riam, até o recém-chegado que não conhecia nem o Paraguai. Confirmava-se o que havia ouvido: "Viaja-se muito a partir da capital."

Os cínicos da antiga Grécia buscavam a felicidade em si mesmo, desprezando os bens materiais; na escola cínica brasiliense a felicidade era proveniente de causas externas: elogios, honrarias, promoções e bens materiais. Pensamentos antagônicos, mas com o mesmo objetivo: o bem-estar da alma.

Lembrando Thomas Hobbes: "... a tendência de todos os homens é um perpétuo desejo de poder que cessa apenas com a morte." Com o poder vêm os requisitos que alimentam a vaidade, trazendo a ideia de eternidade, a agradável sensação de proteção, o prazer em se cercar de bajuladores e em ouvir elogios.

A soberba é tão intensa que turva o raciocínio, ao ponto dos poderosos não perceberem que outros almejam o seu lugar.

Com o passar do tempo intrigas e críticas vão minando respeitabilidades e expondo fraquezas. No começo de modo imperceptível, depois de maneira ruidosa, nesse momento os áulicos começam a se afastar. Por fim, a inevitável e solitária queda.

Mesmo os ditadores que passam anos e anos roubando a liberdade de seu povo e conseguem morrer no poder, em algum momento serão inevitavelmente destituídos de suas glórias.

O que mais despertava inveja ao Antão eram os sussurros dados ao pé de ouvidos privilegiados. Confidências divulgadas com rapidez e desenvoltura, contá-las, fazer saber o que ele sabia, dava *status* ao que seria em ambientes normais uma horrível quebra de confiança, uma indiscrição, uma impensável divulgação de um segredo.

Na moderna cidade os sigilos eram contados para serem espalhados. Quantas regras não escritas a apreender, quanta sutileza; não deveria se angustiar, afinal estava apenas há seis meses na inimaginável cidade.

Os murmúrios envolviam informações privilegiadas, boatos a respeito de uma insuspeita autoridade, um novo escândalo, intrigas sobre alguém que deveria ser derrubado de seu posto ou novidades sobre alguém em ascensão.

Os segredos sobre ganhos monetários ficavam bem guardados, não sendo ditos nem sob tortura. Os outros eram difundidos; acarretavam prestígio a quem os contava, a quem ouvia e as quem repassava. Nada pior do que ser excluído dessa cadeia da felicidade; seria uma inequívoca demonstração de desprestígio.

As exibições de importância pessoal eram baseadas em encontros e conversas reais, parcialmente reais ou simplesmente imaginárias: estive com o chefe do Gabinete Civil, ele me pediu sigilo sobre o que falamos; almoçarei amanhã com o colunista do Jornal do Brasil; na sexta jantarei com aquele general amigo do presidente República; o presidente do Senado me chamou para trocarmos algumas ideias e assim por diante.

Personalidades que quando se apagam em vida ou morrem são substituídas imediatamente. Não há vazios nos nichos do poder; nem na capital nem na mais primitiva aldeia indígena. Aqueles que ocuparão os lugares liberados os sobrevoam muito antes das fatídicas ocorrências. Eles possuem o faro acurado dos abutres, que vão e vêm sobre suas futuras carniças, até as acompanham em seus últimos passos.

Os substitutos chegarão com glória comparada a dos generais romanos após suas vitórias; passarão por tudo que passou seu antecessor. Um dia, como eles, serão substituídos e cairão no ostracismo. O *motto* é perpétuo, mesmo sendo negado pela física.

Após a morte, os outrora poderosos poderão ser vistos em muitos lugares no inferno. Dante os encontrou por toda parte. Estavam no quinto círculo, onde os que negociaram cargos públicos se encontram mergulhados em piche fervente; no oitavo círculo, envolvidos em labaredas infinitas, ele viu os maus conselheiros; ali, também, encontrou os bajuladores, açoitado pelos demônios para todo o sempre.

Causou estranheza a Antão a presença de alguns personagens diferentes dos demais, oriundos da antiga capital: os "grã-finos".

Seus longos nomes traduzem toda a nobreza do portador, apregoando o legado heráldico que carregavam consigo. Em alguns casos não passavam bem dissimuladas folhas corridas.

Com gestos estudados, falas pausadas, olhares superiores, faziam com que parecessem ter recém-adentrado nos salões republicanos vindos das cortes imperiais. Portavam-se como se a República não tivesse sido proclamada há quase cem anos.

Ostentavam denominações sonoras, se apresentavam recitando até cinco nomes e sobrenomes, vestiam roupas impecáveis, alguns citavam o pai general, o avô ministro ou algum nobre da corte imperial do qual descendia.

Ancestrais com origem incestuosa, criminosa ou pecaminosa não eram citados como tal. Era como se todos tivessem vindo com a família real portuguesa fugindo das tropas de Napoleão, deixando passados comprometedores na metrópole. Em geral eram lobistas ou ocupavam funções simbólicas. Abriam portas só possíveis a eles, possuíam enorme habilidade em fazer novos relacionamentos. Alguns tinham dinheiro, outros não. Os plebeus ficavam honrados em serem seus amigos. Qualquer que fosse o fato, passado em qualquer época, eles tinham um ancestral para citar como personagem vital ao desenrolar dos acontecimentos.

Alguns traços eram comuns a todos eles, mesmo descendentes de pessoas conhecidas como notáveis: pareciam ser pouco inteligentes e incultos, eram frívolos e bebiam muito — bebe-se muito na capital.

Antão percebeu de pronto que havia algo errado: a transmissão genética fora descontinuada ou os ancestrais não haviam sido o que se propagava.

A saída do litoral para o árido planalto central fora uma exigência de seu modo de ser, precisavam estar na corte, estivesse ela onde estivesse. À distância do poder feneceriam.

O ainda inocente Antão percebia que suas leituras, seus filmes, seus estudos não diziam nada àquela gente prática que desprezava a sua competência técnica, o seu modo de vestir, o que bebia e o que comia. Um ser absolutamente desprezível, com utilidade potencial, e que para tornar seu convívio mais ameno e suportável precisaria ser educado. Apenas isso.

Todos chegam aos centros de poder com o mesmo entusiasmo com que chegou Antão, são tomados pelo mesmo deslumbramento, pensam que são insubstituíveis, imprescindíveis, permanecerão no paraíso por toda eternidade, estão isentos de julgamentos, sejam eles iniciais, intermediários ou o final. Estar junto com os poderosos ou ser um deles produz uma agradável sensação de imortalidade.

Embora Ivan não tivesse detalhes do momento que o amigo vivia, não o conhecia em toda sua riqueza, sabia ser ele um homem ocupado, absorto em decisões fundamentais, partícipe ativo de inúmeras deliberações, mas era otimista, ele leria sua carta, levaria seu conteúdo a sério e responderia com a presteza e a profundidade que se faziam necessárias.

Com dificuldade, graças à ação competente de sua secretária, Antão conseguiu telefonar para a ilha, apesar de seus escassos recursos de comunicação.

A secretária, a essa altura se sentindo ex-amante, bastante agitada, gritou: "Professor Ivan, Brasília na linha." Era assim que se falava. Receber uma ligação da capital, mesmo que fosse para passá-la a outro, conferia prestígio; ela sabia, também, que o ânimo do professor só seria recuperado depois de receber uma orientação do amigo, daí sua excitação.

"Li a carta. Longa, um verdadeiro tratado sobre a angústia, sobre a existência e a essência. Sartre gostaria de lê-la. Vou responder, mas tenha calma, preciso de algum tempo para refletir e ser objetivo, enquanto isso se dedique a arrumar o apartamento, limpar móveis, passe óleo de peroba na mesa de trabalho, evite esforços intelectuais, conviva mais com a secretária."

Na extensão, ela ouviu exultante o último conselho.

Entre inúmeras solenidades e coquetéis, idas e vindas para o trabalho, ia pensando na resposta e matutando: "Tão inteligente e não percebeu que o ambiente onde estava era inóspito, que o departamento atravessava um mau momento e que o afastamento do velho diretor e fundador do centro de pesquisas fora um desastre."

Não aceitou convites para nada no fim de semana; redigiria a resposta e enviaria registrada na segunda-feira. Tinha consciência da importância do que faria, influenciaria a vida de uma pessoa, de um amigo. Teria que fugir da superficialidade.

Pensou muito, não fez um rascunho, nunca tinha feito algum, partia sempre para o texto definitivo.

O telefonema deixou Ivan tranquilo. Saiu mais cedo arrastando a secretária consigo, ninguém notaria sua falta, foram direto aos finalmentes, as preliminares ficaram para depois.

A resposta à carta não foi longa como era de se esperar, somente três páginas. Conseguiu ser sucinto, dizer tudo que precisava sem se alongar.

Antão teceu breves considerações sobre a precária formação intelectual legada pelos portugueses, que proibiam cursos superiores nas colônias; o desinteresse em alfabetizar e criar universidades após a Independência; o prolongamento da Santa Inquisição e da escravatura além do tolerável, se é que algum dia o foram; o desconhecimento do Iluminismo na metrópole e na colônia; a ausência de destaque do país no campo da pesquisa científica; a falta de prêmios Nobel, lembrou que países próximos e mais pobres os possuíam; a tardia industrialização e assim por diante.

Toda essa história desabava sobre Ivan, um pioneiro na vida acadêmica sofisticada que estava sendo iniciada no Brasil. O velho sistema francês, com catedráticos de pouco saber e livres para ensinar o que bem entendessem havia acabado. A liberdade de cátedra estava sendo trocada pelo meritocrático modelo norte-americano. Explicou que décadas ainda se passariam para que a mudança se tornasse uma cópia de boa qualidade, autêntica e não uma imitação grotesca.

Essa mudança o transformara em mártir de causa maior. O missivista lembrou que ele não era o único. "Console-se, você não está só." Para finalizar recomendou: "Nesse período de adaptação leia Tocqueville, ele lhe ajudará a entender muita coisa."

Ivan se animou, compreendeu ser vítima da passagem de uma era para outra. Cristo, Colombo, Giordano Bruno, Espinosa, Galileu, Darwin, Teilhard de Chardin, também foram vítimas de incompreensões. A história sepultou os seus algozes, como sepultará os que o atormentavam.

Antão lembrou ser necessário estabelecer um período de permanência na instituição que pagara seu salário durante o curso no exterior. O compromisso não era eterno ou contratual, era ético. Essa decisão seria facilitada pelos incômodos que ele causava aos seus pares: enviava a eles *papers* sobre avanços científicos; recomendava a vinda de professores estrangeiros que, em seus anos sabáticos, queriam conhecer a pecaminosa cidade do Rio de Janeiro; sugeria a contratação de estudantes brilhantes, oriundos de países miseráveis que não teriam como mantê-los ao final de seus cursos no exterior; enviava livros à biblioteca; sugeriu até um amplo seminário sobre a obra de Milton Friedman — "Capitalismo e Liberdade". A ideia foi considerada estapafúrdia e ofensiva tanto pela direção do centro de pesquisa quanto pela do departamento, e o professor tido como criatura irrecuperável. Jamais ele entenderia as generosas ideias do diretor.

Era de amplo conhecimento que não há liberdade no capitalismo. Seus críticos constataram que o título do livro era um oximoro, talvez, uma ironia do velho mestre. Todos sabem que o capitalismo aprisiona as pessoas ao que há de mais mesquinho na alma humana: egoísmo, consumismo e individualismo.

Levando em conta a rejeição às suas proposições, Antão considerou dois anos, não mais que dois anos, era o tempo suficiente para retribuir o que a universidade gastara com ele: "Admitindo dois meses de férias por ano e as semanas de folga entre os quadrimestres, três a cada ano, sua permanência se limitará a oitenta e duas semanas, das quais você deverá abater os feriados, o recesso de fim de ano e as greves, você não passará sequer dezesseis meses por aí, menos de um ano e meio." Recomendou chegar cedo para encontrar vaga para estacionar o carro e sair cedo. "Ninguém vai notar. Não esqueça: o velho diretor não está mais aí controlando a assiduidade dos professores." "Inclua na contagem do tempo as horas dormidas, como fazem aqueles para os quais a vida se tornou insuportável."

Uma série de ações objetivas foi incluída nas recomendações: dar boas gorjetas ao guardador do estacionamento; conversar um pouco, duas vezes por semana, com a chefe do departamento, concordar com tudo que ela disser; agradecer ao diretor o "kit protesto"; frequentar os departamentos que desenvolvem projetos notáveis; passar pela sala do diretor uma vez por semana, marcar presença; não almoçar nos restaurantes da ilha, engolir uma mosca pode ser fatal e não há como evitá-las; não orientar teses de alunas bonitas para não despertar ciúmes na secretária, esteio moral, físico e sexual indispensável; evitar subscrever manifestos, sendo inevitável assine com a mão esquerda, será difícil identificá-lo; não esquecer que os tempos ainda são difíceis, qualquer descuido e você pode parar na polícia política; jamais vá às passeatas, se inevitável fique nas últimas fileiras, o filme da polícia não chega nem a metade do desfile; não exponha seu modo de pensar, analítico e sofisticado demais para a rudeza de seu entorno próximo. "Prudência e bom senso."

Completou sugerindo conversar com os professores estrangeiros, evitando os europeus, inteiramente envolvidos pelos trópicos no que neles há de mais decadente.

"Aproxime-se dos indianos, todos são párias bem formados, eles o consolarão, vão lhe dizer que a ilha universitária é um paraíso limpo e cheiroso. Elogiarão os banheiros e não notarão a falta de papel higiênico. Acostume-se com a relatividade das situações. Jamais deixe de ver as coisas dentro de seu contexto." Avisou que iria encontrá-lo nos próximos dias para detalharem a saída daqui a dois anos e analisarem as alternativas.

Ivan leu, releu, saiu para uma longa e meditativa caminhada tentando encontrar nuanças, detalhes não escritos, especular nas entrelinhas. Não havia nada, estava tudo explicitado. Mais claro só os Mandamentos que Moisés recebeu do Senhor.

Dormiu bem. No dia seguinte começou a seguir o *script*.

Deu uma gorjeta antecipada ao guardador que, com a ironia e o sorriso típicos dos de sua classe social, disse: "Aprendeu, né, doutor?" "É isso aí!" Respondeu o mestre.

Sem revoltas interiores Ivan começou a se integrar, a se sentir parte da paisagem. O pior que poderia fazer era querer que o todo se adaptasse a ele e não o contrário. Simples, mas só a leitura da carta abriu seus olhos.

Beijou a secretária, novamente amante, admirou com orgulho seu pequeno e asseado espaço, começou a passar com força o óleo de peroba sobre a mesa, nela colocou livros, apostilas, um bloco de rascunhos, ficou com as canetas, as protegia da cobiça alheia como protegeu os rolos de papel higiênico, e começou a escrever ao seu idolatrado mentor, responsável por sua ida para a América e pela orientação de sua tese de doutorado. Contaria o que se passava, evitaria lamúrias, afinal, não estava na Inglaterra nem na Suécia e, graças a Deus, nem na Bolívia nem no Haiti.

Na hora do almoço comeu prudentes bolachas integrais e bebeu um pouco da água que trouxe de casa. Foi ao gabinete do diretor: "Obrigado pela lembrança, farei bom uso do presente". Ele riu do mesmo modo sarcástico do guardador de carros.

Percebeu que havia um entrelaçamento entre as classes sociais, imaginou que isso retardaria a revolução pretendida pelo diretor; as diferentes classes tinham que se odiar para que a luta entre elas desse certo.

Imaginou: "Será que o guardador e os moradores de sua favela querem a luta de classes, a revolução do proletariado, ou são pequenos burgueses em busca de pequenas conquistas materiais? Quem estaria com a razão, Marx ou Friedman?"

Em um fim de semana, com a ajuda da secretária, arrumou o que estava desorganizado em seu o apartamento.

Enquanto preparava com entusiasmo o curso que daria, foi convidado a lecionar na graduação, polidamente recusou.

Os dias passavam rapidamente. Sem se dar conta viu que faltavam pouco mais que doze meses para romper seus grilhões e alcançar a liberdade.

Entrosara-se com alguns alunos que pensavam como ele, e foi ver os indianos nos departamentos de matemática e física.

Observou a revolta íntima que cuidadosamente evitavam expor, era tão clara que a disfarçavam mal. Consideravam-se agnósticos, embora demonstrassem respeito por Brahma, Shiva e Vishnu, o criador, o transformador e o conservador, a primeira das santíssimas trindades; além de manterem um mínimo de veneração ou temor por mais uma dezena de outros deuses e semideuses.

Fingiam não acreditar na reencarnação, mas não exterminavam as moscas e mosquitos que voavam por suas salas, nem pisavam nas baratas que passeavam sobre o assoalho. No seu entender isso era ser ateu, afinal ignoravam milhares de divindades. Com essas atitudes buscavam evitar surpresas desagradáveis na nova vida que teriam após a morte, dela esperavam algo melhor que a desprezível na atual encarnação. Sonhavam com a volta em uma casta superior, os mais otimistas se imaginavam um respeitável brâmane.

A racionalidade de seus conhecimentos não os livrou das superstições. A descrença em outros deuses poderia ser fatal no retorno após a morte, poderiam descer mais alguns degraus na escala social.

Ficou orgulhoso com o que viu em desenvolvimento em outros departamentos, uma amostra de que o Brasil podia sair do atraso. Neles a influência do diretor era menor que no dele, por quê? Lembrando conselho do missivista, parou de questionar, afinal estava ali de passagem.

Convidado para se transferir para dois deles consultou Antão, que foi peremptório: "Não faça isso. Não perca de vista o objetivo traçado, sair daí, ir para um lugar mais promissor e que pague melhor. Uma multinacional." Recobrou o juízo e não falaria mais nisso.

Os dias passavam com leveza e celeridade, nada mal para quem há poucos meses vira o mundo afundar embaixo de seus pés.

O ambiente na grande multinacional se degradava a olhos vistos, sua marca virou sinônimo de trapaça. Algo parecido com o que acontece com o nome de certos políticos, que passam de substantivos a adjetivos ofensivos ou verbos que indicam ações malfazejas.

Mesmo procurando afastar-se dos acontecimentos, se manter protegido, fluidos malcheirosos começavam a bater nos pés do descuidado Roger Martin, afinal, ele estava no comando da filial há mais de um ano, não poderia ficar repetindo a vida toda: "Não sei, não vi." Esse tipo de defesa só surte efeito para presidentes da República, para mais nenhuma outra pessoa.

Os demais dirigentes andavam cabisbaixos, inapetentes, emagreciam ou engordavam em função da resposta de seus organismos à ansiedade.

As secretárias choravam nos banheiros, organizavam novenas e faziam promessas para que aquele pesadelo passasse.

Os funcionários evitavam conversas entre si, mesmo as sobre o clima. Comentários do tipo: "O céu está coberto de nuvens. Deve chover à tarde." poderia ser entendido como: "A polícia virá depois do almoço. Vá para casa."

Todos temiam os benefícios da delação premiada, estimuladores de traições e quebras de confidências.

A passagem pelos postos da imigração nos aeroportos tornou-se um suplício. O funcionário manuseando o passaporte e pesquisando os avisos da Interpol fazia minutos parecerem horas.

Imaginavam-se algemados. Tinham medo de fazer essa consulta em seus computadores e ver seus nomes e retratos na tela, preferiam passar por minutos de angústia diante do atento servidor, procurando seu nome na lista dos mais procurados.

Quando recebiam o passaporte de volta, exaustos, sorriam nervosos para o responsável por aqueles instantes de tortura, buscavam despertar alguma simpatia naquele que poderia ser seu algoz na próxima passagem pelo estreito corredor que levava ao seu destino: a liberdade ou uma humilhante prisão.

Roger Martin era o único impávido; os mais sagazes diziam que a sua completa estupidez o salvava. Os mais ingênuos admiravam sua frieza, sua incrível capacidade de atravessar a adversidade.

Os acionistas passaram exigir enérgicas providências da alta direção. Queriam punições severas naquela filial da qual só vieram saber da existência depois dos escândalos.

O presidente, em Paris, mandou um rapaz à casa do padrinho do presidente da incômoda subsidiária. Deu instruções precisas: dizer a quem o recebesse que portava um presente que só poderia ser entregue pessoalmente ao velho político.

Entregou ao mensageiro uma belíssima agenda de couro do ano passado; sobraram muitos brindes no último natal, ninguém queria recebê-los, poderiam ser contundentes provas de cumplicidade em uma eventual busca e apreensão de material suspeito em casas ou escritórios de clientes.

Um pouco assustado o mensageiro ouviu as recomendações. Percebeu a importância da missão, mesmo não sabendo bem qual era. Talvez a agenda contivesse um código ou nem fosse uma agenda, mas um maço de dinheiros para comprar o silêncio do destinatário.

O presidente, com voz grave e feições circunspectas, disse: "Meu jovem, o que você vai fazer é de suma importância para todos nós e para o futuro da mais obscura de nossas filiais no terceiro mundo. Só entregue ao destinatário; se ele não puder recebê-lo trate de saber a razão. Entrando, procure conversar com ele, prolongue a visita. Na volta venha direto a mim."
Dito tudo que deveria ser dito, tirou cem euros do bolso: "Vá e volte de táxi". Saiu apressado, pegou o metrô e em poucos minutos estava no seu destino; poderia ter ido a pé, não era longe.
Uma senhora idosa abriu a porta, pediu um momento. "Pode entrar, ele terá prazer em recebê-lo."

Seguindo as instruções voltou e foi direto ao presidente: "Entre logo, ele está lhe aguardando." Determinou a secretária. "Espere." Disse o presidente, um tanto nervoso. Chamou três vice-presidentes, mandou ligar para a subsidiária suíça e deixou o aparelho no Viva-voz. "Conte-nos tudo, não poupe palavras."
Agitado, se acalmando aos poucos, foi narrando sua aventura. Ofereceram uma xícara de café e uma *madeleine*. O velho estava bem-vestido e penteado, sentado numa cadeira de rodas. Agradeceu o presente e pôs-se a falar sem cessar por duas horas, só parou quando a senhora entrou na sala e o alertou: "Despeça-se, ele está exausto".
De fato, com a cabeça pendendo para o lado direito, ele dormia.
Contou os passeios educativos durante a ocupação alemã na companhia do pai. Falou dos sorvetes que saboreavam; do intenso convívio com o general de Gaulle; do seu tempo de ministro, embora às portas da demência, não mencionou ser interino.
"Várias coisas do passado." "Algo do presente?" "Não." "Ótimo!" "Pode ficar com o troco do táxi."

O presidente, os vice-presidentes e o Viva-voz passaram a falar entre si, no início todos ao mesmo tempo, depois se acalmaram e, com a solenidade exigida pelo momento, o presidente decretou: "O velho está lúcido."

Retomado o debate lembraram que ele só falou do passado, nada do presente. "Isso é próprio da demência." Falou um dos presentes com o pai na mesma situação. "Talvez os remédios estejam fazendo algum efeito." Gritou outro. "Não deve lembrar o próprio nome." Bradou o Viva-voz.

Percebendo que a assembleia fugia ao controle, o presidente assumiu a palavra: "Senhores, não podemos correr riscos em hora tão grave. Mais um adversário e sucumbiremos." Nesse momento, instintivamente, como se tivessem ensaiado, cada um tomou seu ansiolítico.

O senil político, avaliado clinicamente pelo mensageiro, se transformou em perigoso adversário perante aqueles homens estressados, com medo de serem demitidos, indiciados ou arrolados como testemunhas dos atos desabonadores praticados por colegas que poderiam não querer cair sozinhos.

Na pressa não cogitaram mandar alguém mais qualificado para avaliar a saúde mental do velho político; um psiquiatra, um neurologista ou mesmo o enfermeiro que fazia plantão na matriz para atendimentos emergenciais.

A decisão foi não afastar o *country president* motivo de chacotas. Na cabeça de seus chefes ele ainda estava bem protegido politicamente, apenas o colocariam em uma posição mais desimportante que a ocupada, o que era quase impossível. Ele seria remetido para um lugar com poucos negócios feitos e a fazer. Uma praça absolutamente inofensiva ao bom nome da gigante global.

Foi avisado que deveria se apresentar imediatamente na matriz. A secretária foi instruída pelo próprio presidente: "Se for possível coloque-o em um voo *charter*, marque o assento no meio daquela fila com cinco lugares, escolha o hotel mais barato possível, de modo que ele precise fazer duas conexões de metrô para chegar até lá. Deixe-o esperando três horas na sala de visitas, fique atenta para que ele não durma, diga que cortamos o café para fazer economia."

"O senhor está muito bem. Nem tudo é ruim nos trópicos, já dizia o meu primo que morou na Mauritânia. Fez boa viagem? O presidente vai logo atendê-lo. Fique à vontade."

Três horas depois, cara lavada, estava dormindo no sofá, o presidente maior saudou-o efusivo: "Que bom vê-lo. Boa viagem?" "Entre."

Apertou um botão, acendeu a luz vermelha, não queria interrupções. Observou o rosto cansado do visitante, as olheiras profundas, o cabelo desalinhado, a roupa amassada, imaginou o corpo dolorido e a prisão de ventre, os quatro banheiros do avião não eram capazes de atender os duzentos e vinte e seis passageiros da classe econômica.

A expectativa da conversa acrescentava desconforto. Era visível que o visitante não estava otimista em relação a ela. Será que tinham descoberto a doença que destruía os neurônios do seu protetor?

Tinha certeza que um dia desvendariam esse segredo. Mandariam um médico vê-lo, fazer as perguntas exigidas pelos protocolos, ouvi-lo e trazer a trágica conclusão: "O velho não lembra mais do seu afilhado." Sem dúvida, vivenciaria a mais incômoda situação de sua existência.

Seus dias de omissões, mentiras, preguiça, ignorância sobre tudo, até sobre o que a empresa produzia, estariam terminados. Mergulharia em um futuro incerto. Não sabia fazer outra coisa além do que fez toda a vida e que permitira ter uma vida confortável, sem sobressaltos. Estava plenamente capacitado a ocupar apenas cargos legislativos, mas lhe faltavam os votos.

O presidente, em silêncio, o olhava, analisava, perscrutava sua alma, decifrava seus pensamentos, por fim falou: "Queriam demiti-lo, fui contra, falei que o fato de você se mostrar desinteressado, omisso, negligente, produzir relatórios superficiais, não concluir negócios, não participar das reuniões do cartel, demorar em acertar as propinas, morar a mais de mil quilômetros de seu local de trabalho, não quer dizer que você não possua qualidades, nossos sistemas de avaliação é que falharam. Afinal você tem um diploma superior em práticas agrícolas."

A partir daí passou a falar sobre o potencial de negócios no leste europeu, dissertou com entusiasmo sobre as perspectivas que se abriam na Bulgária, Romênia, Albânia, falou sobre a nova subsidiária sediada em Moscou: "A partir dela controlaremos esse mundo de negócios, uma imensa fronteira a desbravar."

"Cheguei à conclusão que você é o homem talhado para essa aventura. Afinal, passou anos no terceiro mundo sem pegar malária, dengue, gripe suína, gripe aviária, doenças venéreas, sem ser assaltado, sequestrado ou assassinado; na Rússia seguramente você não pegará tifo ou hepatite, não será raptado por uma das centenas de máfias, nem explodirá com uma bomba das dúzias de movimentos separatistas." "O Conselho de Administração sugeriu abrir uma filial no Oriente Médio e enviá-lo para lá, mas eu recomendei prudência. Devemos analisar os riscos envolvidos no projeto e aguardar a paz entre judeus e palestinos. É coisa para o futuro."

Com brutal maldade, uma punhalada pela frente, concluiu: "Seus filhos e a sua mulher ficarão encantados. Conhecerão um novo mundo e poderão praticar esportes de inverno durante todo o ano."

A partir do meio da conversa o infeliz Roger Martin não escutava mais nada, estava atordoado, apático. Saiu sem saber que rumo seguir, atravessou a porta e ouviu a secretária, quase gritando, dizer: "Não esqueça o endereço do hotel". Pegou o papel, leu, entendeu com dificuldade, a visão estava embaralhada. Pensou em pegar um táxi, desistiu, eram seis horas da tarde, se fosse para um ponto, só conseguiria um pelas nove horas.

O primeiro metrô passou lotado, o segundo o levou à Place de la Concorde, fez a correspondência e desceu na Place Pigalle. Subiu os mais de cem degraus de uma escadaria que parecia não ter fim, andou mais uns mil metros carregando a pesada bagagem de mão, por fim, chegou ao hotel.

Modesto, muito simples, sem elevador, não muito asseado; nada disso importava, queria tomar um banho, sentar no vaso sanitário o tempo que fosse necessário para tentar acabar com a terrível constipação e dormir.

Os três presentes ao *guillotiner* foram festejar seu feito em um restaurante, caro e com excelentes vinhos. O Viva-voz celebrou com alguns assessores.

Aliviados com o passo dado sentiam a agradável sensação de terem feito algo bom para si, eram incapazes de adotar providências mais efetivas para o bem da empresa. Tinham certeza que ele não aceitaria a humilhação, nem imporia tal sacrifício à família e pediria demissão.

A política da empresa para com os incapazes era semelhante à praticada no serviço público. Possuindo bons padrinhos, reais ou imaginários, ou sendo detentores de segredos perigosos, jamais serão demitidos; poderão ser exilados, acomodados em funções simbólicas ou, mesmo, promovidos. Não ficarão livres de escárnios e humilhações, mas isso não tem importância: os salários serão mantidos.

O transferido acordou cedo, estava tranquilo, sentia a mesma sensação de um condenado à morte, que resignado aceita a pena sem revoltas, reconhecendo suas culpas e concordando com o castigo.

Sabia de sua falta de preparo e da preguiça que o acompanhava desde a infância; não era muito diferente dos seus colegas de empresa, o seu pecado foi ficar muito tempo no mesmo emprego, não pular de galho em galho, deixando para trás erros e omissões sem tempo para serem avaliados.

O presidente menor fora vítima de sua acomodação.

Tomou o café sentado na cama, no pequeno quarto não havia uma mesa e o hotel não possuía local adequado a esse serviço. Tudo muito simples, compatível com a diária cobrada.

A fome que sentia amenizou a qualidade da refeição composta de um café que parecia chá, um *croissant* um pouco seco e duas opções para cobri-lo, um minúsculo pote da manteiga e outro de geleia de uva. Comeu com apetite como se aquela fosse sua derradeira refeição. Com a ponta do indicador umedecido por um pouco de saliva catou as migalhas do saboroso pãozinho que se espalharam pela bandeja e sobre o lençol.

Abriu a janela, dava para ver toda a cidade. Identificava os prédios mais notáveis pelos seus telhados, torres e abóbodas. Sentiu vontade de caminhar, ou melhor, necessidade, precisava refletir sobre a humilhação sofrida, pensar na decisão a tomar, no que diria à mulher, aos filhos e ao sogro, como se despediria dos seus subordinados, o que falaria a eles, se imploraria ou não à secretária por uma volta mais confortável.

A boa noite de sono, a frugal refeição matinal, a beleza do dia e a inspiradora cidade o ajudariam a tomar decisões acertadas.

Então não encontrava folgas na sua movimentada agenda para ir ao Rio estar com Ivan, quando conversariam com calma, dariam boas risadas e tentariam prospectar o futuro, como no tempo em que seus destinos caminhavam juntos.

Não foi difícil a ele perceber o enorme aprendizado que tinha pela frente. Aprender a viver na capital seria tarefa complexa, árdua, sutil, se prolongaria por meses. A pós-graduação só seria concluída após alguns anos vivendo naquele ambiente onde era dificílimo separar o falso do verdadeiro, o bom do ruim, o honesto do desonesto.

O importante é que sentia estar se saindo bem; sem tropeços dava os primeiros passos em direção a algum lugar, não sabia bem identificá-lo, mas pressentia não estar caminhando ao léu.

Pela primeira vez entrava em um lugar sem ter aferida sua qualificação. Para ingressar na faculdade enfrentou o vestibular, para receber os títulos acadêmicos estudou com afinco e para dar aula na universidade passou em um concurso. Para chegar onde estava bastou uma indicação.

O cargo que ocupava era técnico, se não fosse o detalhe da proximidade do cofre da rica empresa, ele seria ignorado como milhares de pessoas que desempenham com zelo suas tarefas, sem jamais conhecer o lado obscuro da cidade; inacessível aos bem-intencionados.

O "detalhe" o tornou alvo dos que percorrem as áreas sombrias do poder prospectando burocratas vulneráveis aos seus encantos. Experientes, eles sabem que poucos têm a coragem de Odisseu e se protegem do canto das modernas sereias.

Utilizando sofisticadas técnicas de sedução, pessoas gentis foram cativando o jovem ex-professor; convidando-o para almoços, jantares, coquetéis, indicando-o para receber os mais variados convites e as mais diversas honrarias.

No futuro ele seria condecorado com algumas das dezenas de medalhas disponíveis para demonstrar prestígio, pagar favores, inflar egos e estimular vaidades.

Todos os que atingem os pináculos do poder são vaidosos, soberbos e presunçosos. Não há exceções. Alguns mais espertos escondem esses pecados sob o manto da modéstia, praticando mais um pecado: a dissimulação, que se opõe à virtude da humildade.

A troca de favores na capital é incessante, há muitos com algo a dar ou a receber.

Ao frequentar os salões percebeu que havia um mundo além do seu, e ele estava ao seu alcance. Chegou a imaginar que admiravam sua cultura diversificada, seus comentários interessantes sobre isso ou aquilo, ou mesmo qualidades que ele próprio desconhecia e que aquelas pessoas experientes enxergavam.

Alguns obstáculos se puseram à sua frente; não sabia como superá-los. Ele não conhecia nenhum general, embaixador, ministro, secretário de estado ou geral, governador, deputado, senador, prefeito, bispo, arcebispo e jornalista. Esses últimos na sua ignorância se dedicavam apenas ao ofício de bem informar e escrever as crônicas que lhe deleitavam; não que eles não existissem, existiam, mas confinados às redações, distantes dos salões, do mesmo modo que os funcionários que de fato trabalhavam.

Seu guarda-roupa era modesto, o habitual para quem dá aulas. Um terno, em geral o da formatura, quase sempre apertado, algumas camisas de mangas curtas feitas com tecido sintético e uma gravata de modas passadas, confeccionada de tudo menos seda.

Preparando-se para a vinda à capital comprou um terno azul-marinho sem se preocupar de qual pano era confeccionado, não detinha esse tipo de conhecimento, duas camisas sociais de algodão em mangas compridas, uma camisa branca de voal (estava na moda), uma gravata, sem se ater ao tecido, alguns lenços, meias e cuecas. Considerava o enxoval adequado à missão que desempenharia.

À primeira vista as barreiras sociais pareciam intransponíveis.

Pensou em pedir à sua mãe mais detalhes daquela história de um parente distante que havia adquirido no tempo do Império um título de barão, e a daquele tio-avô que comprara uma patente de coronel da Guarda Nacional.

Origens pobres ou humildes não podem ser citadas nos passos iniciais da carreira; não fica bem. Caso pessoas com déficit social de nascimento sejam bem-sucedidas, consigam superar os obstáculos e atinjam as culminâncias, a origem sem nobreza, a superação das dificuldades, passa a ser exaltada: "É uma figura extraordinária, veio do nada!"; "Nasceu no Piauí."; "A mãe era lavadeira."; "A família se originou de um padre abusando de uma paroquiana em Paracatu."; "Foi alfabetizado no Mobral."

As carências biográficas iniciais se transformam em méritos, cantados e contados para que todos os conheçam. As dos anônimos ou malsucedidos permanecem deméritos.

Não precisou recorrer a uma origem mais ilustre. O processo de cooptação foi rápido e eficiente. Virou alvo de mesuras e dos sutis métodos de condicionamento mental, aos quais não oferecia obstáculos. Entregava-se à lavagem cerebral sem qualquer resistência.

Ele não sabia que era uma presa ambicionada, um troféu a ser exibido e uma amizade a ser exposta. Os experientes cortesãos perceberam que sua ambição era política, a melhor para eles. Queria cargos cada vez mais elevados, não dinheiro; não precisariam dividir o butim.

Os lobistas diziam aos que os contratavam que o "custo político", a palavra propina jamais era mencionada, destinava-se a quem abriria portas e cofres às autoridades; eles ficariam apenas com uma pequena parte das comissões; mesmo que assim não fosse.

Do mesmo modo agiam os políticos e os gestores públicos, dizendo aos lobistas que a comissão não era para eles, tudo que receberiam seria destinado às obras de caridade, aos pobres, à distribuição de brinquedos e doces no Natal. As sobras seriam usadas em despesas eleitorais.

Era o único momento na vida da escandalosa cidade em que não havia qualquer espaço para ironias, gracejos, sarcasmos, sorrisos e sinais de descrença naquilo que era afirmado — eram conversas de pessoas sérias para pessoas sérias.

O invariável roteiro exige que todos acreditem em todos e em tudo. Assim se passa e nenhuma honra é maculada.

Pode parecer estranho, fruto de pensamentos alucinados ou de delírios, mas não, esta peça foi representada no passado, continua no presente e permanecerá em cartaz no futuro; é o mais imutável evento da humanidade, nele não há espaço para evolução ou involução, é impecável, dispensa aperfeiçoamentos.

Os anos passaram, a cidade cresceu, sua população triplicou, mas os hábitos e costumes permanecem imutáveis, e a encenação continua a mesma, com o mesmo enredo, mesmo cenário e os mesmos personagens, mudaram apenas os artistas e os figurinos. Em que pese o mau gosto da trama, são fortes os indícios que assim continuará por muitas gerações.

Se algum dia ela for ao palco de algum teatro exigirá cenário austero. No meio da cena haverá um enorme cofre, de um lado dele pessoas com incrível paciência e habilidade em conquistar simpatias, do outro lado políticos com tentáculos buscando cofres menores, cercados por seus apadrinhados ávidos em servir seus amos, enriquecê-los e ainda tirar algum para si.

O aforismo de Lorde Acton: "O poder corrompe e o poder absoluto corrompe absolutamente" era desconhecido pelo recém-introduzido nos círculos do poder. Passariam alguns anos até que ele compreendesse o que se passava nas entranhas da cidade.

As facilidades, os descontroles, a impressão de eternidades nos cargos ocupados, a cumplicidade das cortes de justiça, as fragilidades da natureza humana, criam condições para que sejam praticados atos que as pessoas comuns consideram descaminhos.

Nos centros de decisão, o poder se espalha para cima, para baixo e para os lados; da mais modesta repartição pública ao mais nobre gabinete, dos mais humildes servidores aos mais importantes hierarcas, todos têm condições de facilitar ou atrapalhar, ou seja, de exercitar o poder, que nada mais é do que a capacidade de premiar ou de punir.

Esquecer ser generoso com alguém no balcão onde são protocolados os documentos pode significar a perda de um contrato; ignorar o aparentemente desconectado despachante pode acarretar antipatia generalizada dentro do órgão público; achar que os que são bem remunerados dispensam agrados pode ser um erro fatal.

Depois de um longo aprendizado se descobre que nas repartições públicas todos são importantes. Não adiantam os acertos na cúpula se os que estão abaixo não forem recompensados pelos seus esforços.

Do mesmo modo, milhares de regras aparentemente absurdas têm sua razão de ser: produzir dificuldades a serem transformadas em facilidades.

Como um ator substituto, pouco familiarizado ao papel e com reduzida desenvoltura na arena, o recém-desembarcado na capital ia se adaptando à representação. Os mestres da corte, experientes pontos de cena, instruíam o iniciante como se apresentar, lembrando suas falas e entradas, indicando as roupas, as comidas e as bebidas apropriadas; ensinando como ouvir, falar, fazer expressões de atenção, inteligência, complacência, pesar, desprezo e perplexidade, sem que elas refletissem estados da alma.

Bom tempo era dedicado a transformar relações desconhecidas em amizades instantâneas, sólidas e indissolúveis. Nas conversas, buscavam vínculos através de remotos relacionamentos comuns, fatos vagamente associados, gostos semelhantes ou parentescos distantes.

Antão surpreendeu-se, quando um dia chegando a uma recepção viu à distância um desconhecido vindo em sua direção, abanando alegremente os braços, demonstrando satisfação em vê-lo. Não lembrava quem era. Impossível guardar todos os nomes e feições que tinha conhecido nas últimas semanas, mais gente que em toda a vida. Olhou e fez exatamente como seus discretos instrutores haviam ensinado.

Com alegria e desembaraço expressou grande felicidade em encontrá-lo, apesar de sequer saber seu nome: "Caríssimo, que bela surpresa vê-lo aqui!" Antes não empregava superlativos ao encontrar alguém; começava habituar-se a usá-los. Provavelmente nunca havia estado com pessoas ou situações superlativas — era isso.

Antão era mais preparado, estudioso, atento e bebia menos que os demais membros da corte; em pouco tempo superou os mestres. As portas foram se abrindo e amizades, no sentido local do termo, se ampliando.

Já conhecia generais, ministros, embaixadores, jornalistas, senadores, bispos, toda sorte de gente que valia a pena conhecer. Ousava chamar alguns pelo nome, não antecedido do título; ato impensável há pouco tempo. Os novos amigos o estimulavam às demonstrações de intimidade, assim era mais fácil se tornar confidente, conselheiro imprescindível a pessoas que até pouco tempo conseguiam viver sem saber de sua existência.

Impossível não se encantar. Sentia-se amado e eterno; lamentava o tempo perdido na pouco estimulante vida acadêmica, da qual tanto esperou e tão pouco recebeu.

Mesmo sendo difícil incluir Antão em alguma categoria comportamental, ideológica ou filosófica, pode-se afirmar que ele tendia ao ceticismo, talvez ao niilismo. Não poderia ser encarado como praticante de ceticismo filosófico ou científico, não, apenas duvidava de coisas difíceis de acreditar. Suas poucas certezas diminuíam a cada dia.

A passagem pela universidade abalara suas convicções sobre a transmissão do conhecimento e o avanço do saber em seu país; o colégio religioso havia lhe despertado dúvidas, induzido a reflexões e, por fim, o levado ao afastamento do sobrenatural, e, agora, perdia a confiança nos representantes do povo nas altas assembleias, nos governantes e nos juízes, em algum momento acabaria descrendo da própria humanidade.

A vida lhe ensinara olhar com incredulidade os que prometem se sacrificar por alguma causa ou praticar o bem a outros que não sejam os do seu convívio.

Compreendia a angústia, a sensação de abandono e desilusão pela qual Ivan passava. Enquanto ele caminhava nas largas e floridas alamedas do paraíso, seu amigo percorria os assombrados caminhos do purgatório, materializado no seu lugar de trabalho.

No encontro entre os dois não desperdiçaria tempo com reminiscências nem com narrativas dos gloriosos momentos que vivenciava. Tinha que falar de forma objetiva. Ouvir o brado de desespero do retornado e analisar o que se passava com a maior profundidade possível.

Mais tarde falaria sobre o seu momento. Reduziria um pouco a intensidade da narrativa para não humilhá-lo nem tornar inacreditável sua épica aventura. Deixaria as partes mais difíceis de serem aceitas para outras ocasiões.

No aeroporto foi recebido com aflição e alegria. O professor via no amigo um arcanjo portando mensagens de esperança. Sentia-se como se estivesse em um lugar sagrado buscando cura para seus males.

Sequer enxergava o habitual, diversificado e barulhento comércio que se desenvolvia no local onde os passageiros são recebidos e de onde ganham as ruas.

A abordagem dos mercadores, que o havia escandalizado na volta ao Rio de Janeiro, continuava lá: agressiva e ruidosa, mas ele não via nem ouvia nada ao seu redor, era como se estivesse em uma catedral, em silencioso ato de fé, aguardando o santo homem que vinha de Brasília.

A alegria foi recíproca, não se viam há quatro anos, mas nunca deixaram de trocar cartas. O recém-aportado voltou a si, saiu do estado de encantamento em que se encontrava e pensou: "Estudei aqui tantos anos e fiz um único amigo; na capital em curto período já fiz dezenas." Na estranha aritmética ele agora tinha uma enorme quantidade de amigos mais um.

Foram para um daqueles bares em Copacabana que frequentavam no tempo em que os dois viviam na antiga capital.

Lugar simples, correto, sem moscas, afastadas pelo álcool que os garçons, com panos mais sujos que limpos, passam sobre as mesas sempre que sai um consumidor e entra outro.

O ambiente era o mesmo: turistas com a pele muito branca, prostitutas, vendedores de quinquilharias, artistas com habilidades variadas, mães expondo bebês esquálidos, mendigos e garçons com idade imprópria ao exaustivo ir e vir pelo bar, carregando bandejas, cansados e sem esperança de receber boas gorjetas.

O cenário oferecido aos turistas lembrava o Pátio dos Milagres na Paris medieval, onde eram exibidos aos nobres, clérigos e burgueses o pior que a miséria pode produzir no caráter e no corpo dos seres humanos.

O bar não tinha a sofisticação dos ambientes agora frequentados na capital. Tomaram o chope de sempre com os prosaicos acompanhamentos. É fácil se adaptar ao luxo, mas o mundo anterior permanece intocado e é revisitado com satisfação.

Nos sofisticados restaurantes da metrópole há sempre um *maître* para estimular consumos caros, e no mais das vezes, desconhecidos, coisas saboreadas sem que se saiba o que é; não cabendo pedir algum esclarecimento para não passar por ignorante.

Deu para perceber que muitas horas de conversa decorreriam até chegarem a alguma conclusão, e estabelecerem o que deveria ser feito para que o professor encontrasse um rumo, achasse um lugar onde pudesse aplicar seus saberes com menos sacrifício e mais reconhecimento.

Na primeira fase do encontro, mais ou menos uma hora, os dois falaram ao mesmo tempo, aos brados, gesticulando, a ponto de um casal nórdico, calmo e polido como os personagens de Bergman, chegasse a comentar em inglês, o que se passava na mesa ao lado. Estranharam os dois monólogos ao mesmo tempo.

Marido e mulher imaginaram ser desse modo que os filhos da terra se comunicavam. Ignoravam os costumes do país onde estavam bebendo sua cerveja, enquanto davam moedas e restos de comida aos pedintes, imaginavam que no passado havia sido uma colônia italiana; a frenética gesticulação transmitia a eles a certeza que era isso que historicamente se passara.

No segundo momento, um pouco cansados, reduziram o tom e o ritmo da conversa, essa fase seria menos ruidosa, mais lenta, com cada um tentando falar ao seu tempo. O casal já havia ido embora, senão haveria mais espaços para suas teses sobre comportamento daquele povo que falava uma língua tão incompreensível quanto o húngaro.

Cada um repetiu seus êxitos; desnecessário, a intensa correspondência trocada entre eles impedia que aquela etapa do encontro acrescentasse alguma novidade.

Nas cartas faltavam a entonação, a gesticulação e o mudar das feições para tornar mais clara a narrativa. Poderiam ter esquecido alguma proeza. Esse era o momento para desvendar tudo e aperfeiçoar o conhecimento que um tinha do outro.

Por fim, com sono e ideias embotadas pelos abusos alimentares cometidos, pediram a conta. O prudente professor conferiu item por item, não questionou o valor apresentado.

Ficaram horrorizados com a enormidade de batatas fritas e de chopes consumidos. Ivan só retomou a calma quando o amigo lembrou que aquele era um momento excepcional. Amanhã, no prosseguimento do agora interrompido, seriam mais econômicos em despesas e conversas. Iriam a um bar na rua de trás, sem vista para o mar, conversariam com mais calma e objetividade.

No segundo e último dia de encontros teriam que concluir alguma coisa, senão, do ponto de vista prático, a viagem perderia o sentido; um retornaria à sua vida de encantamentos e o outro mergulharia em um abismo, sem possibilidade de dias melhores. Perderia a última esperança de ver seu túnel iluminado. O conselheiro partiria sem que tivesse estabelecido um norte.

"Agora só você fala e eu ouvirei." Disse Ivan. "Dúvidas e questionamentos, tirarei ao final." Retrucou Antão. Procedeu como fazia no passado com seus alunos, para estabelecer a disciplina e aumentar o rendimento da aula.

Foi considerada superada a questão dos dois anos estabelecidos como pagamento à universidade. De modo sucinto e ordenado, Antão falou sobre o saber do interlocutor, teceu desanimadoras considerações sobre seus trinta anos de idade: "Idade elevada para ingressar no mercado de trabalho." Traçou um cenário desagradável caso ele continuasse onde estava e outro animador se partisse em busca de aventuras.

Seguiu falando de forma pausada, evitando comer ou beber para não perturbar os pensamentos; finalmente, em tom professoral, disse: "Não se preocupe, dentro de um ano você irá a uma empresa que busca executivos, a um *headhunter*, e encontrará colocação em uma multinacional; na menor delas ganhará cinco vezes mais do que recebe para dar aulas."

Apesar da distância temporal que faltava para abandonar seus sonhos acadêmicos, o ouvinte ficou um tanto perturbado. Procurou não deixar transparecer qualquer fragilidade em suas convicções.

O conselheiro, seguro de si e de seus feitos o desprezaria caso percebesse algum receio, algum medo em abandonar um lugar que lhe trazia tantos incômodos, mas lhe dava segurança. Enquanto o amigo retornava à capital, Ivan começava a relembrar a conversa, detalhá-la mentalmente. Buscava mais as impossibilidades que as possibilidades. No fundo desejava que tudo desse errado e que ele permanecesse onde estava até se aposentar. Não teria culpa, não poderia ser chamado de acomodado e atenderia os requisitos mais profundos de sua alma. O amigo o compreenderia: "Paciência, fizemos de tudo, mas a questão da idade se tornou obstáculo intransponível."

Chegando desanimado à universidade, ouviu o brado de boas-vindas: "Doutor, deixa solto". Obedeceu à ordem do guarda-dor. Cabisbaixo, não respondeu à saudação, subiu as escadas lamentando a falta de elevador.

A secretária o viu e foi inevitável observar: "Você está com uma aparência lamentável. O que houve?"

Não respondeu. Desatento não ouviu nem o comentário nem a pergunta. Continuou caminhando com o olhar fixo no piso de azulejos rachados, soltos e encardidos, chegou à sua sala sem janelas, ar-condicionado ou ventilador, ocupou seu quadrilátero limpo, sem poeira, sentou-se, abriu um livro de capa dura com aparência importante e ficou olhando para a parede.

Assim passou o dia. Ninguém o incomodou, afinal voltou esquisitão da América. Estaria apenas em um momento de reflexão criativa, pensaram.

Nesse dia não sentiu orgulho de suas habilidades na faxina semanal de seu pequeno espaço.

Saiu mais cedo. Sentia-se confuso. Sua natureza clamava pelo imobilismo, o bom senso por aventura. Saberia que a decisão seria sofrida, mas dela não fugiria, sairia dali e enfrentaria as incertezas da vida.

Não ficou nem mais calmo nem mais intranquilo com a decisão de Antão, que, seguindo uma lógica impositiva, não deixou alternativas ao professor.

Contou o que se passava à única pessoa capaz de acalmá-lo em momento tão difícil; ela ouviu tudo em silêncio. Evitando ser óbvia ou piegas, recomendou entregar-se ao destino, jogar fora a bússola e se deixar levar pelos ventos.

Pela manhã, a secretária, confidente e conselheira, levantou mais cedo do que ele; trouxe o café na cama, abriu as cortinas, deixou entrar o sol e se aninhou ao seu lado. Sentia-se tranquilo.

Ante o narrado, não é complicado se colocar no lugar do professor e sentir toda a sua aflição. Por menos que ele esperasse, a visita do amigo produzira efeito contrário ao desejado. Não o culpava. Foi ele quem pediu conselhos, orientações e alternativas a seguir, mas o que ouviu apenas o lançou em um labirinto de dúvidas.

A certeza de que a mudança era necessária para produzir bem-estar profissional e mental se transformou em incerteza. Estava com aquela impressão que sentimos quando alguma coisa indesejável se aproxima; anunciada por sensações e presságios que antecedem os piores eventos.

Iniciara-se um dramático conflito entre o que era e o que deveria ser; situação, à primeira vista, inexplicável. Implorara pela vinda do amigo, o apelo foi atendido, conversaram e concluíram coisas importantes.

Deixara a mesa do bar cheio de coragem, disposto a queimar navios, atravessar o Rubicão; nunca se sentiu tão audacioso. Bastou o despertar do subconsciente, se manifestando através de sonhos, nem poderiam ser considerados pesadelos, para seu mundo virar de ponta cabeça.

A sugestão racional do conselheiro desconsiderou que poucos rompem as barreiras impostas por irremovíveis neuroses escondidas no subconsciente. Medos paralisantes que despertam sem aparente razão, ansiedades que aparecem com o simples mencionar de uma hipótese ou de uma palavra, neuroses que se enfrentadas com coragem podem ser superadas por momentos, mas acompanharão Ivan ou qualquer outro aonde eles forem, são indestrutíveis.

As mudanças de Antão eram igualmente sofridas e agora ele queria que o amigo abandonasse o berço protetor do serviço público e se lançasse no desconhecido.

Ivan pensou em telefonar a Antão, queria falar de suas angústias, mas recuou. O que ele pensaria? Iria considerá-lo um desprezível indeciso. Sentia-se o último dos homens. Pensou possuir duas personalidades: uma ousada e outra acovardada, uma temia a outra; e ao contrário do comum nesses episódios, uma sabia da existência da outra.

Antão estava seguro que a orientação seria de imensa utilidade, que ajudaria o amigo a adotar a melhor solução para seus problemas.

E ele estaria satisfeito com seu deslumbrante mundo? A viagem, o breve retorno à realidade, produziu inquietações sobre a sua adaptação ou não aos novos convívios.

Foi assolado por questionamentos do tipo: será que gastaria o resto de sua vida conhecendo pessoas estranhas e montando uma rede de relacionamentos imbatível? Passaria a pensar e agir como eles? Trocaria para sempre suas leituras por aquela infindável sucessão de reuniões sociais? Dúvidas válidas.

Manter-se-ia à tona ou sucumbiria no anonimato? A escolha era sua.

O retrato que fez de si para si em futuro próximo era de alguém parecido com os novos amigos. Imaginou-se com os cabelos pintados com a cor do momento, com um sorriso debochado falando dos últimos esquemas e cambalachos. Sentiu medo, ficou ansioso; de repente seu mundo maravilhoso parecia desmoronar.

Caso a sua alma pudesse ser refletida no espelho, ao se defrontar com sua imagem veria um canalha disposto a tudo para galgar mais um degrau, pronto a participar de negócios escusos e de pactos imorais; justificando o que fazia como essencial para poder praticar o bem comum. Na política a imoralidade antecede a moralidade.

Não gostou do que enxergou no imaginário espelho. De modo algum queria parecer com aquelas pessoas.

Havia ido ao encontro de aconselhamento pleno de certezas e retornava cheio de dúvidas. Para ele, como para o professor, a breve excursão aos tempos remotos trouxe a lembrança dos valores e sonhos do passado, acarretando profundo desequilíbrio.

Antão estabeleceu uma espécie de teorema que precisaria ser demonstrado: ambos estavam a um passo de irreversível desventura e seu mal estava associado, não de forma perfeitamente clara, ao abandono dos referenciais do passado. Algo perturbador se passava em seus inconscientes.

Por mais que os dois quisessem negar, suas crenças mais enraizadas estavam voltadas para o mundo acadêmico, aos méritos conquistados com sacrifício, senão não procurariam fazer os mais difíceis cursos e obter os mais cobiçados títulos, teriam concluído suas graduações e partiriam para o mercado de trabalho. Mas não, escolheram continuar estudando, recebendo pobres e inseguras bolsas de estudo.

Aos olhos dos antigos colegas de faculdade parecia que fugiam de responsabilidades maiores, queriam ser estudantes por toda a vida.

Eles não pensavam assim, por isso buscavam algo escasso no país: uma vida universitária produtiva e respeitável como a dos países de origem inglesa.

Esse modo de ser acarretara forte condicionamento. A proximidade com uma realidade contrária a seus sonhos dava indicações de que aquele não era o caminho da felicidade. Perseguiam uma miragem. O bom senso determinava mudança de direção enquanto houvesse tempo.

As incertezas eram causadas por conflitos entre o passado e o presente; entre os interesses imediatos e os valores mais profundos; entre a ousadia e a prudência.

O passado estava aderido à epiderme e à alma, não poderia ser removido como a sujeira é removida pelo banho.

Antão começava a enxergar o que no início da jornada não queria ver: a névoa inebriante que o envolvera e o cegara era falsa, ela impedia uma compreensão mais aguçada do que se passava à sua volta.

No momento os dois queriam e não queriam. Encontravam-se na encruzilhada comum aos que pensam demais ou possuem os genes da indecisão.

Eram momentos de predomínio dos questionamentos, das dúvidas e incertezas, não apenas em relação ao que fazer, mas também no que acreditar e no que aceitar como falso ou verdadeiro. Dúvidas que em outros impulsionaram o desenvolvimento da humanidade. Neles produziam apenas angústias e noites povoadas por pesadelos.

Mesmo incrédulos das verdades estabelecidas não queriam encarar perigos que outros enfrentaram. Pessoas que, mesmo correndo o risco de praticarem heresias e serem queimadas em fogueiras, questionaram o inquestionável, afrontaram dogmas e fizeram a humanidade avançar.

A ambição deles era menor: apenas encontrar um ponto de equilíbrio e nele se acomodar.

Os dois personagens sofriam. Seus estados de espírito não acarretavam nenhum progresso para eles ou para a humanidade, apenas produziam pensamentos incômodos que faziam a vida perder todo o sentido — o que inevitavelmente os conduzia à maldita ideia de encerrar suas existências antes da hora programada por Deus ou por suas naturezas.

Gostavam de trocar ideias sobre essa solução, não que quisessem ferir as leis do Criador e dos homens. Não pretendiam filosofar sobre o tema, não era isso, queriam apenas ver se existia uma saída para suas dificuldades quando as considerassem intransponíveis.

Eles ainda não tinham ideia do perigo representado pela alteração de situações estabelecidas desde o nascimento, a partir de quando passaram a seguir parâmetros comuns a todos os humanos e à sua ancestralidade grupal.

O amigo-aconselhador, no retorno ao reino das maravilhas passou a olhar os envolventes personagens recém-conhecidos com suspeita. Começou a duvidar de seus talentos, a questionar suas proezas, o mérito do que escreviam e a sinceridade de suas amizades. Até o valor de seus nomes ilustres lhe trouxeram dúvidas.

Nesse momento de incredulidade questionava: "Será que o ancestral tinha de fato praticado atos dignos de memória ou teria sido embusteiro bem-sucedido?" O parente general havia sido promovido por burocrática antiguidade ou por glórias em campos de batalha? O tio diplomata chegara a embaixador por obra de humilhantes pedidos ou pelo seu inquestionável talento? O cargo de ministro do avô não teria resultado de alguma vergonhosa barganha entre partidos políticos? A bisavó baronesa não teria sido uma mera camareira da imperatriz?

Onde todos elogiam a todos, exaltam obras não lidas e engrandecem feitos inexistentes é muito difícil separar o falso do verdadeiro. Observou que as narrativas de feitos prosaicos iam se tornando épicas a cada vez que eram contadas, quando consideradas perfeitas, irretocáveis, eram repetidas nessa última versão para que nelas fossem imortalizadas pelos biógrafos.

O exagero no seu modo de pensar era tal que começou a rejeitar suas dúvidas. Considerou-as exageradas, frutos de sua inexperiência. Passou a buscar apoio na suposição inicial: todas as pessoas de valor do país haviam migrado para o árido planalto.

Mesmo assim deixou de comparecer a festas, homenagens, datas cívicas de países que nem sabia que existiam, missas fúnebres para defuntos desconhecidos, batizados e aniversários de filhos e netos dos lobistas; chegou ao ponto de duvidar que aquelas crianças fossem seus filhos ou netos, achou que faziam parte do cenário, alugadas para mostrar que o anfitrião era um zeloso chefe de família.

Basta esse último pensamento para constatar que sua mente estava perturbada.

O seu comportamento antissocial foi atribuído à dedicação exagerada ao trabalho.

Passou a considerar de elevado risco e alta imprudência sua rápida introdução entre os notáveis do lugar, a brusca mudança de hábitos, costumes e comidas, a constatação de que se vestia de modo inadequado e que seus relacionamentos de toda a vida teriam que ser substituídos pelos novos, e, por fim, que além da mudança para aquela terra de oportunidades todo o seu passado estava errado.

Os dois amigos passaram a se encontrar com mais assiduidade, a se falar com mais frequência. Não havia mais um ensinando e outro aprendendo. Apenas buscavam apoio mútuo. Evitavam assuntos perturbadores, predominava o instinto de sobrevivência, no caso a preservação de suas sanidades mentais.

O professor tinha conseguido adquirir o tão esperado telefone. Pararam de trocar cartas.

Os anos se sucediam e cada um continuava acomodado no seu lugar. Os efeitos negativos do descondicionamento, as dúvidas e os pensamentos mórbidos passaram a se alternar com a aceitação do que faziam.

Não eram completamente desafortunados. Mesmo se equilibrando de modo instável entre sentimentos pendulares, sem jamais atingir o almejado ponto de equilíbrio, não podiam se queixar da vida que levavam.

Cada um estava onde de fato queria estar e tratava de se acostumar. Passaram a ver que as coisas não eram tão desagradáveis como pensavam no início dos questionamentos. Conformaram-se.

Comportavam-se como os párias indianos, aceitando não ser nada além da poeira pisada por Brahma. Escondendo as revoltas interiores e todos os males que elas causam ao corpo e ao espírito.

É claro que a acomodação aos fatos se devia ao instinto atávico de sobrevivência; a qualquer momento ele poderia ser vencido pelos desequilíbrios da mente, escondidos, mas não mortos.

Na universidade tudo permanecia como naquele distante dia do retorno de Ivan.

O departamento continuava inteiramente voltado a coadjuvar o diretor nos seus planos revolucionários para aplicá-los tão logo acabasse a ditadura militar.

A chefe bebia menos, exigência médica para melhorar a tonalidade amarela esverdeada de sua pele; a secretária aceitava resignada ser amante entre o fim de uma e o começo de outra paixão do professor Ivan.

O desinteresse dos estudantes por suas aulas o poupava de corrigir maços de provas, aliás, não dava mais provas, mandava os alunos lerem alguma coisa, promovia pequenos seminários em função dos quais obtinham suas notas, todas altas, para que não o incomodassem com pedidos de revisão baseados em argumentos ofensivos à inteligência do mestre.

O guardador do estacionamento se tornou apontador do jogo do bicho e ele seu cliente: "Professor, hoje é treze, não fuja da sorte!" "Sonhei com a vaca, bota dez cruzeiros nela."

A adaptação era total. Evitava visitar os departamentos mais produtivos. Podia se sentir inútil, questionar seu modo de vida e recomeçar o processo de agressão aos seus condicionamentos.

Foram-se o primeiro e o segundo ano e com eles o estabelecido para a alforria. Ignorou a passagem do tempo, não falava mais em sair de onde estava, mas a dúvida persistia.

Para eliminar de vez todos os questionamentos, a secretária convenceu Ivan a consultar uma astróloga de prestígio, disse que ela atendia os mais importantes políticos e artistas. Jurando que manteria isso em segredo, que Antão jamais saberia desse feito,

Ivan, passando por cima de sua racionalidade, foi ver o que o futuro lhe reservava.

Entraram na sala decorada com gnomos, cristais, símbolos de religiões orientais, perfumada por incenso, e, durante uma hora, a astróloga, debruçada sobre o mapa astral do cliente, falou de um futuro sem decepções, tudo transcorreria de acordo com o esperado, sem traumas ou mudanças desequilibradoras. O que viesse viria para o seu bem. Valeu a pena. Ivan saiu renovado. O efeito da consulta foi benéfico e duradouro. Ao mais leve sinal de ansiedade ele abria o mapa, relia as anotações da consulente e recobrava o equilíbrio. O conselho da secretária valeu a pena. Perguntou se ela fazia esse tipo de consulta. "Há anos que venho aqui. Me faz bem." "Ela sempre acerta?" "Na maioria das vezes sim." "O que ela tem lhe dito?" Fazendo um ar de amuo, parecendo uma adolescente, ficou com o rosto vermelho. "É segredo." "Não há segredos entre nós. Conta." A intimidade contida na frase: "Não há segredos entre nós." lhe deu uma ideia de cumplicidade que ela ainda não havia percebido. "Ela disse que casarei com um homem alto, bonito e inteligente, ainda que um pouco esquisito." Ivan entendeu e nada mais falou.

Os seus dias corriam com tranquilidade, compreendia melhor o ambiente e o aceitava. Os dois lados faziam concessões. Ivan assinava alguns manifestos das centenas que passavam a sua frente, evitava os mais perigosos, poderia ser preso, interrogado, torturado, perguntado sobre qual aparelho ou facção pertencia. Tinha medo de sumir como aconteceu com um colega mais exaltado.

Apoiava todos que eram contra o império norte-americano, não desagradava ninguém, o governo também não via com bons olhos as opiniões liberais vindas de lá. Os colegas consideravam essa atitude um avanço.

Chegou da América impermeável ao ensinamento de Lênin, aceito por muitos de seus colegas, que se esforçavam para que ele o compreendesse: "O desenvolvimento da produção não está subordinado ao princípio da concorrência e dos lucros capitalistas, mas da planificação e da elevação material e cultural dos trabalhadores."

Caminhava por horas pensando no dogma de Vladimir Uliánov. Como não tinha enxergado antes? O governo planejaria nos mínimos detalhes a economia e a riqueza brotaria como a água das fontes.

As diferenças mentais, espirituais e físicas entre as pessoas desapareceriam. As ambições individuais que acompanharam os humanos ao longo de toda sua jornada seriam substituídas pelos sonhos coletivos. O egoísmo daria lugar ao altruísmo. Os sociopatas deixariam de existir.

Esforçava-se para descobrir alguma lógica nesse pensamento, não conseguia compreendê-lo, ainda que todos à sua volta vissem nele a mais pura expressão da verdade, ele não conseguia compreender como algo tão simples não entrava na sua cabeça.

Abordando o assunto com Antão, ele simplesmente disse: "Você não compreende por que ele não tem pé nem cabeça. Lembre-se, não polemize, concorde com os outros e elogie a genialidade do ensinamento." Assim Ivan procedeu e não provocou rejeições ao seu estranho modo de ser.

Lentamente ele estava sendo cooptado. Chegavam a comentar: "Como é fácil arregimentar um intelectual, o difícil é atrair operários."

À medida que ia se integrando ao grupo recebia alguns benefícios. Ganhou uma pequena sala individual com vista para o canal e o depósito de lixo, uma escrivaninha nova, uma cadeira adicional, para acomodar improváveis visitantes, e até um telefone, mais um símbolo de prestígio que um útil instrumento de comunicação. O Centro de Ensino e Pesquisas possuía três linhas externas: uma para o diretor e duas para atender uma centena de ramais.

Por outro lado, Antão passou a conhecer pessoas que valiam a pena. Descobriu que embora os calhordas fossem majoritários, existia no governo gente que pensava no país, como havia jornalistas isentos, não engajados em causas exóticas ou negócios escusos, e políticos bem-intencionados, ainda que em número reduzidíssimo.

Aprendeu a identificar e a se desvencilhar daqueles seres envolventes que o cercaram no primeiro momento. A vida se tornou suportável, até mesmo agradável.

O amigo se acomodava e ele aceitava bem a cidade e seus personagens; não falava mais em abandoná-la.

Os anos passaram, e não foram poucos. O país foi abalado por acontecimentos variados, alguns bons, outros perversos. As crises se ampliavam e se sucediam. As atrapalhadas tentativas de controlá-las produziam novas crises, todas associadas a uma crescente degradação da gestão pública com maus reflexos sobre todos. Uma maldição se abateu sobre a nação: os piores passaram a governá-la; não chegava ser novidade, mas agora havia ido longe demais.

A inflação corroía os salários, produzia insegurança, aumentava o número de pobres, dificultava o controle das contas pessoais e públicas. O que no começo do ano valia milhares no final custava milhões. Lobistas, políticos e prostitutas só aceitavam pagamentos em dólares.

Muitas pessoas preparadas faziam tudo para bem servir os donos do poder. Para garantir seus empregos e contratos davam respaldo às asneiras praticadas, mesmo ferindo a lógica elogiavam decisões incoerentes com o seu saber.

As inquietações dos dois retornaram; consideraram urgente uma conversa, como aquela que tiveram no passado. Decidiram por uma nova rodada de confabulações no mesmo lugar da anterior, o bar em Copacabana, o primeiro, à beira-mar.

O atual descontentamento não era proveniente de desagrados individuais, era mais amplo.

Antão levava uma vida mais ou menos parecida com a anterior à mudança para a capital, mais voltada para seu trabalho e seus gostos do que para o intenso convívio social dos primeiros anos.

O acadêmico se divertia contando os urubus que sobrevoavam o enorme depósito de lixo que via pela janela. Não tinha muito o quê fazer, para evitar contagiar os alunos com suas ideias, dava um curso por ano e assim mesmo facultativo.

Às vezes voltava seu olhar para o diploma que trouxera da América do Norte, dependurado em uma parede de sua salinha, tirava o pó do vidro e da moldura, lia o que estava escrito em latim e ficava por minutos, em pé, olhando para ele e pensando sabe-se lá o quê.

O professor ouvia assertivas que em situações normais não deveriam ser ditas em locais de difusão do saber. Era como falar indecências na frente das crianças no jardim de infância.

Antão escutava os disparates ditos em função de interesses escusos, ignorância ou dogmas de fé.

Nos mais trágicos momentos da história dos povos, as piores pessoas afloram e passam a conduzir o destino de milhões, que as aceitam por não terem capacidade de avaliar o que está se passando, por acomodação ou por se sentirem impotentes para enfrentar o mal.

São momentos em que o campo fica mais aberto que em outras ocasiões aos incompetentes e aos aventureiros, não esquecendo que ele sempre está à disposição dos loucos.

O bom é que o sólido vai se desfazendo no ar e abrindo espaço à racionalidade, se não fosse esse fato, constatado por Marx, a humanidade já teria voltado às cavernas.

Os dois infelizes amigos, membros de um reduzido grupo capaz de avaliar o que se passava, e como ficaria mais adiante, tinham urgência em buscar um rumo para suas inúteis existências.

Tomaram uma decisão: abandonar o serviço público e procurar uma ocupação no setor privado.

Premidos pela situação limite, não questionaram muito a passagem de um lugar para outro, não pensaram muito, sequer trocaram ideias sobre se o que buscavam seria mais instigante que a situação atual, ou se enfrentariam outra sorte de imperfeições.

Em pouco tempo estavam colocados. O professor na grande multinacional e o amigo em empresa do seu ramo de conhecimento, onde pensava encontrar um ambiente estimulante e criativo.

Sabiam que não tinham muito espaço para errar. A idade e o passado acadêmico levantavam suspeita sobre suas capacidades, precisavam superá-las. Se falhassem restaria apenas dar aulas em universidades de segunda linha. Com coragem seguiram perigosos caminhos sem volta.

Roger Martin acordou sentindo-se melhor que no dia anterior, o da notícia da transferência para Moscou. Apesar de tudo dormira bem e livrara-se do desconforto intestinal provocado pela longa e torturante viagem.

Vestiu-se para uma caminhada sem destino definido. Queria apenas caminhar e pensar no que estava se passando com ele. Colocou uma camisa de mangas curtas, bastante amassada, não se preocupou com isso, primeiro por que não viu necessidade de passá-la a ferro, segundo porque lhe pareceu claro que o hotel, quase uma pensão, não oferecia esse serviço. Vestiu a calça do terno de lã, a única disponível, peça cara e bem-feita, mas imprópria ao passeio. O dia ensolarado, quente, traria desconforto às suas pernas.

Na rua, olhou à frente, viu a cidade; iria até onde seus pés permitissem. Estava na crista do que em épocas remotas fora o cume de uma colina. À sua esquerda descia uma ladeira; indo por ela passaria por um comércio de tecidos e de tapeçarias de mau gosto, e chegaria a uma estação de metrô. O conjunto formado pelas lojas e a estação era de feiura e vulgaridade incompatível com a majestade do restante que sua vista alcançava. Resolveu não andar por ali.

Foi dominado por um pensamento preocupante: no passado, o terceiro mundo se encontrava além-mar, no presente estava a quarenta minutos de ônibus dos Champs-Élysées. Pressentiu que a cada dia estaria mais próximo.

Varreu esse intruso modo de pensar e resolveu descer a colina pelo lado direito — bonito, com pequenas casas bem cuidadas e muros cobertos por trepadeiras.

Tomou uma viela estreita, pavimentada com paralelepípedos e cercada de prédios pequenos, formando um conjunto agradável à vista; causavam a impressão que ali o tempo não passara. Observava tudo como antes jamais tinha feito. Não era um *flâneur*. Nunca caminhara sem rumo, sem horários, sem compromissos na cidade que mais se presta a isso em todo o mundo.

Prosseguiu por uma ladeira menos estreita cercada de lojas modestas, mas interessantes. Olhava as pequenas vitrines arrumadas para expor o máximo do singelo estoque, o reduzido espaço era usado do melhor modo possível.

Misturados se acomodavam pentes, frascos de loções artesanais, escovas, artigos de maquilagem, graxas para sapatos, gravatas; não poderiam perder clientes por não exibir o que dispunham.

Chegou ao final da descida, dobrou instintivamente para a esquerda, dava para ver entre ônibus e carros que se deslocavam devagar que os prédios e as lojas eram mais interessantes nessa direção.

Caminhava sentindo-se bem-disposto. Superara, pelo menos por enquanto, a humilhação sofrida na tarde anterior.

O temor da demissão fizera com que rapidamente se acomodasse à ideia de morar em Moscou. Eliminada a pior opção a que sobra se torna aceitável, suportável, mesmo que não seja.

Sabia pouquíssimo sobre a cidade onde viveria e praticamente nada da história russa. Lembrava vagamente das dificuldades impostas a Napoleão. O imperador sofreu uma derrota gloriosa, como são de resto as derrotas francesas, devido ao insano plano de conquistar lugar tão distante e frio com milhares de homens se deslocando a cavalo e a pé.

Caminhava olhando para todos os lados, encantado como um turista recém-chegado, se bem que mesmo para quem lá foi dezenas de vezes a cidade sempre surpreende, encanta, apaixona aos que por ela se deixam envolver.

Roger Martin, em trânsito do trópico para as estepes siberianas, na verdade era um visitante de primeira viagem, jamais vira ou sentira Paris como agora. Morou lá por tantos anos e nunca a observou como fazia nesse momento.

O tempo que nela vivera fora gasto no metrô, em limusines, nos gabinetes, em reuniões, em bajulações e refeições de trabalho. Jamais reservara algum tempo para senti-la. Não a via nem da janela escura do carro, sentado no banco de trás, procurando nos jornais e nas resenhas notícias que lhe dissessem respeito, mesmo que remotamente.

A cidade tinha para ele apenas sentido utilitário. Nela estavam os políticos, o governo, as grandes empresas e autarquias públicas, as possibilidades de ganhar prestígio e conhecer esquemas que poderiam favorecê-lo.

Nunca perdera tempo com amores por pessoas ou por cidades. Casara-se e tivera filhos apenas para afastar maledicências que poderiam prejudicar sua carreira.

As cidades só podem ser amadas e sentidas por quem se dispõe a percorrê-las a pé, olhando suas calçadas, lojas, cafés, bares, *clochards* e vendo as pessoas indo e vindo. Exercício impossível aos indiferentes ao belo, como o ex-presidente da desimportante subsidiária.

Ser útil a aventureiros e ambiciosos torna a cidade de dois mil anos parecida com a jovem capital de vinte e poucos anos que acolheu Antão. As sedes de poder contaminam as paisagens que as abrigam, do Vaticano a mais corrupta capital do mais miserável país do mundo.

Ainda bem que aquilo que não deve ser visto pelos turistas e pelos moradores se passa a portas fechadas. Nem sempre expurgados dos aspectos mais repugnantes ao cidadão comum, atos escandalosos praticados durante o dia são transmitidos à noite, em horário nobre, pelos noticiários televisivos.

Não se sentia cansado nem aborrecido com o suor que escorria por suas pernas, apenas os pés incomodavam um pouco, acostumados aos curtos percursos sobre os confortáveis tapetes dos corredores do poder estranhavam o piso duro das ruas.

O panorama ia mudando; as lojinhas tinham ficado para trás. Roger, agora, transitava por larga avenida cercada de comércio suntuoso.

Passou pelos grandes magazines, não entrou. O comércio de rua, parecia uma mera extensão das duas magníficas lojas. Observou os quiosques das gravatas baratas, neles comprava lembranças aos homens públicos do país sob sua jurisdição. Quando as oferecia dava duas informações essenciais: "são de seda" e "comprei em Paris", valorizando, assim, o modesto presente.

Tomou, à sua esquerda, uma longa rua em diagonal. Era mais comprida que imaginara quando nela entrou, fez o percurso com algum cansaço. Ao contrário da maioria dos caminhos, esse foi ficando mais estreito, não lhe ocorreu que começara pelo final e se encaminhava para o começo, que em épocas antigas ficava dentro dos muros da cidade.

Desembocou no centro do mundo, na Avenue des Champs-Élysées. Parecia vê-la pela primeira vez. Sempre que passava por ali era para ir a um encontro de negócios ou para comprar um presente para agradar alguém, caminhava a passos rápidos, olhando para o chão, entregue aos seus censuráveis pensamentos; não podia perder tempo com devaneios.

Procurou um bistrô, se acomodou numa mesa na calçada. Estava com fome, pediu um café, uma água mineral com gás e um *croque-monsieur*. Não pensava em nada a não ser naquele momento de encantamento, que sempre esteve ao seu alcance e foi ignorado em virtude de suas obscenas prioridades.

Ficou sentado por uma hora. Olhava tudo e todos; nem os mendigos e ciganos do leste europeu perturbavam seu bem-estar. Não foi incomodado pelo garçom, como seria nos melhores bares e restaurantes do terceiro mundo. Repetiu o gesto do café da manhã: com a ponta do dedo indicador catou as migalhas de pão caídas sobre a mesa, uma maneira de prolongar sua permanência dando a impressão para si que fazia alguma coisa.

Pediu a conta, pagou e se levantou. As pernas doíam, nunca havia caminhado tanto. Criou coragem, de modo algum queria interromper aquele momento, e com alguma dificuldade subiu a avenida. Chegou ao Arco do Triunfo, majestoso, imortalizando glórias passadas.

Queria ir até o Trocadero ver a Torre Eiffel e tudo mais que havia ao seu redor.

Não sabia como atravessar aquelas avenidas convergentes à praça Charles de Gaulle. O tráfico intenso impedia de cruzá-las em segurança. Observou os outros pedestres, caminhou para a direita atravessando cada uma das avenidas no local apropriado, passou por uma, por outra, quando, para sua surpresa, viu que estava na rua onde se encontrava a matriz de sua empresa, onde há menos de vinte quatro horas, fora desqualificado, humilhado e removido para onde não queria ir.

A lembrança do abominável encontro não lhe fez bem. Parou de andar, o coração palpitou acelerado, o ar lhe faltou, sentia-se pior do que no dia anterior. Apoiou a mão direita sobre uma árvore; levemente inclinado, esperou passar os sintomas mais agudos da crise de pânico.

Ficou imóvel por alguns instantes. A lembrança da cruel reunião o deixou bastante perturbado. A caminhada lhe despertara para um mundo que ia além daquela empresa, que oferecia coisas melhores e mais dignas de serem vivenciadas; de repente, a leitura de uma placa presa à parede de uma casa, com o nome de uma rua, teve o poder de quebrar todo o encanto da manhã e jogá-lo em profundezas infernais.

Roger Martin sentia-se lançado no reino das trevas. Suas astúcias e artimanhas foram descobertas e amaldiçoadas pelo seu presidente, do mesmo modo que Zeus amaldiçoou o embusteiro Sísifo, que o ofendeu com suas trapaças.

O deus grego ordenou que a própria Morte conduzisse o trapaceiro à dolorosa punição eterna. O dirigente maior da empresa global, com as limitações de um mortal, puniu seu relapso funcionário com o mesmo rigor que Zeus.

Resta saber se Roger Martin enganaria os deuses como Sísifo e se evadiria do inferno gelado para onde fora remetido.

A lembrança de que ali perto, na empresa, é que estava a sua realidade, seu salário, os grilhões que o prendiam à segurança, o seu condicionamento, o deixou em um desagradável estado de espírito.

Passados alguns minutos, respirou fundo e resolveu enfrentar o assustador *boulevard*, afinal no dia seguinte teria que ir ali acertar sua transferência para Moscou. Buscou conforto imaginando que era livre para pedir demissão ou continuar no emprego: o seu destino lhe pertencia. Ideia tão falsa que não ocupou seus pensamentos mais que alguns segundos. A vida dele, como a dos outros, pertence a alguém, é ilusão imaginar o contrário. Auguste Comte foi mais longe: "Os vivos são sempre e cada vez mais necessariamente governados pelos mortos." Governados por vivos e por mortos, esse é o trágico destino dos homens.

O leitor deve lembrar que os outros dois outros personagens também sofreram dessa ilusão: imaginar que tinham liberdade de escolha. O destino dos empregados pertence aos patrões.

Mesmo tentado se acalmar sabia não ter como evitar a maldita rua nem o imponente prédio com sua gente mesquinha e desagradável, se divertindo com chacotas em torno de sua patética figura e de seu paupérrimo currículo.

A partir daí a caminhada perdeu a graça, era como se estivesse indo para o patíbulo. Deslocava-se como antigamente, não olhava para nada a não ser a calçada onde pisava. Chegou exausto ao término da jornada; não viu torre alguma, como era a intenção. Entrou em um táxi, deu o endereço do hotel, não falou com o motorista nem se ateve ao que passava.

Chegando ao destino pegou a chave na portaria, subiu apressado para o seu quarto; deitou, ficou olhando para a janela aberta, como se buscasse nela alguma saída, uma fuga apressada, para seus males.

Anoiteceu, colocou o pijama de seda, vestimenta incompatível com a modéstia dos aposentos e com o encardido da roupa de cama. Não conseguiu dormir. Apenas rolava sobre o colchão de molas com buracos não notados na noite anterior, amassava o travesseiro com cheiro do suor de milhares de hóspedes que por ali passaram, botava e logo retirava as cobertas, sentia frio após ondas de calor. Não sabia o que fazer com os pés, as solas estavam cobertas por bolhas doloridas. E assim passou a noite.

Amanheceu. O sol entrou pela janela, esqueceu de fechá-la quando deitou. Incomodou-se. O que fora agradável na manhã anterior tornara-se insuportável. Pediu o desjejum. Considerou um acinte o hotel onde fora colocado.

Perdeu o apetite olhando a bandeja de madeira, coberta por um plástico floreado de aparência desagradável, sobre a cama. Não tocou no croissant nem nos minúsculos potes de geleia e de manteiga; tomou apenas o café; colocou na xícara um pequeno cubo de açúcar duro e amarronzado, difícil de dissolver.

Vestiu-se com a roupa apropriada ao frio, a única que havia trazido, mas imprópria ao dia quente que enfrentaria. Atribuiu a falha à sua mulher; sentimentos de culpa não eram o seu forte, encontrava sempre um responsável para os seus erros.

Sabia que todas aquelas situações descorteses só sairiam de sua cabeça se abandonasse a empresa, chamasse a imprensa e falasse da corrupção reinante, ou a levasse às cortes de justiça por uma razão qualquer. Caso continuasse teria que digerir as afrontas sofridas, esquecer as vinganças por menores que as imaginasse, e afastar os pensamentos perturbadores quando aflorassem: eles poderiam levá-lo à loucura.

Pegou um táxi. Não sentiu vontade de andar nem um metro. Dirigiu-se à secretária do presidente global. Não foi recebido. Da entrada do suntuoso espaço ocupado pela presidência foi despachado pelo recepcionista para a diretoria de recursos humanos, de lá para o subsolo, onde um funcionário subalterno deu todas as instruções necessárias à transferência: quando deveria se apresentar no novo posto, telefones, endereço, nome da secretária, a passagem de retorno ao posto atual para as despedidas, e a de lá para a capital russa.

O voo marcado era matinal. Passou o resto do dia no hotel. Teria que levantar de madrugada, ir para o aeroporto e esperar na longa fila do balcão da companhia aérea para ser atendido, rezando para não ouvir a gentil funcionária dizer que havia *overbooking* e que ele seria embarcado no voo da noite. Voltaria como veio, na classe econômica e em assento do meio, distante do banheiro.

Felizmente a viagem para a capital russa seria em classe executiva, vinte e duas horas com três escalas. Queriam maltratá-lo, mas não matá-lo.

A única mensagem de despedida que recebeu estava em um envelope entregue pelo funcionário do subsolo, era do chefe, do presidente; em um cartão personalizado em caríssimo papel perolado estava escrito: "Boa sorte em sua nova missão. Você será um desbravador de mercados, seu talento nos colocará no coração da mais desafiadora fronteira econômica do planeta. Abraços, B."

Leu com indiferença. A caminhada sem rumo do dia anterior lhe abriu o espírito, já distinguia manifestações sarcásticas das sinceras, mesmo não tendo estabelecido a relação de causa e efeito entre o lúdico passeio e a sensibilidade adquirida, que lhe permitia agora fazer aquela distinção.

Os dois aposentados pressentiam que fugazes atividades não sustentariam seus frágeis equilíbrios por muito tempo. Até quando suportariam suas desimportâncias, o ócio e a solidão? Antão passava por um estranho momento. Continuava a ter apenas duas razões para existir: o completo extermínio das formigas (encarado por ele como serviço de utilidade pública) e a incessante produção de escritos cada vez mais confusos, mais críticos, menos prováveis de serem lidos.

Na sua cidade se passavam quatro meses sem cair uma gota d'água do céu, a terra ficava dura, os gramados secavam, os formigueiros sumiam. Faltavam forças às saúvas para romper a argila que se transformava em pedra.

Ele aguardava a estação das águas com ansiedade, não para ver o renascer do verde, mas para saber se ele havia eliminado as formigas. Considerava isso importantíssimo: só desse modo poderia avaliar a eficácia de seu mortal trabalho.

Um raro visitante que foi à sua casa observou seu olhar atento, fixo no gramado seco. Esforçando-se para manter alguma conversa lhe perguntou: "O que você anda fazendo?" "Muita coisa. Mato formigas." "E se proibirem matá-las. O que você fará?" "Ficarei vendo-as comerem a grama." "Ótimo. Você sabe como ocupar o seu tempo."[2]

---

[2] Lembrando *Fahrenheit 451* de Ray Bradbury. "O que você faz nas suas horas de folga, Montag?" "Muita coisa. Corto grama." "E se fosse proibido?" "Olharia ela crescer, senhor." "Você tem futuro, Montag."

Ivan passou um longo período sem sair de seu apartamento, trazendo inquietações aos vizinhos e serviçais.

Sem desejar mal ao recluso, mas preocupados com eventuais desordens à rotina do edifício, alguns moradores, falando baixo, diziam: "A qualquer hora o professor cometerá uma loucura." Os proprietários acrescentavam: "Será péssimo para todos nós. O noticiário dará má publicidade ao prédio. Nossos imóveis desvalorizarão."

A preocupação dos inquilinos era tão somente com a quebra da rotina devido às atividades policiais que ocorreriam, elas seriam inevitáveis ante o aguardado. Eles não tinham nada a perder, ao contrário, se o prédio se depreciasse poderiam renegociar com vantagem a redução dos seus aluguéis.

O que unia os dois grupos, proprietários e inquilinos, era somente a expectativa do desfecho macabro do drama do aposentado.

Sem saber o que se passava além da sua porta, Ivan não tinha ideia que ele se transformara em fator de desvalorização de imóveis. Nas aulas de economia que ministrava nunca considerou essa possibilidade, se atinha a racionalidade do mercado em detrimento à sua irracionalidade.

A faxineira vinha duas vezes por semana, chegava e era imediatamente assediada; não havia quem não quisesse saber como ele estava. Sentia-se orgulhosa com o papel de porta voz da tragédia esperada.

"Não toma banho há quinze dias, não tira o pijama, só come bolachas e toma café, fala horas com um sujeito de Brasília. São conversas incompreensíveis, deve ser outro doido."

Como em uma conferência de imprensa, ela procurava responder as variadas questões que eram colocadas. Falava com clareza e precisão de modo a não deixar dúvidas nem curiosidades insatisfeitas: "Ele está fedendo?"; "Escova os dentes?"; "Demonstra algum sentimento? Alegria, tristeza, mágoa com alguém?"; "A namorada existe mesmo?" Bisbilhotices atendidas com presteza e calma.

Ela recebeu alguns convites para trabalhar em outros apartamentos tão logo ocorresse o trágico desenlace.

Os mais curiosos passavam em frente à sua porta buscando sinais de algum feito extraordinário, um ruído inesperado, um cheiro desagradável, alguma coisa que exigisse ações enérgicas; outros se espichavam em suas janelas tentando enxergá-lo, mesmo depois de a faxineira informar que ele não abria as cortinas. O apartamento ficava na penumbra durante o dia, quase escuro, as luzes eram acesas ao entardecer, quando não se enxergava mais nada dentro do imóvel.

O porteiro que morava em um minúsculo quartinho, sem janelas, dentro da garagem, carregava sempre a chave da preocupante moradia; poderia precisar dela a qualquer momento.

Na hora certa abriria a porta à polícia. Sua fotografia sairia nos jornais, suas impressões seriam publicadas e repercutidas nas revistas semanais, daria curta entrevista à TV estatal, desconhecida do público, sem qualquer audiência, mas curricular para o zeloso empregado.

Louvaria algumas iniciativas do síndico; passado o macabro ato final, pediria aumento, afinal ele não seria mais um porteiro qualquer.

Chegando ao limite de suas forças, ansioso, beirando o desespero, não sabendo até quando suportaria aquilo, Ivan resolveu pedir conselhos a Antão; sabia que ele não seria bom conselheiro. Mesmo que não fosse eram escassas as opções para sair da difícil situação em que se encontrava. Poderia restar um fiapo de lucidez ao amigo que lhe seria útil.

A moradia sempre fechada, oscilando entre a penumbra e a escuridão, o protegia dos perigos do mundo exterior. Aprisionado não se dava conta que ele mesmo foi o juiz de sua condenação.

Lamentou a perda de contato com a antiga secretária que fora tão útil em seu retorno ao Brasil, deixou de vê-la quando foi para a multinacional. Mais velha do que ele, não valia a pena tentar procurá-la, seus problemas poderiam ser maiores que os seus e em vez de ajudá-lo poderia sugar o resto de energia que ele ainda tinha. Era Antão ou nada.

Mesmo estando só, agiu como se todos os olhos estivessem voltados para ele. Com cuidado, espreitando inimigos invisíveis, resolveu consultar o mapa astral. Segredo guardado no fundo de uma gaveta, amarelecido, quase rasgando nas dobras do papel, bastante surrado, mas capaz de ajudá-lo. Assim ele pensava.

Ivan pegou, leu as anotações à margem da figura feitas pela astróloga e concluiu que seria bom pedir ajuda ao amigo.

Consciente da sua responsabilidade em acompanhar e divulgar o que se passava a faxineira anunciou: "Ele sairá na quarta--feira, vai ao aeroporto pegar o outro, o de Brasília."

Todos os moradores se preparavam para a grande data, os que estariam no trabalho recomendaram que mulheres, sogras, filhos vissem tudo para depois contar. Não deviam deixar passar em branco nenhum detalhe.

A estranha reclusão de Ivan durou pouco mais de um mês até que ele e o Antão resolveram se encontrar para discutir o que fazer. A reunião seria no bar à beira-mar, o mesmo das vezes anteriores.

O porteiro informou: "Ele quer o carro lavado; sairá ao meio--dia." Ficou satisfeito com a nova que transmitia. Falou com o ermitão pelo interfone; sua voz dava indicações que recuperara a sanidade mental; avisou que iria direto à garagem, não passaria pelo *hall*.

Só o porteiro e o síndico poderiam vê-lo, não haveria espaço para mais ninguém. Depois, no saguão, os dois narrariam o visto e ouvido para os condôminos e curiosos dos prédios vizinhos. Mesmo que tudo se desenrolasse conforme o previsto, dariam tons impactantes à narrativa — não gostariam de frustrar os curiosos que aguardavam as últimas notícias do professor.

Bem-disposto, barbeado, vestido de modo casual, mas com aprumo, extremamente magro, pálido, com os cabelos crescidos e mais grisalhos, a passos firmes, com o corpo levemente arqueado, em silêncio, caminhou até o carro. Subiu a rampa, não raspou na parede, ganhou a rua.

Previdente, saiu cedo de casa. Como tudo transcorreu bem durante o percurso chegou ao aeroporto quatro horas antes da chegada do voo. Tinha receio de sofrer atrasos no trânsito, ser assaltado no meio do caminho ou ter seu percurso interrompido por cadáveres de vítimas de tiroteios. Não eram medos irracionais, eram temores que qualquer pessoa de bom senso teria.

Estacionou na garagem subterrânea, conseguiu uma vaga — era o seu dia de sorte. Subiu ao andar das lojas e restaurantes. Caminhou olhando as vitrines.

Sentia-se bem, não que esperasse alguma solução para seus impasses, mesmo porque o amigo não estava em condições de aconselhá-lo, dava para sentir isso nos telefonemas. Seria apenas um encontro agradável, trocariam impressões sobre o panorama geral, o amigo falaria dos seus escritos e ele da reclusão pela qual passara.

Abraçaram-se com alegria. Quando se encontravam recuavam no tempo, rejuvenesciam. Foram tagarelando até o local do colóquio. Falas simultâneas — melhor assim; quando começassem a efetiva troca de ideias teriam vencido aquela etapa em que um pouco escutava o que o outro dizia; o ouvido de cada um estava voltado para sua própria voz.

No bar conversariam de maneira mais organizada e inteligível.

Tomariam refrigerantes sem açúcar e não pediriam nada para acompanhar, qualquer coisa seria digerida com dificuldade e produziria incômodos gases, coisas da idade.

Não havia novidades a dizer, um conhecia os pensamentos e as dificuldades do outro.

A conversa girou sobre assuntos do momento: as eleições que se aproximavam; o reduzido nível moral e intelectual dos candidatos e assim por diante. Tinham pouco a dizer, sequer assistiam noticiários na televisão.

Congratularam-se por não precisar usar fralda geriátrica, citando um conhecido que necessitava delas, nem se apoiar em muletas. Depois de um longo silêncio, quase ao mesmo tempo, disseram: "É, nós não fumamos."

Aos berros, Ivan comentou: "Ainda bem que não estamos surdos." O outro, tentando ler o cardápio encostado em seu nariz, completou: "Nem cegos." Orgulhavam-se da saúde que só prolongaria suas indesejáveis existências. Hábitos regrados geram bônus que serão pagos no entardecer da vida — serão usufruídos com limitações.

Expondo as mazelas dos outros se sentiam vivos, sem saber bem por que ou para que.

Não notaram, mas a satisfação momentânea veio da comparação com outros mais sobrecarregados pela velhice. Agiram do mesmo modo que Ivan quando visitou a empresa de onde saiu aposentado, vaidoso com a comparação que fizera de si próprio com o seu ex-chefe e com o seu substituto; dessa vez não foi criticado por Antão, que necessitava dessas confrontações tanto quanto ele.

A conversa não desenrolava, seguia forçada, descolorida, sem o mesmo entusiasmo de outras ocasiões. Um percebeu o desânimo do outro. O efeito da velhice era indisfarçável.

O melhor seria falar de suas angústias, desesperanças, remédios, idas aos médicos, lembrar quem morreu, nessa idade o necrológico dos jornais tem a mesma utilidade das colunas sociais de antigamente.

As falas prosseguiam entremeadas por longos silêncios, durante os quais cada um pensava em como retomar a conversa: "Exterminou as formigas?" "Tens visto a namorada?" "E os livros?" "Como foi o exame do intestino grosso? Deu pólipo?" "Aquele nosso colega, o com doutorado em Londres, está com Alzheimer. Esqueceu tudo o que aprendeu." "Sabe quem morreu? A chefe do departamento. Cirrose."

Novas pausas: "Cada vez está mais difícil achar cuecas samba canção. Onde você compra?" "Numa loja em Cascadura." Era melhor ficarem calados do que tentar restabelecer os diálogos com aquelas tolices.

Desinformados e com alguns neurônios apagados não deveriam esperar muito do encontro. Restos de lucidez assim indicavam.

Olhavam ao redor buscando alguma inspiração que animasse a reunião, não achavam nada interessante, não tinham nem alento para repetir velhos assuntos com novas versões. Tomados pela monotonia acharam melhor encerrar aquela tentativa de confabular. Pareciam com casais de velhos que a cada dia se tornam mais desconhecidos um do outro. O trágico "envelhecer juntos" que povoa o romântico imaginário das jovens recém-casadas.

Um percebeu o fim do outro. Não falaram sobre o assunto, mas era fácil intuir o que pensavam, talvez planejassem alguma coisa, fosse o que fosse não deveria ser dito, apenas imaginado. Quase não beberam, temiam não ter um banheiro à mão quando necessitassem dele. Pagaram a conta e cada um seguiu para seu lado, cabisbaixos e mais cônscios da realidade que os envolvia.

Sabiam que não mais se veriam, ali terminavam quarenta anos de convívio. Aquele era o último encontro entre os dois.

No dia seguinte voltaram às suas solidões. O breve colóquio deixou uma sensação de tempo perdido, no íntimo, cada um sabia que nessa etapa da vida, a derradeira da fase não útil, eles não faziam outra coisa a não ser perder tempo, cada um de uma maneira. O encontro apenas alterou a rotina — perderam tempo de um modo diferente do habitual.

Um retornou à clausura do seu apartamento, onde não havia mais dia, só noite. Eficientes cortinas, uma encobrindo a outra, presas nas extremidades às paredes, impediam a invasão de qualquer luz externa; o outro voltou com um pensamento estranho, passaria mais horas escrevendo, daria uma trégua às formigas, entendia a pausa como um armistício e não uma derrota. O que tinha a relatar era mais do que o tempo que lhe restava.

No retorno do *country president* ao Rio de Janeiro não havia ninguém para recebê-lo. Nem mesmo o motorista estava no aeroporto. Pegou um táxi, passou no hotel e arrumado se dirigiu à empresa.

Exigiu a presença de todo o primeiro escalão na reunião que faria no final do expediente: "Avise que quero todos aqui, os da fábrica devem vir de helicóptero." Ordenou à secretária, que já sabia do ocorrido na sede.

"Tenho excelentes notícias. Fui promovido. Controlarei o maior território da empresa, irei para a Rússia. Meus domínios se estenderão da Europa à Ásia, de Bucareste a Vladivostok, do mar Báltico ao mar do Japão. O nosso presidente me disse que serei responsável pela abertura dos mais promissores mercados, me chamou de desbravador, me comparou a Marco Polo. Discutimos o nome do meu substituto — não direi por ser assunto sigiloso; não me peçam para falar mais nada, por favor."

Percorreria o mesmo caminho de Armand Hammer, o jovem médico americano que em 1917 previu que na Rússia destroçada pela revolução de outubro seriam criadas oportunidades para quem quisesse enriquecer. Chegou a Moscou, aguardou meses e foi recebido no Kremlin. Ofereceu seus conhecimentos profissionais. Lênin ouviu e lhe disse: "Médicos temos de sobra, precisamos de capitalistas." Desse modo improvável começou sua fortuna.

O mal informado presidente achava que iria implantar o capitalismo no distante país; ignorava que o perverso sistema estava implantado em sua forma mais primitiva desde o primeiro minuto do fim do comunismo, dando, ainda, fortes indicações que se desenvolvera às sombras dentro do próprio regime que pretendia combatê-lo.

Aplaudido, abraçado, felicitado, foi jantar com seu pessoal. Só ele acreditava que os outros não conheciam os detalhes mais lúgubres da fatídica reunião parisiense, e que a satisfação demonstrada era pela sua saída e não pela "promoção".

A despedida foi como todas as demais. Discursos curtos antecedidos de um breve introito supostamente engraçado — o hábito que os americanos criaram e universalizaram para essas ocasiões; todos riam, mesmo que a graça fosse escassa ou que não tivessem prestado atenção ao chiste. O relógio de ouro que recebeu era autêntico, caro, supérfluo. O manteria na caixa, poderia ser útil para subornar alguma autoridade em algum momento; nunca deixava de pensar na firma e no que ela lhe ensinara.

Orgulhoso, tinha certeza que sua versão dos fatos seria a divulgada. Incorporar-se-ia às lendas da corporação Os seus feitos passariam pela via oral de geração em geração. Ele acreditava no que havia dito — sentia-se bem. Entre o verdadeiro e o falso havia o oceano Atlântico. A partir de agora aquela seria a verdade sobre os acontecimentos.

Antes de ir embora tirou da pasta o cartão em papel perolizado que recebeu do presidente global, simulando um gesto casual, o deixou sobre a mesa vazia; a secretária o leria, mostraria a todos e depois devolveria a preciosa relíquia com um bilhete de congratulações.

Desatento, desconhecendo a rotina do seu feudo, ignorava que a faxina era feita nas primeiras horas da manhã, antes da chegada dos funcionários. Na sala vazia, o papelzinho sobre a mesa teve o destino das coisas abandonadas. A secretária não leu, não divulgou e ninguém soube da despedida carinhosa do presidente mundial. A simples leitura do cartão não permitiria decifrar a maldade embutida em suas palavras e poderia traduzir algum respeito a Roger Martin, testemunhar a veracidade do que ele contara, pelo menos despertar dúvidas.

No dia seguinte dormiu até mais tarde, foi com calma ao aeroporto, pegou o primeiro avião para seu lar além-fronteira. Teve o cuidado de escolher um voo que pousasse no aeroporto central, perto de sua casa.

Recebido com carinho pela mulher e pelos filhos, com indiferença pelo sogro, contou as mesmas coisas que havia dito aos subalternos no dia anterior. Na subsidiária todos sabiam tratar-se de bazófias, delírios produzidos por mente fortemente afetada pela humilhação; aqui não, tudo soava como verdadeiro. Até o sogro pensou que a promoção poderia ter ocorrido — considerava a empresa pouco séria.

Em que pese seu nome pomposo, nela tudo era possível. O improvável poderia acontecer. Se o tinham contratado de forma irresponsável, por que não promovê-lo?

O inepto genro abrindo fronteiras comerciais no meio do gelo, entre os escombros do comunismo? "De onde menos se espera às vezes sai alguma coisa." Pensou.

A família ficaria mais algum tempo. Questões ligadas ao colégio das crianças e à arrumação de uma moradia na capital russa o obrigariam a viajar uns quatro meses antes dos outros. Ninguém achou ruim, nem ele, nem o núcleo familiar, nem o sogro, que chegou a imaginar que a distância faria a filha refletir sobre o casamento com aquele irresponsável.

Lendo os pensamentos do pai de sua mulher, Roger matutou: "Quando chegar o cartão do presidente ele aprenderá a me respeitar."

Como o cartão não chegaria ele continuaria sem ser respeitado. Pobre Roger Martin, o único documento que comprovava o respeito que a empresa lhe devotava a essa altura já ganhara destino indigno de seu valor.

Nas mais de vinte horas que ficou dentro do avião teve tempo suficiente para refletir sobre suas novas responsabilidades. Imaginava-se dando ordens e cobrando resultados. Pensava no belo apartamento com vista para a praça Vermelha ou para o rio Moscou onde daria recepções à elite russa.

A expectativa era tão grande que não considerou a viagem cansativa. A primeira escala foi rápida, nas outras duas, em solo estrangeiro, teve que ficar a bordo: passageiros vindos do Brasil poderiam transmitir doenças tropicais aos nativos.

Não deve ser esquecido que em ato instintivo de autodefesa, o que se passara na presidência, em Paris, estava agora sendo entendido por Roger Martin de modo contrário ao ocorrido: ele fora promovido.

Chegou ao aeroporto de Vnukovo. A secretária o aguardava. Era uma senhora de meia-idade com compleição robusta, estatura entre baixa e mediana, cabelos negros sem fios brancos, com comprimento suficiente para fazer um coque, calçava sapato preto com salto grosso e baixo, vestia com sobriedade um costume também preto e uma blusa branca abotoada no pescoço, sobre os ombros caia um belo xale negro com desenhos coloridos. Nem simpática nem antipática — falava francês impecável. Recebeu-o com profissionalismo, nem efusiva nem demonstrando qualquer insatisfação, deu as boas-vindas. O carro com motorista, ex-coronel da KGB, o aguardava. "Vamos passar primeiro na sede da empresa, depois iremos ao hotel." A ordem partiu da secretária, não do *country president*, como deveria ser.

A poucos quilômetros do Kremlin observou pela janela do automóvel um singelo monumento, pedaços de trilhos cruzados e pintados de vermelho, indicando onde as tropas alemãs haviam chegado na II Guerra.

Primeira decepção: o escritório em nada se assemelhava com o que deveria ser esperado da sede de uma empresa global em fase de expansão territorial.

O prédio era muito antigo, pré-revolução, pintado de amarelo, desbotado e descascado, o pé-direito da entrada era altíssimo, o elevador era daqueles não mais usados, com porta pantográfica, os degraus de mármore branco da bela escadaria estavam gastos e quebrados nas bordas. Do teto do *hall* do térreo pendia um empoeirado lustre de cristal com algumas lâmpadas queimadas; apesar da má conservação conferia alguma de nobreza ao lugar.

A conquista de seus domínios se daria a partir de um pequeno conjunto de salas. O modesto recinto era dividido em três ambientes: uma pequena entrada onde se acomodava a secretária numa mesa proporcional ao tamanho do local; à sua frente, um sofá revestido de curvim marrom, onde poderiam se apertar duas pessoas magras, e mais duas salas que seguiam a austeridade do primeiro cubículo: uma era destinada ao presidente e outra a um assistente a ser contratado.

Num canto do primeiro espaço ficava o teletipo, o presidente não lembrava mais que isso existia; sobre a mesa estava o aparelho de fax, de *télécopie*, como ele preferia chamar. Numa minúscula mesa auxiliar encostada na maior repousava um pequeno samovar feito de níquel.

No ambiente destinado ao presidente existiam duas mesas: a sua e outra redonda, em torno da qual poderiam se acomodar quatro, no máximo cinco pessoas. A vista era para o quase colado prédio ao lado. A sala do assistente seguia o mesmo padrão da presidência, um pouco mais apertada, não tinha mesa de reuniões nem janela.

O computador ocupava um quarto da mesa presidencial; observou o teclado em cirílico, irritou-se e deu sua primeira ordem à secretária: "Tire isso daqui e doe a algum museu. Providencie outro com letras que eu possa ler." Sem esboçar qualquer reação ela disse apenas: "Sim."

O banheiro, menor que o espaço da secretária, era de uso comum ao presidente e aos funcionários; o motorista só subia para utilizá-lo, o que fazia com frequência; ele passava o dia estacionado na frente do prédio, fumando cigarros baratos e malcheirosos produzidos por uma antiga fábrica estatal.

A chegada do presidente fora antecedida de uma limpeza feita às pressas. Havia poeira pelos cantos. Sobre a mesa redonda, além do pó, jaziam exemplares antigos do Pravda e do Szvestia — percebeu que não era ocupada há mais de uma década. Deu para notar algumas manchas nos vidros e outras no piso do banheiro. O hotel-pensão em Paris era mais limpo.

Vendo a decepção do desbravador de mercados, a secretária explicou que com a verba indicada por Paris foi o melhor que pode alugar: "Com o fim do comunismo surgiram milhares de empresas. Os aluguéis estão caríssimos." O hotel era distante de onde se encontravam. Bem localizado, quase ao lado da sede do antigo Comitê Central do Partido Comunista, com excelentes restaurantes que em tempos passados encerravam suas atividades às dezenove horas, agora ficavam abertos até a saída do último comensal; os minúsculos apartamentos davam para a praça Vermelha.

"Recebi determinação para pagar apenas sete diárias. Visitei alguns apartamentos passíveis de serem alugados com a verba que disponho." Percebeu que o controle do orçamento estava a cargo da secretária. Não entendeu a razão. Desconfianças? Seriam elas fruto das despesas na posição anterior em restaurantes caros apreciando os melhores vinhos de seu país?

O apartamento alugado, pior que o tugúrio que habitara em Clignancourt, ficava em uma bem arborizada avenida semelhante às de Paris. De um lado os prédios tinham seis andares com arquitetura inspirada na francesa, neles moraram os notáveis do antigo regime e agora moravam os notáveis do novo, na verdade as mesmas pessoas; pequenas placas fixadas junto às entradas davam o nome e cargo dos antigos ocupantes.

Os moradores atuais do dia para noite abandonaram a crença no comunismo e se transformaram em convictos capitalistas. Num piscar de olhos trocaram Marx por Adam Smith, deixaram de ser ateus e viraram fervorosos cristãos, abandonaram o altruísmo e aderiram ao egoísmo. O que será que deu errado? Possivelmente o prazo para criar o novo homem foi curto, apenas três gerações.

Nem Darwin comprovaria qualquer evolução em quem quer que fosse em apenas setenta e poucos anos. Na próxima revolução pensariam nisso. Hitler estabeleceu mil anos para o seu Reich; devia ter pensado ser esse o tempo necessário para a total adaptação dos alemães às suas ideias.

Do outro lado da avenida, dezenas de quarteirões com prédios igualmente feios e malcuidados. Pararam em frente à futura moradia. A pintura gasta dava indicações de como seria o restante.

Em uma entrada lateral, a única existente, a secretária empurrou uma porta branca com a pintura descascada e a fechadura arrombada, arrastou para o lado um latão de lixo liberando o caminho. Entraram, percorreram um corredor comprido e estreito com paredes pintadas sobre o reboco, iluminado por uma lâmpada de poucas velas dependurada no teto por fios elétricos, chegaram às escadas, o prédio não tinha elevador, subiram quatro andares e atingiram seu destino.

Dois quartos pequenos, um banheiro, a cozinha confundia-se com a sala de estar, de comer e a de receber visitas. A única decoração eram os dutos com a fiação elétrica, os canos de água e os de esgoto expostos à vista de todos e não embutidos.

"Assustado?" "Um pouco." "Fique contente, a maioria desses prédios tem cozinhas, tanques de lavar roupas e banheiros coletivos." "O aluguel é por seis meses."

"Já fiz os acertos com o proprietário de um apartamento em um dos prédios em frente, do outro lado da avenida. Ele é enorme, bem dividido, em edifício com elevador, foi ocupado por um importante membro do Soviete das Nacionalidades."

Com algum esforço, abriu a janela emperrada de um dos quartos e apontou para o outro lado da rua: "É aquele. Até lá paciência." Falou com um pouco de pena. Roger esperava respeito e recebeu um sentimento destinado aos desafortunados.

Ficaria o próximo meio ano naquele lugar horroroso, mal iluminado, deprimente. "As paredes devem ter sido pintadas pelo próprio camarada Stalin." Disse Roger. A pretensa graça não provocou qualquer reação na secretária. "Dá para ouvir tudo que se fala na moradia do lado." "As paredes são de gesso. Evite encostar nelas."

Consolava-se admitindo que ao contrário do hotel em Paris agora não era proposital. Ele, como milhões de russos, era vítima da solução encontrada para reduzir o déficit habitacional no antigo regime; não se tratava de um sórdido castigo.

"Vamos para a rua Arbat. Lá o senhor encontrará bons restaurantes. Virei apanhá-lo no mesmo lugar em duas horas. Aproveite."

Ordenou ao motorista levá-la para casa, na mesma avenida onde o pobre Roger passaria os próximos seis meses. Ela vivia em um dos belos prédios fronteiriços aos monótonos edifícios populares. Não mencionara, mas ela fazia parte da intelligentsia de antigamente.

O inepto presidente ficou perdido na pequena e agradável rua, não entendia nada do que lia nos letreiros em cirílico, mais uma vez se preparara mal para a viagem. Aportara no Brasil falando espanhol pensando ser a língua nativa, agora chegava sem se preocupar em aprender o alfabeto russo, essa mínima providência o faria perceber que a língua era povoada de estrangeirismos fáceis de serem compreendidos. O que parecia um palavrão indecifrável significava restaurante tal qual em sua língua. Recorreu a uma dessas lanchonetes universais, com o cardápio com desenho dos pratos para facilitar o entendimento das crianças e de pessoas como ele.

Não percebeu o encanto da rua, não era de sua natureza maravilhar-se com coisas que não fossem ele mesmo e seus feitos. Estava preocupado. As indicações recebidas nas últimas horas eram desanimadoras. Davam sequência aos acontecimentos desencadeados na última viagem a Paris.

A eficiente secretária lhe deu uma relação dos notáveis que deveria procurar; ela agendaria os encontros. "Não se preocupe, é verão, todos estão em férias. Vou averiguar para onde foram. Teremos fortes indicações de quais são os mais vulneráveis aos subornos." "Como assim?" "Com o que recebem do governo não dá para sair de férias; se estão no Caribe ou em algum paraíso sexual, Tailândia, Brasil, teremos fortes indicações de sua relação com o dinheiro." "Sei como é. Venho da América do Sul."

Relataria isso ao seu chefe imediato, o chefe de todos os *countries presidents*, o Viva-voz daquela tarde inesquecível, para que ele não pensasse que não fazia nada porque não queria.

Gastou a primeira semana se preparando para a mudança. Comprou o essencial para viver seis meses no apartamento alugado. A secretária lhe auxiliou nas aquisições indispensáveis a uma vida provisória. O apartamento só tinha um velho fogão com duas bocas e um forno, produzido na Alemanha Oriental, e um armário muito antigo com portas envidraçadas.

A primeira noite no apartamento foi incrivelmente incômoda. Acordou com indescritíveis ruídos na cozinha, acendeu a luz e viu algumas dezenas de ratos disputando migalhas que negligentemente deixou sobre o chão.

Assustado, apagou a luz e voltou rápido ao quarto de dormir. Trancou a porta para se proteger de uma invasão de ratazanas. A possibilidade de morrer de peste negra no século vinte e um o deixou assombrado. Não viajara tanto para retornar à Idade Média.

O presidente global o considerava apto a enfrentar máfias e sequestros, mas não falou nada sobre ratos.

Bastante abalada, sua mente imaginou que se tratava de conspiração sem fim contra ele. As maldades seriam progressivas até que o bravo Roger Martin não as suportasse mais e se atirasse pela janela. Seria o último serviço que prestaria à empresa: o seu contrato de trabalho não previa bônus em caso de demissão por justa casa, ausência não justificada por mais de trinta dias e suicídio.

Uma dispensa sem gastos seria melhor do que uma dispendiosa demissão em função de desempenho insatisfatório.

Voltando ao quarto encontrou uma multidão de baratas sobre o lençol, no teto, no piso e nas paredes. A porta fechada o protegia das ratazanas, mas não dos abomináveis insetos. Caso a abrisse para espantar as baratas os ratos entrariam. Percebeu que se encontrava ante um dilema: escolher a sua companhia durante a noite.

Manteve a porta trancada, se livrou dos repugnantes ratos, os mais avantajados que já havia visto. Muito maiores que os subnutridos que via vez por outra no terceiro mundo.

Não dormiu, deixou a luz acesa. Sentinela atento passou a noite sentado em seu posto de combate — a cama. Armado com um chinelo de quarto, felpudo, conseguiu, depois de algum esforço, preservar o seu espaço. Vangloriou-se de seu triunfo. Não percebeu que não houve vencidos nem vencedores, as inimigas abandonaram o campo de batalha por não haver mais migalhas sobre o lençol. Sua vitória fora tão ilusória quanto a promoção e a importância da missão de conquistar novos mercados para a glória da corporação global.

Pela manhã, como se tivesse vivido um pesadelo, não encontrou os camundongos e nenhum inseto vivo. Não fosse um ou outro cadáver de barata espalhado pelo chão não teria provas que aquilo ocorrera.

Não varreu os corpos nem limpou o excremento dos ratos. Preservou a cena do crime. Queria mostrá-la à secretária, seu único contato com o mundo, para que ela não o julgasse louco.

Tratou de sair dali o mais rápido possível, antes abriu as malas que estavam sobre a cama do quarto ao lado. O apartamento não tinha lugar para guardar roupas, o único armário era o que se chamava no tempo de sua avó de guarda-comida. Dar-lhe-ia uso múltiplo, nele colocaria suas roupas, os poucos utensílios domésticos que comprara e alguns alimentos.

Procurou se vestir com aprumo, mesmo estando tudo amarrotado. Imporia respeito através de suas dispendiosas vestimentas, elas equilibrariam sua aparência afetada pela noite insone.

A secretária observou seu aspecto cansado e o descontrole, não se ateve ao amarfanhado vestir. Ele narrou com nervosismo o que se passara. "Não se preocupe, isso é comum nesses prédios populares. A situação só melhorará quando eles forem implodidos." "Até lá, nos próximos seis meses, o que farei? Mande dedetizar o apartamento hoje à tarde." "Verei o que será possível fazer. Todos estão em férias." Com indisfarçável irritação, concluiu o pesado diálogo: "Todos estão de férias, menos os ratos e as baratas!" Conseguiu o dedetizador que colocou dois tipos de veneno, um para os ratos e outro para as baratas.

Mais uma noite insone. O cheiro dos produtos químicos passava a impressão que pela manhã encontrariam seu corpo inerte, frio, com ratos e baratas por todos os lados. A vítima seria ele e não os repelentes animais, habituados àquelas doses de veneno letais aos humanos e inócuas para eles.

No dia seguinte a prestimosa secretária observou seu aspecto, pior que o do dia anterior, e disse para ele não se preocupar, nessa noite dormiria bem.

Envolto pelo odor deixado pelo serviço de matança de pragas, vencido pelo cansaço, conseguiu dormir algumas poucas horas, ainda que assombradas por pesadelos. Entre outros temores noturnos, passou a aparecer mais um: o bate-boca no apartamento vizinho se transformava em luta corporal com os digladiantes caindo ensanguentados do seu lado; no sonho aparecia a secretária gritando: "As paredes são de gesso. Afaste-se delas." O que sua imaginação produzia era tão real que ao acordar procurava corpos pelo apartamento.

No escritório encontrou jornais compreensíveis, ainda que de três dias atrás, foram folheados sem interesse, o que não era novidade e não deveria ser atribuído à noite maldormida.

Pensou em pedir para instalar uma televisão com canais internacionais, mas recuou da ideia, a secretária poderia não aprovar e se veria ante mais uma situação humilhante.

Na volta para casa, no final da tarde, pediu ao motorista parar do outro lado da avenida, alguns quarteirões antes de sua moradia. Queria espairecer um pouco, caminhou desatento, evitando olhar para o seu lado da rua.

Por meio de gestos, conseguiu comprar uma garrafa de vinho tinto romeno, um pão feito com um trigo escuro, achatado, duro, com uns dois palmos de comprimento e um de largura, dando indicações de ser pouco saboroso, e uma lata de patê húngaro, quase preto.

Deixou as janelas abertas, havia resquícios do serviço de eliminação de insetos e roedores. O que restou do cheiro do veneno era suportável. Centenas de baratas e muitos ratos mortos espalhados pelo assoalho indicavam que ele fora vitorioso na mortal batalha.

Não limpou o campo de luta. Não tinha vontade nem vassoura, além do mais sentia uma assombrosa satisfação em ver aquele amontoado de cadáveres materializando seu triunfo.

Sentia-se poderoso como Wellington observando a barrenta planície de Waterloo atulhada de corpos sem vida dos inimigos franceses.

O poeta imortalizou a derrota francesa e a glória britânica naquela "planície morna e plana, fúnebre e solitária".

No seu caso só ele ou a secretária poderiam eternizar sua épica vitória em solo russo, há poucos quilômetros de onde Napoleão fora derrotado. A França estava vingada.

Se viessem as Valquírias, elas não teriam heróis mortos a levar ao *Valhalla* — o único vitorioso era ele, Roger Martin, e estava vivo. Se Keres, filha da Noite e irmã da Morte, viesse recolher os mortos, retirá-los da cama, do chão, do sofá, da cozinha-sala, de impensáveis esconderijos, de onde quer que eles jazam o único sobrevivente da heroica carnificina a impediria.

Roger assumiu toda a glória da derrota inimiga; a secretária e o exterminador de pragas foram coadjuvantes, executores de suas ordens, soldados anônimos. Não mereciam láureas.

Nada, ninguém, nem deuses, nem humanos, apagariam a prova de sua vitória, pelo menos até a secretária atestar seu triunfo e comprar uma vassoura de palha de trigo.

Impossível o leitor não lembrar a luta e a vitória parcial do professor Ivan contra a sujeira de seu espaço na ilha universitária — vitória sem mortos; jamais teria lembrança épica como a de Wellington ou a do moderno guerreiro gaulês atestada por sua secretária.

Cansado, sentou-se no sofá, não comprara uma poltrona, e ligou a televisão. Ficou vendo e ouvindo incompreensíveis canais falados em russo, acompanhados dos sons vindos através das finas paredes dos apartamentos ao lado; dos de cima chegavam ruídos de sapatos, do arrastar de cadeiras e de objetos caindo sobre o piso de concreto com espessura menor que a recomendada.

Consumidos o adocicado vinho, metade do sólido pão e toda a lata de patê, o heroico inquilino foi dormir. Antes de deitar olhou mais uma vez para os despojos sem vida de seus inimigos. O pobre Roger Martin perguntou a si mesmo: "Se aquilo onde eu estava antes era terceiro mundo, o que seria isso?"

Dormiu bem, o organismo tinha que compensar as noites anteriores. Não foi assombrado por fantasmas.

No escritório não tinha nada com o que se ocupar. Esperava a chegada do outono para se pôr a campo, dar início à conquista de seu território comercial, afinal não viera para tão longe para apenas eliminar pragas.

Revirava os jornais sem se ater às notícias, caminhava pelo reduzido espaço de sua sala, via sem interesse a tela do computador e olhava para a parede escura do prédio vizinho. Às vezes ficava longo tempo admirando a medíocre paisagem sem horizonte; somente parava quando aflorava uma estranha sensação, quase uma certeza, que estava emparedado — chegava a sentir o ar lhe faltando.

Só recebia e-mails de sua mulher e filhos, um por dia no começo, depois, dia sim dia não. Os primeiros com dois ou três parágrafos, depois com frases curtas: "Te amamos papai." "Saudades." A família aprendia a viver sem ele, que não alcançava o óbvio: a vitória pendia para o lado do adversário — o sogro.

Acabou o verão e tudo continuou como nas primeiras semanas. Nos poucos encontros que conseguiu marcar não era difícil perceber que sólidos e impenetráveis esquemas estavam bem organizados. Não haveria suborno que sensibilizasse aquelas almas empedernidas; um desavisado pensaria se tratar de pessoas honestas.

Era recebido com uma rudeza que não vira nem nos motoristas de táxi de sua pátria, falavam aos gritos, faziam-no esperar horas em antessalas com revistas impossíveis de serem lidas; se entregara à incompreensão da língua e persistia em não estudar a escrita local. Sentia-se analfabeto.

Nada tinha a fazer nos sábados, domingos e feriados. Os programas culturais não o interessavam; não se aventurava a andar de metrô com medo de não achar o caminho de volta, ficar perdido em alguma estação, ser ignorado por todos e lá sucumbir.

Ia até onde suas pernas aguentavam. Cronometrava a ida para ter certeza de que suportaria a volta. Chegar à praça Vermelha exigia cinquenta minutos, caminhar pelos arredores vinte, andar pelo moderno centro de compras onde outrora havia descoloridas lojas estatais GUM, uma meia hora, o retorno mais cinquenta minutos, duas horas e meia, era o máximo que suportava. Com o passar do tempo poderia acrescentar mais minutos ao passeio e assim iria ampliando seus destinos sem depender da língua indecifrável.

Iniciava as caminhadas sempre pelo lado oposto da avenida, evitando olhar para a sua calçada com seus edifícios desprovidos de qualquer graça. Num domingo, ao chegar do outro lado, viu a secretária saindo de um belíssimo prédio, cumprimentou-a e seguiu seu rumo. Pensou um pouco e concluiu que ela alugara o infame apartamento em frente à sua morada para usufruir os serviços do motorista, pelo mesmo motivo teria que esperar seis meses para ocupar um imóvel no lado nobre da rua. Em vez de ficar revoltado, riu — estava moralmente anestesiado. Tornara-se insignificante aos olhos de todos, até dele mesmo.

Chegou a hora de escolher o seu assistente. A secretária retardara o processo até que ele estivesse mais adaptado, ou melhor, mais entregue ao seu comando. Segundo ela apenas um jovem engenheiro falando francês e inglês atendeu ao chamado, um anúncio no Pravda online pedindo aos interessados enviarem seus currículos.

"É muito difícil achar um jovem que se expresse bem em línguas ocidentais. Felizmente apareceu esse." Explicou a zelosa auxiliar.

O rapaz era gentil, falava a língua do novo chefe de modo impecável, como a secretária e o motorista. Alegrou-se em compor a equipe. O assistente tinha bons contatos; talvez alguma coisa acontecesse a partir daquela contratação — era sua última esperança.

Estava certo, o jovem conhecia muitos de sua geração falando línguas estrangeiras com desenvoltura, e ocupando funções no segundo e terceiro escalões de vários ministérios. Acreditou haver encontrado uma saída para a pasmaceira habitual, pressentia que as coisas começariam a acontecer. Mandou um animado relatório ao seu chefe imediato.

Em outra caminhada de fim de semana encontrou a secretária de braços dados com o motorista, junto a eles o assistente; mesmo para ele não foi difícil perceber que eram membros de uma mesma família e que nos tempos remotos do comunismo trabalharam no mesmo lugar. Consumido pelo torpor não deu importância, chegou a cogitar demiti-los, mas o que faria para montar outra equipe? Não tinha a menor ideia.

À noite, na solidão da abjeta moradia, percebeu que era prisioneiro da firma, da família russa e de sua própria covardia. O desbravador de mercados não passava de um acomodado com medo das incertezas com que se depararia fora de seu desagradável, mas protetor, emprego.

Nesse estado de espírito recebeu com indiferença a notícia que seu padrinho político havia morrido, e que sua mulher não mostrava disposição para sair de onde se encontrava, protegida pelo pai e cercada por filhos que pouco se referiam ao distante progenitor.

Prisioneiro e só, era como se estivesse em uma ilha presídio cumprindo pena perpétua. Chorou. Decidiu pedir demissão, voltar para a família, esquecer a farsa que vivera todos esses anos, buscar trabalho em alguma vinicultura, a única coisa que de fato sabia fazer, mais pelo que aprendera na infância na propriedade da família, do que no curso superior de agricultura que fizera com reduzido apego aos estudos.

Pela primeira vez em sua irresponsável existência sentia o peso do fracasso. Se a intenção do presidente maior e do chefe imediato, o Viva-voz, era essa, tinham atingido seu objetivo.

Dormiu até tarde. Levantou-se, não foi ao escritório, dispensou o motorista. Quase pedindo desculpas, explicou que não se sentia bem. Caminhou, não cronometrou a ida. Horas mais tarde tomou um táxi, de maneira pouco inteligível, mas satisfatória, deu o endereço, voltou para casa, onde permaneceu o resto do dia sentado no sofá, ouvindo os ruídos e sentindo os odores da vizinhança; os pequenos apartamentos viviam com as portas abertas, o que se passava nas cozinhas e banheiros chegava às suas narinas.

Não sabia a que atribuir o seu infindável penar. Sentia-se incompreendido, talvez fosse vítima de uma vingança espiritual, quem sabe uma maldição, algum vodu encomendado por um desafeto. Passou a se preocupar de forma obsessiva com essa possibilidade, afinal vivera muitos anos na América Latina e essa hipótese não poderia ser descartada.

Não conseguia identificar quem poderia querer tanto o seu mal. Não associava seu penar aos seus chefes e à sua desimportância.

Chegou o inverno — melhor dizendo, o inferno. Imaginava ter passado pelos seus piores momentos, mas o frio, além do suportável, indicava que o pior estava por vir. Os dias ficaram curtos e as noites longas.

Não podia caminhar nos fins de semana, nevava sem parar, não era o nevar agradável de sua terra, permitindo caminhadas e brincadeiras, aqui só os nativos podiam encontrar algum prazer na longa estação que se prolongaria por mais seis meses.

Aos sábados e domingos ficava em casa, se habituara ao lugar, deixava a televisão ligada para parecer que não estava só, pensar que alguns russos moravam com ele.

Um dia não suportou mais aquela monótona rotina, criou coragem, colocou uma roupa sobre outra, vestiu três meias de lã, calçou uma bota com espesso solado de borracha, colocou um gorro de pele de coelho sobre os cabelos encaracolados levemente grisalhos, uma *ushanka* negra com a estrela vermelha do antigo exército soviético comprada em um camelô, desabotoou suas abas, cobriu as orelhas e saiu à rua.

A boca e o nariz estavam protegidos por grosso cachecol de lã de alpaca, as mãos por luvas revestidas internamente com pelo de ovelha — apenas os olhos ficaram descobertos. Cuidando para não escorregar em placas de gelo que cobriam as calçadas iniciou sua caminhada. Não tinha ideia aonde ir, na primeira esquina quase foi derrubado por uma rajada de vento, resistiu e prosseguiu sua aventura.

Passou por uma igreja ortodoxa, nunca a tinha visto — era a primeira vez que caminhava do seu lado da rua. Entrou, não por impulso religioso, mas para se abrigar do frio. Em pé, observou a riqueza do templo com magníficos ícones por todos os cantos. No altar cheio de velas, três sacerdotes com longas barbas vestiam paramentos de grande beleza; meninos, também paramentados, aspergiam enormes quantidades de incenso, aumentando o clima místico do local. Da liturgia faziam parte cânticos que tornavam a língua doce, diferente da rudeza com que era falada no cotidiano. Não havia órgão ou outros instrumentos, apenas as vozes aproximavam os fiéis de Deus.

Foi tomado de espiritualidade. Ao contrário das outras pessoas que entravam, oravam e saiam, ele ficou em pé, imóvel, rezando em pensamento durante toda a missa. Vieram à sua memória as orações aprendidas no colégio marista em sua terra natal. Pensou em comungar, desistiu por não saber se havia necessidade ou não de prévia confissão de seus pecados, e se houvesse não saberia como contar suas faltas na língua do sacerdote.

Saiu dali convicto que lhe faltava fé em algo maior, mesmo que não pudesse ser visto ou tocado, daí ser tão vulnerável às ateias maldições de seus chefes e aos imaginários anátemas produzidos em rituais demoníacos.

A mesma necessidade que sentiu seu antigo subordinado, Ivan, quando atribuiu à falta de uma religião os males que sofria. Apenas Antão não se rendera à necessidade de incorporar o transcendental à sua vida, ele achava que a ciência e a lógica explicavam tudo.

Roger Martin não falou para a secretária o que havia se passado. Era um segredo entre ele e Deus. Não havia espaço para intrusos naquela relação.

Continuou indo às missas, aumentou a frequência, a ponto de um dia um padre se aproximar dele e em francês perguntar o que fazia ali, qual sua religião, coisas assim. Respondeu tudo, falou muito. O sacerdote percebeu que se tratava de uma alma atormentada, necessitando de um reencontro com o Criador.

Os cultos passaram a interessá-lo mais que as improdutivas reuniões marcadas pelo assistente, que os fantasiosos relatórios que enviava ao chefe, que as idas às lojas do shopping para comprar caros produtos europeus. A retomada da fé foi muito forte, algo como jamais havia imaginado. Sentia-se feliz, seguro e protegido.

Inteirou-se das liturgias, dos sacramentos, até que se sentiu pronto para o batismo e a confissão.

O padre sentou-se ao seu lado, próximo ao enorme biombo, a iconóstase, com ícones e estátuas de santos, que separa a nave central do templo do santuário onde os sacerdotes realizam os ofícios.

Demorou-se na confissão, demonstrou arrependimento e recebeu o perdão divino. Passou a dedicar a maior parte de seu tempo às leituras sagradas, voltou a crer que o mundo havia sido criado em seis dias e em tudo o mais contido na Bíblia, evitava ofender os dez mandamentos e abominava os pecados capitais.

A sensação de estar preparado para a vida eterna o consolava e provocava desprezo progressivo às coisas materiais. Tomava o vinho local apenas para se aquecer; considerava o pão duro coberto pelo patê escuro uma penitência para puni-lo pelos anos em que vivera em pecado.

Sendo católico apostólico romano estava dispensado do batismo, as excomunhões recíprocas entre as duas igrejas depois de séculos haviam sido abolidas, mas achou melhor começar a nova vida pelo início.

O confessor o levou a pia batismal numa lateral da nave principal, convidou um casal idoso que participava da missa para ser padrinho do convertido, deu-lhe o nome Vladimir em homenagem ao grande santo ortodoxo.

Deixou a barba e o cabelo crescerem, instintivamente queria se parecer com aqueles que o afastaram do caminho do pecado e o colocaram no rumo da vida santificada.

A família que o cercava e o servia começou a achar que ele estava ficando louco, algo comum nos ocidentais que sobrevivem ao primeiro inverno.

Não mais ia às reuniões com o assistente, que redigia os relatórios, que eram assinados sem qualquer leitura por Roger Martin e remetidos ao Viva-voz.

Surpreendentemente os escritos passaram a ser elogiados por seus superiores, consideravam o seu dinamismo uma boa surpresa, gostavam de saber que agora seus encontros eram com ministros, com pessoas do primeiro escalão e que em breve seria recebido no Kremlin.

O presidente global sempre que podia elogiava a si próprio: "Não fosse a minha acurada percepção, teríamos perdido um excelente quadro. Ele precisava apenas sacudir a inércia e ser motivado."

A alta direção em Paris trocava elogios e se congratulava entre si. Havia um pouco de ciúme entre os que participaram da decisão de mandá-lo para tão longe. O presidente, falando alto dizia: "O plano foi meu." Em tom áspero respondia o Viva-voz: "A classe econômica foi ideia minha."

Nenhum abdicava de sua participação nas sessões de sofrimento que acabaram produzindo um funcionário exemplar. Experimentavam o mesmo orgulho que o monge beneditino Tomás de Torquemada sentia ao transformar um herege, vivo ou morto, em cristão, como resultado de eficientes sessões de tortura.

As punições e afrontas impostas ao relapso funcionário haviam dado um bom resultado; elas tinham colocado aquele pobre homem no caminho do dever. Começaram a pensar em adotar o método a todos os colaboradores negligentes. Restringiriam seu uso apenas aos do alto escalão — eles se submeteriam a qualquer expiação para alcançar mais um degrau na hierarquia; os de escalão menor poderiam continuar como estavam. Os chefes não queriam problemas com os sindicatos.

Não desconfiavam que o assistente dedicava-se à ficção: os relatórios nada tinham a ver com o que de fato se passava. Verificar *in loco* o que ocorria seria demasiado incomodo.

A cada dia sua fé tornava-se mais forte. Doou seus bens à Igreja, dois relógios caríssimos, o seu e aquele da despedida do Rio de Janeiro, e algumas economias. As roupas, os caros sapatos de pelica e as gravatas de seda foram dados a um mendigo.

Fez voto de pobreza como Tolstói. Seguia os passos do grande escritor que só conhecia de nome. Interessou-se em saber mais sobre sua vida, a religiosidade, a pregação de ideias anárquicas, a excomunhão, seu modo de vestir, o afastamento da família, da bebida, do fumo e a opção pela comida vegetariana.

Não se interessou em ler sua monumental obra, apenas queria saber mais e mais sobre sua devoção religiosa, suas atitudes bizarras e a pregação contra a exploração do homem pelo homem.

Tirania bem conhecida pelo recém-batizado, que fora oprimido durante toda a vida por algum chefe sugando sua energia, explorando o seu trabalho e roubando sua liberdade.

Considerou interessante a decisão do escritor de deixar a família, partir e morrer de pneumonia na estação ferroviária de Astapovo, povoado na província de Ryazan.

Vladimir recebeu a crisma. Sua conversão passou a ser vista como um milagre. Deveria ser difundida como exemplo a ser seguido. Em breve poderia se tornar irmão oblato.

Não mais ia ao escritório. A secretária não relatava à matriz o que se passava, o atual estado de coisas atendia plenamente a ela, ao marido e ao filho. Os superiores não tinham nada a reclamar, de onde não esperavam nada começavam a sentir boas perspectivas de negócios, as informações recebidas eram animadoras.

O presidente repassava as boas novas aos acionistas, que o cumprimentavam pelo êxito da nova subsidiária — agradecia e dizia: "Novos mercados estão sendo desbravados."

A remota possibilidade de alguém querer visitar aquela filial afastava o risco de ser descoberta tanto a farsa quanto a loucura.

Roger Martin estava irreconhecível. Muito magro em virtude dos jejuns praticados, tinha uma longa barba, quase branca, olhar alucinado e vestia a roupa dos mujiques: botas rotas, gorro de pele de ovelha, túnica confeccionada com grosso algodão branco encardido, amarrada à cintura por um cinto de grife dos velhos tempos. Por baixo da veste camponesa usava um terno de lã inglesa, sobre o peito esgrouviado apoiava-se um enorme crucifixo dourado preso ao pescoço por uma corrente prateada.

Caminhava falando consigo mesmo, começava a preocupar seus mentores espirituais. Temiam que o progressivo enlouquecimento fosse atribuído à conversão; a propaganda teria o efeito contrário ao desejado.

A perspectiva da má publicidade provocou uma reunião do alto clero, ouviram seu confessor e decidiram observá-lo, se piorasse optariam pela excomunhão, como haviam feito há cem anos com Tolstói.

Um dia Vladimir sumiu, não mais foi visto na Igreja, nos arredores, no escritório, nem no apartamento, que chegou a ter a porta arrombada por ordem da secretária. Não foi encontrado em canto algum.

Cartazes com sua fotografia de cabelo cortado, sem barba, em trajes de executivo eram inúteis na busca de um homem magro, com longos cabelos grisalhos, barba esbranquiçada, trajando roupas usadas pelos camponeses no tempo dos tzares, feições de pregador místico, possivelmente ensandecido, como indicavam a fala em língua estranha, entendida apenas por ele mesmo.

Pela descrição dos padres à polícia soube-se que há dias alguém que correspondia à descrição dos religiosos fora avistado na estação de trens Iaroslávski. Levantaram diversas hipóteses: estava ali para se abrigar à noite, para viajar a Pequim ou seguir a um dos inúmeros destinos da ferrovia Transiberiana. As buscas não foram adiante, na verdade, além do seu padre confessor, ninguém mais se interessou por encontrá-lo.

A empresa o demitiu sem ônus, de acordo com o previsto aos que abandonam seus empregos. A família demonstrou alguma tristeza logo superada.

Dois anos depois do misterioso desaparecimento, um homem morreu congelado em uma noite de forte nevasca em Vladivostok, a dez mil quilômetros de Moscou.

A baixíssima temperatura o encapsulara em um sólido e transparente bloco de gelo. Dava para ver que vestia roupas inadequadas ao frio e há muito não usadas, nem mesmo pelos camponeses. A longa barba e os cabelos encachiados estavam completamente brancos. Morreu dormindo numa rua transversal à rua Sventlanskaya. Ele preferia não perambular pelas áreas mais nobres da cidade portuária. Caminhava apoiado em um cajado, trazia às costas um saco com seus poucos pertences e carregava uma Bíblia. Pregava a palavra de Deus em língua incompreensível aos locais. Morreu sem que ninguém soubesse quem ele era.

A solidariedade cristã o salvou de ser enterrado como indigente, em vala comum, tão logo a primavera chegasse e o terreno descongelasse. A igreja que o acolhera o reconheceu e informou às autoridades que se tratava de um irmão, homem de grande fé, e tratou de dar dignidade ao corpo sem vida. O seu aspecto era lamentável, nem a própria mãe se o visse acharia ser ele o seu *petit* Roger.

A descrição do morto correspondia ao que havia nos registros policiais a respeito do presidente de uma multinacional que havia desaparecido.

A enorme pedra de gelo foi enviada por trem para Moscou, a temperatura ambiente impediu o seu derretimento durante a longa viagem. Em cada parada todos iam à estação ver o paralelepípedo de gelo, queriam olhar seu bizarro conteúdo. Muitos acreditavam se tratar de um homem santo.

No terceiro dia da viagem já vendiam nas estações medalhinhas de metal prateado com o desenho do homem congelado.

As impressões digitais, as radiografias dos seus dentes e o material genético dos filhos comparados com os encontrados no morto confirmaram: era quem se pensava ser.

Não havia dúvida, era ele mesmo, o desbravador de mercados. A mulher e os pais foram informados pela Igreja Ortodoxa Russa que ele morrera dormindo, sem sofrimento, e que sua alma pura estava no paraíso. Informação consoladora aos que o amavam. O médico da família foi mais objetivo: "Ele não sofreu, morreu de hipotermia." Foi enterrado onde nasceu, perto da propriedade de seus pais, ainda vivos. Um padre ortodoxo do Instituto São Sérgio de Teologia vindo de Paris encomendou sua alma ao Senhor. Inicialmente o pároco local, com apoio da família do morto, repeliu a ideia de símbolos e bênçãos ortodoxa em cemitério católico.

O impasse foi solucionado por meio de uma mensagem do reitor do instituto teológico ortodoxo parisiense, padre Yosip Luk'yan, mais conhecido como *père* Joseph Louis, homem de elevada espiritualidade, saber e capacidade de arbitrar questões difíceis.

O portador leu em voz alta a comovente peça, escrita com erudição e comiseração, à medida que o rústico caixão baixava à sepultura. Nela, *père* Louis dava todas as garantias que o irmão Vladimir se encontrava no céu, à direita do Senhor.

Com algum exagero o comparou ao monge Zosima, um homem santo, um *stárietz*, citado e reverenciado por Dostoiévski. Repetiu as palavras do monge, imortalizadas pelo escritor: "Não há nem pode haver em toda a terra tamanho pecado que o Senhor não perdoe àquele que se arrepende."

Finalizando, lembrou que os corpos dos homens santos russos não se decompõem após a morte, o que desgraçadamente não aconteceu com o padre Zosima, que no dia seguinte ao de sua morte já exalava odor insuportável.

O cadáver recém-enterrado estava intacto. Não tinha qualquer sinal de decomposição. *Père* Joseph Louis finalizou sua carta fúnebre dizendo em tom solene: "Ele era um santo." O médico da família, materialista, sem fé, descrente de milagres, disse: "Deve ser por causa da hipotermia."

O corpo de Roger Martin vindo do pó ao pó retornou enterrado em sepultura ao lado do mausoléu familiar, onde repousavam quatro gerações de ancestrais. Estava separado por poucos metros de onde deveria estar, mas junto aos seus entes queridos na eternidade. A família tinha o hábito de rezar o ato de contrição diversas vezes ao dia para protegê-los de eventualidades desagradáveis. Todos alcançaram a salvação.

Na nova tumba foi colocada uma cruz ortodoxa com três traves, duas horizontais no alto e a dos pés, inclinada para o lado direito. Na lápide de granito negro, com letras cinza em baixo relevo, lia-se: Vladimir e as duas datas que marcaram sua passagem pela terra.

Da sede da empresa, agora em Pequim, veio apenas uma coroa de flores, com uma fita com um palmo de largura, feita em viscose branca, por cima da qual, em letras douradas, seus colegas expressavam o pesar que sentiam pelo seu passamento.

Na subsidiária brasileira consideraram dispendioso mandar uma coroa de flores a lugar tão distante. Passaram um telegrama na indecifrável língua da terra.

Seus antigos subordinados no Brasil receberam a desafortunada notícia pela máquina de gravar os telefonemas não atendidos. A mensagem era lacônica, dizia apenas o essencial, sem deixar de mencionar o local da morte, a vestimenta, o enlouquecimento, a adesão à fé ortodoxa, a demissão por abandono do emprego, por fim, rindo, concluía: "Estávamos certo, o sujeito era maluco." Não se impressionaram com o ouvido. Nada vindo do ex-presidente causava espanto aos antigos colaboradores.

O presidente global estava na China, onde passava a maior parte do seu tempo, fora sua a ideia mudar a sede da empresa para lá. Trajava somente roupas tradicionais chinesas, tentando mostrar seu apreço ao país e às suas tradições. Não prestou atenção quando lhe avisaram que o seu representante na Rússia havia morrido.

Passava-se algo incompreensível ao entendimento do presidente maior, o promotor do suplício que elevara Roger Martin ao céu e um dia o colocaria nos altares.

Depois de um magnífico primeiro contrato não apareceu mais nenhum outro. As novas encomendas eram entregues à empresa chinesa com a qual havia se associado, no que julgaram ser o primeiro empreendimento de muitos que viriam. Os parceiros absorveram a tecnologia e viraram concorrentes, não apenas na China, mas por todo o mundo.

O fracasso provocou sua demissão e a volta da matriz para Paris. O ilustre demitido não mais retornou à França. Mudou-se para Fushun, próximo à Coréia do Norte. Dizia a todos que tão logo fosse derrubada a dinastia que governava o país ele se mudaria para lá. Vislumbrava negócios incríveis. Queria ser o primeiro a chegar.

Em mandarim razoável, falava a todos a razão de viver naquele lugar tão remoto. Continuava usando vestimentas tradicionais; se tornara motivo de riso entre os locais, principalmente das crianças, há muito trajando roupas ocidentais.

Demonstrava fé inquebrantável no capitalismo, tão forte quanto a do Partido Comunista chinês. De certo modo, suas atitudes eram parecidas com a do homem que ele encaminhou para o sacrifício nas estepes russas.

Ivan ligou para Antão; não conversavam há várias semanas. Pelo modo ansioso de responder o telefonema deu para pressentir que o amigo não gostou de ser interrompido no que fazia. Tentou ser polido, aparentar calma, mas era impossível disfarçar; toda e qualquer interrupção acarretava descontinuidade em seus pensamentos e escritos, e, consequentemente, prejuízo aos arqueólogos do futuro.

Cada vez mais obcecado com a ideia de que o tempo que lhe restava seria insuficiente para colocar no papel tudo o que tinha na cabeça, não havia como não se irritar com quem o fizesse, ainda que por minutos, parar o que escrevia.

Escutou a breve narrativa do ocorrido sem emoções, não conhecia o defunto, sabia quem era e como se portava através das histórias contadas por Ivan. As considerava exageradas, ninguém poderia ser como Roger Martin. Agora percebia que não, tudo que ouvira sobre ele era verdade. A inacreditável epopeia foi contada com sobriedade e respeito, sem cores mais fortes que as da realidade.

Ouviu atento e, como de costume, se estendeu em considerações. Não perdeu tempo, falou sobre Pavlov, os reflexos condicionados e os perigos envolvidos em suas modificações. Perdera a objetividade em função da obstinação com aquela ideia que obscurecia sua inteligência. Cada evento como o ocorrido, em sua desnorteada mente, era mais um passo dado em direção à comprovação de sua curiosa tese.

Dito o que entendia ser a verdade irretorquível encerrou a conversa. Empurrou a folha na qual documentava sua época e se pôs a escrever sobre a morte ocorrida nos confins da Federação Russa.

O enfoque dado ao extenso texto foi o esperado. A insanidade mental do falecido fora consequência da ruptura com o condicionamento. O intensivo treinamento para o nada fazer dando a impressão de que tudo fazia não poderia ser interrompido sem graves consequências.

Animava-se com a comprovação de sua constatação. Abandonar reflexos condicionados é perigoso, podendo levar à loucura e à morte. Procuraria uma revista de renome dedicada à neurociência para publicar sua comprovação. Seria o coroamento de uma vida voltada à especulação científica.

Escreveu mais de trinta páginas. Sem revisão as enviou a Ivan. Queria sua opinião com urgência, qualquer atraso seria encarado com retardamento ao progresso da ciência, similar ao que estavam fazendo os religiosos e os governantes criacionistas com as pesquisas sobre células-tronco.

Ivan, em que pese estar familiarizado com o tema, não conseguiu compreender o exposto. A linguagem era confusa, as ideias embaralhadas, as frases inconclusas e a letra irreconhecível. Respondeu por carta, ficou com receio de telefonar e irritá-lo. Dizia apenas que o texto precisava ser revisado antes de ser enviado a uma publicação científica.

Foram quinze dias entre escrever, mandar a carta e receber a resposta. Absorto por outros assuntos, Antão não lembrava mais dela, jogou o envelope com a réplica em uma enorme pilha de revistas e jornais não lidos, baixou a cabeça e continuou a escrever com a rapidez habitual.

Ivan não estava bem. Não especulava sobre si mesmo — é mais fácil julgar os outros. O porteiro, os faxineiros do prédio, a vizinha passada dos noventa, que morava no mesmo andar, conversavam entre si a respeito do que chamavam "as esquisitices do professor." Saía pouco. Ficava às vezes toda a semana em casa. Os vizinhos se habituaram ao seu modo de ser, não temiam mais trágicas ocorrências prejudiciais ao preço de seus imóveis.

A habitação coletiva, o edifício em que vivia, voltou à rotina imutável de seus moradores e empregados.

A expectativa da morte do solitário residente no primeiro período de reclusão deixara todos sinceramente excitados; as manifestações de júbilo com a sua recuperação encerravam hipocrisia. Rejubilaram-se com a não ocorrência da tragédia esperada, mas a presença do professor incomodava os demais moradores; as crianças se assustavam ao verem o velho cabisbaixo, caminhando como um fantasma pelos corredores pouco iluminados, murmurando palavras inaudíveis. Alguns pais ameaçavam os filhos: "Se você não estudar eu chamo o velho."

O corre-corre cotidiano não permitia que sentissem a mediocridade de suas vidas. O aposentado tinha um passado, a maioria deles chegaria à condição do professor sem memórias a serem exaltadas, sem lembranças de viagens e de amores como os dele. Esta é a verdadeira tragédia da condição humana: passar em branco, dedicar a existência aos reclamos do id.

Nem os vizinhos, nem os abelhudos serviçais, notaram a sua ausência por mais de um mês; a empregada parou de vir quando ele parou de pagá-la.

Quando pressentiram que poderia haver algo errado, fizeram o mesmo da vez anterior, cheiraram a entrada do apartamento, se esgueiraram nas janelas, e, por fim, abriram a porta. Com autoridade, o síndico e o porteiro entraram no empoeirado recinto escuro — tudo estava como deveria estar, apenas algumas baratas iam de um lado a outro buscando o que comer. Nada mais havia. A ausência de um cadáver frustrou a pequena multidão que aguardava notícias no saguão.

Teriam que se contentar com um mistério no lugar de uma tragédia. O fato foi comunicado à polícia, que registrou o ocorrido, o colocou na pilha dos velhos desaparecidos e deu uma cópia do boletim de ocorrência ao síndico que a passou ao porteiro.

Remexendo papéis, o síndico encontrou o telefone da irmã e o do amigo de Brasília. A primeira chegou afobada dois dias depois; o Antão não tinha mais condições mentais de entender nada. Com o intelecto fortemente abalado, gritava ao telefone: "Está provado, definitivamente provado, sempre estive certo, é o mal de Pavlov."

O porteiro, responsável pelo telefonema, contou o que se passara ao síndico. Resolveram voltar à delegacia. O policial conseguiu achar a notificação do desaparecimento, abriu o processo e anotou: "Homicídio. O principal suspeito é um tal Pavlov." Com alívio, encaminhou a papelada à delegacia especializada, que passaria a procurar entre os marginais da cidade o acusado de praticar o imaginário homicídio.

A irmã foi ao encontro da mãe, não queria comunicar o ocorrido por telefone. Tomou o ônibus. Entrou esbaforida em casa. A ama e a mãe colocaram o dedo indicador sobre os lábios: "Silêncio, ele está dormindo." A irmã chorando abraçou as duas: "O que se passou com ele?" "Simplesmente apareceu. Como fala muito pouco não sabemos detalhes. Graças a Deus ele voltou para casa."

Falando ao mesmo tempo, as duas senhoras atribuíram o que se passava à sua estranha alimentação. Deram pormenores de sua última visita.

A irmã não mais abandonou Ivan, sua mãe e a ama, seres frágeis que precisavam de alguém de caráter forte para protegê-los.

Todos os dias ela lia e relia os dois cadernos escolares escritos por seu irmão em suas últimas semanas no Rio de Janeiro. Encontrou-os sobre a mesa da cozinha de seu apartamento. O que estava escrito, página após página, eram lembranças de seus feitos, êxitos e amores, como se quisesse dizer para si mesmo que nem sempre vivera daquele modo, que tivera uma vida que merecia ser lembrada. A letra trêmula, difícil de ser lida, dava indicações da ansiedade com que colocara aqueles sentimentos no papel.

As anciãs se foram mais que centenárias lúcidas e saudáveis; ele permaneceu ali mais alguns anos, falava cada vez menos. Apenas as flores e os pássaros o interessavam — nunca mais ligou para o amigo.

Morreu em paz na terra onde nasceu. O enterro, no jazigo da família, foi acompanhado por irmãos, sobrinhos e parentes distantes. Vieram o prefeito e o presidente da câmara de vereadores.

A filha e sua mãe choraram pranto de dor sincera pelo pai e pelo namorado de antigamente. Ele era querido. Sentia-se só por que não fazia as concessões necessárias à manutenção dos relacionamentos. Sua solidão era uma ilusão. Seu enterro não foi um ato sem presenças, conforme vira tantas vezes em seus pesadelos. A opção pelo isolamento o levara a loucura: o condicionamento rompido fora o com a sociabilidade; cultuou demais o "eu", ao ponto de excluir os demais de seu convívio.

Antão não soube de sua morte. Escrevia sem parar, passava dias e noites vestindo um velho e puído pijama, se alimentava pouco, ficara esquálido, a pele adquiriu uma cor estranha, pouco saudável, os cabelos brancos viviam desgrenhados. Há anos a mulher esquecera quem ele era, apagara as lembranças. Os filhos diariamente vinham vê-lo, davam um bom dia e se retiravam sem resposta.

Dormia sentado no seu pequeno escritório, com o rosto sobre o braço apoiado na mesa onde passou os últimos anos. Páginas manuscritas, talvez milhares, não numeradas, espalhadas pelo chão, dificultavam sua movimentação, evitava pisar no que escrevia. Assim permaneceu até o último dia.

A vida se esvaiu, a alma simplesmente saiu, deixando seu corpo ao cuidado dos vivos. O enterro foi magnífico, os jornais lembraram as posições ocupadas no passado. Na falta de outras notícias — os escândalos, comuns na cidade estavam temporariamente interrompidos — seus feitos foram exaltados e ex-auxiliares deram comoventes depoimentos.

O caixão baixou à sepultura no final da tarde, as casuarinas balançando ao vento acrescentavam triste beleza à liturgia.

ESTA OBRA FOI COMPOSTA PELA CASA DE IDEIAS EM SCRIPTINA PRO
E MINION, CORPO 11 E IMPRESSA PELA ARVATO BERTELSMANN
EM OFSETE SOBRE PAPEL PÓLEN SOFT 80 GRAMAS PARA A
EDITORA OCTAVO EM ABRIL DE 2014.